比较文学与世界文学 研究丛书

主编 曹顺庆

二编 第 **16** 册

普实克中国新文学的三幅素描

雅罗斯拉夫·普实克 著
杨 玉 英 译

花木兰文化事业有限公司

国家图书馆出版品预行编目资料

普实克中国新文学的三幅素描／雅罗斯拉夫·普实克著、杨
玉英译 -- 初版 -- 新北市：花木兰文化事业有限公司，2023
〔民112〕
序 22+ 目 2+138 面；19×26 公分
（比较文学与世界文学研究丛书 二编 第 16 册）
ISBN 978-626-344-327-3（精装）
1.CST：普实克（Průšek, Jaroslav, 1906-1980）2.CST：中国文学
3.CST：学术思想 4.CST：研究考订
810.8   111022121

ISBN-978-626-344-327-3

比较文学与世界文学研究丛书
二编 第十六册   ISBN：978-626-344-327-3

普实克中国新文学的三幅素描

作　　者　雅罗斯拉夫·普实克
译　　者　杨玉英
主　　编　曹顺庆
企　　划　四川大学双一流学科暨比较文学研究基地
总 编 辑　杜洁祥
副总编辑　杨嘉乐
编辑主任　许郁翎
编　　辑　张雅淋、潘玟静　美术编辑　陈逸婷
出　　版　花木兰文化事业有限公司
发 行 人　高小娟
联络地址　台湾 235 新北市中和区中安街七二号十三楼
　　　　　电话：02-2923-1455 ／传真：02-2923-1452
网　　址　http://www.huamulan.tw 信箱 service@huamulans.com
印　　刷　普罗文化出版广告事业
初　　版　2023 年 3 月
定　　价　二编 28 册（精装）新台币 76,000 元

普实克中国新文学的三幅素描

雅罗斯拉夫·普实克 著

杨玉英 译

作者简介

雅罗斯拉夫·普实克（Jaroslav Průšek, 1906–1980），捷克斯洛伐克科学院东方研究所所长，国际著名汉学家，布拉格汉学学派的奠基者，对布拉格汉学学派的形成和发展起到了很大的作用。普实克治学以文艺社会学方法为主，辅之以比较研究方法，多从社会环境或历史背景去揭示文艺的起源和作品的特点。因研究深入，且成一家之说，在国际学术界颇有影响力。普实克译、著均丰。他翻译出版了《呐喊》《狂人日记》《论语》《孙子兵法》《子夜》《浮生六记》《老残游记》《中国话本小说集》《聊斋志异》。其学术著作包括《中国古代史》《话本的起源及其作者》《中国历史与文学》《解放区的中国文学及其民间传统》《来自中国集市的传奇故事》《抒情的与史诗的——雅罗斯拉夫·普实克的中国现代文学研究》等。

译者简介

杨玉英（1969–），女，长江师范学院外国语学院教授，文学博士。主要从事英美文学和文学翻译教学。研究方向为英美文学、比较文学和海外汉学。近年来主要从事"中国经典在英语世界的传播与接受"系列研究。已出版《英语世界的郭沫若研究》《比较视野下英语世界的毛泽东研究》《英语世界的〈孙子兵法〉英译研究》《英语世界的〈道德经〉英译研究》《郭沫若在英语世界的传播与接受研究》《马立安·高利克的汉学研究》《〈孙子兵法〉在英语世界的传播与接受研究》《〈道德经〉在英语世界的传播与接受研究》《林语堂在英语世界的传播与接受研究》《茅盾与中国现代文学批评》（马立安·高利克著，杨玉英译），*History of Chinese Folk Literature*（郑振铎著，杨玉英译）等系列学术专、译著 11 部。主持国家社科基金中华学术外译项目 1 项，教育部课题 1 项，其他省部级项目 3 项。学术成果获省政府奖励 3 次。发表相关学术论文 60 多篇。

提　要

　　《普实克中国新文学的三幅素描》（*Three Sketches of Chinese Literature*）是捷克斯洛伐克汉学家雅罗斯拉夫·普实克于 1969 年出版的一本论文集。该书英文版本于 1969 年由捷克斯洛伐克科学院东方研究所以系列论文集第 20 集的形式在布拉格出版。

　　《普实克中国新文学的三幅素描》是普实克用英文撰写的关于茅盾、郁达夫和郭沫若的研究著述。普实克在为该书撰写的"导论"中对新文学的主要特征以及选取茅盾、郁达夫和郭沫若这三位著名作家来向欧洲读者介绍中国新文学的原因和目的作了交代，并在文中对三位作家所代表的中国新文学的价值给予了高度评价。

　　由于原书内容偏少，经译者与作者孙子马三礼（Jakub Maršálek）教授商量，除原书"导论"和三篇长文外，增加了与普实克中国文学研究成果相关的书影、照片、图片，以及阎纯德教授从汉学研究的角度所写序言、捷克查理大学汉学家安德昌（Dušan Andrš）教授为该书所写序言、法国汉学家谢和耐为普实克所写讣文、普实克为弟子马立安·高利克的专著《茅盾与中国现代文学批评》所写"序"——"写在'马立安·高利克的文艺批评家和理论家茅盾研究'的页边"以及高利克先生为老师普实克所写纪念文章——"雅罗斯拉夫·普实克：学生眼中的神话与现实"。

此外，书后还附录了"雅罗斯拉夫·普实克研究在中国"，以方便国内外读者详细了解普实克在中国的研究情况。

Three Sketches of Chinese Literature
by Jaroslav Průšek

Dissertationes Orientales, Vol.20
Published by the Oriental Institute in Academia, Prague, 1969

本书根据该英文版本译出

纪念 Vlasta Novotná-Hilská 教授[1]

---

1 普实克先生之孙 Jakub Maršálek（马三礼）教授，现在捷克查理大学工作，研究中国史前史，告诉我说 Vlasta Novotná-Hilská 是普实克先生的第一任妻子（因此，她有可能以 Vlasta Průšková 为名与普实克合作写过一些东西）。她是一名日语教授，实际上也是捷克斯洛伐克日本研究的发轫者。不知道她有没有中文名字。或许有。我可以问问从事日本研究的同事们。（Vlasta Novotná-Hilská was Průšek's first wife [so she perhaps wrote some works together with him under the name Vlasta Průšková]. She was a professor of Japanese and in fact the founder of Japanese studies in the Czechoslovakia. I do not know her Chinese name—if she had any—but I can ask colleagues involved in Japanese studies, perhaps she had a Japanese name.）摘自 2018 年 5 月 16 日马三礼给译者的邮件。

比较文学的中国路径

曹顺庆

自德国作家歌德提出"世界文学"观念以来,比较文学已经走过近二百年。比较文学研究也历经欧洲阶段、美洲阶段而至亚洲阶段,并在每一阶段都形成了独具特色学科理论体系、研究方法、研究范围及研究对象。中国比较文学研究面对东西文明之间不断加深的交流和碰撞现况,立足中国之本,辩证吸纳四方之学,而有了如今欣欣向荣之景象,这套丛书可以说是应运而生。本丛书尝试以开放性、包容性分批出版中国比较文学学者研究成果,以观中国比较文学学术脉络、学术理念、学术话语、学术目标之概貌。

一、百年比较文学争讼之端——比较文学的定义

什么是比较文学?常识告诉我们:比较文学就是文学比较。然而当今中国比较文学教学实际情况却并非完全如此。长期以来,中国学术界对"什么是比较文学?"却一直说不清,道不明。这一最基本的问题,几乎成为学术界纠缠不清、莫衷一是的陷阱,存在着各种不同的看法。其中一些看法严重误导了广大学生!如果不辨析这些严重误导了广大学生的观点,是不负责任、问心有愧的。恰如《文心雕龙·序志》说"岂好辩哉,不得已也",因此我不得不辩。

其中一个极为容易误导学生的说法,就是"比较文学不是文学比较"。目前,一些教科书郑重其事地指出:比较文学不是文学比较。认为把"比较"与"文学"联系在一起,很容易被人们理解为用比较的方法进行文学研究的意思。并进一步强调,比较文学并不等于文学比较,并非任何运用比较方法来进行的比较研究都是比较文学。这种误导学生的说法几乎成为一个定论,

一个基本常识，其实，这个看法是不完全准确的。

让我们来看看一些具体例证，请注意，我列举的例证，对事不对人，因而不提及具体的人名与书名，请大家理解。在 Y 教授主编的教材中，专门设有一节以"比较文学不是文学比较"为题的内容，其中指出"比较文学界面临的最大的困惑就是把'比较文学'误读为'文学比较'"，在高等院校进行比较文学课程教学时需要重点强调"比较文学不是文学比较"。W 教授主编的教材也称"比较文学不是文学的比较"，因为"不是所有用比较的方法来研究文学现象的都是比较文学"。L 教授在其所著教材专门谈到"比较文学不等于文学比较"，因为，"比较"已经远远超出了一般方法论的意义，而具有了跨国家与民族、跨学科的学科性质，认为将比较文学等同于文学比较是以偏概全的。"J 教授在其主编的教材中指出，"比较文学并不等于文学比较"，并以美国学派雷马克的比较文学定义为根据，论证比较文学的"比较"是有前提的，只有在地域观念上跨越打通国家的界限，在学科领域上跨越打通文学与其他学科的界限，进行的比较研究才是比较文学。在 W 教授主编的教材中，作者认为，"若把比较文学精神看作比较精神的话，就是犯了望文生义的错误，一百余年来，比较文学这个名称是名不副实的。"

从列举的以上教材我们可以看出，首先，它们在当下都仍然坚持"比较文学不是文学比较"这一并不完全符合整个比较文学学科发展事实的观点。如果认为一百余年来，比较文学这个名称是名不副实的，所有的比较文学都不是文学比较，那是大错特错！其次，值得注意的是，这些教材在相关叙述中各自的侧重点还并不相同，存在着不同程度、不同方面的分歧。这样一来，错误的观点下多样的谬误解释，加剧了学习者对比较文学学科性质的错误把握，使得学习者对比较文学的理解愈发困惑，十分不利于比较文学方法论的学习、也不利于比较文学学科的传承和发展。当今中国比较文学教材之所以普遍出现以上强作解释，不完全准确的教科书观点，根本原因还是没有仔细研究比较文学学科不同阶段之史实，甚至是根本不清楚比较文学不同阶段的学科史实的体现。

实际上，早期的比较文学"名"与"实"的确不相符合，这主要是指法国学派的学科理论，但是并不包括以后的美国学派及中国学派的学科理论，如果把所有阶段的学科理论一锅煮，是不妥当的。下面，我们就从比较文学学科发展的史实来论证这个问题。"比较文学不是文学比较""comparative literature is not literary comparison"，只是法国学派提出的比较文学口号，只是法国学派一派的主张，而不是整个比较文学学科的基本特征。我们不能够把这个阶段性的比较文学口号扩大化，甚至让其突破时空，用于描述比较文学所有的阶段和学派，更不能够使其"放之四海而皆准"。

法国学派提出"比较文学不是文学比较"，这个"比较"（comparison）是他们坚决反对的！为什么呢，因为他们要的不是文学"比较"（literary comparison），而是文学"关系"（literary relationship），具体而言，他们主张比较文学是实证的国际文学关系，是不同国家文学的影响关系，influences of different literatures，而不是文学比较。

法国学派为什么要反对"比较"（comparison），这与比较文学第一次危机密切相关。比较文学刚刚在欧洲兴起时，难免泥沙俱下，乱比的情形不断出现，暴露了多种隐患和弊端，于是，其合法性遭到了学者们的质疑：究竟比较文学的科学性何在？意大利著名美学大师克罗齐认为，"比较"（comparison）是各个学科都可以应用的方法，所以，"比较"不能成为独立学科的基石。学术界对于比较文学公然的质疑与挑战，引起了欧洲比较文学学者的震撼，到底比较文学如何"比较"才能够避免"乱比"？如何才是科学的比较？

难能可贵的是，法国学者对于比较文学学科的科学性进行了深刻的的反思和探索，并提出了具体的应对的方法：法国学派采取壮士断臂的方式，砍掉"比较"（comparison），提出比较文学不是文学比较（comparative literature is not literary comparison），或者说砍掉了没有影响关系的平行比较，总结出了只注重文学关系（literary relationship）的影响（influences）研究方法论。法国学派的创建者之一基亚指出，比较文学并不是比较。比较不过是一门名字没取好的学科所运用的一种方法……企图对它的性质下一个严格的定义可能是徒劳的。基亚认为：比较文学不是平行比较，而仅仅是文学关系史。以"文学关系"为比较文学研究的正宗。为什么法国学派要反对比较？或者说为什么法国学派要提出"比较文学不是文学比较"，因为法国学派认为"比较"（comparison）实际上是乱比的根源，或者说"比较"是没有可比性的。正如巴登斯佩哲指出："仅仅对两个不同的对象同时看上一眼就作比较，仅仅靠记忆和印象的拼凑，靠一些主观臆想把可能游移不定的东西扯在一起来找点类似点，这样的比较决不可能产生论证的明晰性"。所以必须抛弃"比较"。只承认基于科学的历史实证主义之上的文学影响关系研究（based on scientificity and positivism and literary influences.）。法国学派的代表学者卡雷指出：比较文学是实证性的关系研究："比较文学是文学史的一个分支：它研究拜伦与普希金、歌德与卡莱尔、瓦尔特·司各特与维尼之间，在属于一种以上文学背景的不同作品、不同构思以及不同作家的生平之间所曾存在过的跨国度的精神交往与实际联系。"正因为法国学者善于独辟蹊径，敢于提出"比较文学不是文学比较"，甚至完全抛弃比较（comparison），以防止"乱比"，才形成了一套建立在"科学"实证性为基础的、以影响关系为特征的"不比较"的比较文学学科理论体系，这终于挡住了克罗齐等人对比较文学"乱比"的批判，形成了以"科学"实证为特征的文学影响关系研究，确立了法国学派的学科理论和一整套方法论体系。当然，法国学派悍然砍掉比较研究，又不放弃"比较文学"这个名称，于是不可避免地出现了比较文学名不副实的尴尬现象，出现了打着比较文学名号，而又不比较的法国学派学科理论，这才是问题的关键。

当然，法国学派提出"比较文学不是文学比较"，只注重实证关系而不注重文学比较和文学审美，必然会引起比较文学的危机。这一危机终于由美国著名比较文学家韦勒克（René Wellek）在 1958 年国际比较文学协会第二次大会上明确揭示出来了。在这届年会上，韦勒克作了题为《比较文学的危机》的挑战性发言，对"不比较"的法国学派进行了猛烈批判，宣告了倡导平行比较和注重文学审美的比较文学美国学派的诞生。韦勒克作了题为《比较文学的危机》的挑战性发言，对当时一统天下的法国学派进行了猛烈批判，宣告了比较文学美国学派的诞生。韦勒克说："我认为，内容和方法之间的人为界线，渊源和影响的机械主义概念，以及尽管是十分慷慨的但仍属文化民族主义的动机，是比较文学研究中持久危机的症状。"韦勒克指出："比较也不能仅仅局限在历史上的事实联系中，正如最近语言学家的经验向文学研究者表明的那样，比较的价值既存在于事实联系的影响研究中，也存在于毫无历史关系的语言现象或类型的平等对比中。"很明显，韦勒克提出了比较文学就是要比较（comparison），就是要恢复巴登斯佩哲所讽刺和抛弃的"找点类似点"的平行比较研究。美国著名比较文学家雷马克（Henry Remak）在他的著名论文《比较文学的定义与功用》中深刻地分析了法国学派为什么放弃"比较"（comparison）的原因和本质。他分析说："法国比较文学否定'纯粹'的比较（comparison），它忠实于十九世纪实证主义学术研究的传统，即实证主义所坚持并热切期望的文学研究的'科学性'。按照这种观点，纯粹的类比不会得出任何结论，尤其是不能得出有更大意义的、系统的、概括性的结论。……既然值得尊重的科学必须致力于因果关系的探索，而比较文学必须具有科学性，因此，比较文学应该研究因果关系，即影响、交流、变更等。"雷马克进一步尖锐地指出，"比较文学"不是"影响文学"。只讲影响不要比较的"比较文学"，当然是名不副实的。显然，法国学派抛弃了"比较"（comparison），但是仍然带着一顶"比较文学"的帽子，才造成了比较文学"名"与"实"不相符合，造成比较文学不比较的尴尬，这才是问题的关键。

美国学派最大的贡献，是恢复了被法国学派所抛弃的比较文学应有的本义——"比较"（The American school went back to the original sense of comparative literature ——"comparison"），美国学派提出了标志其学派学科理论体系的平行比较和跨学科比较："比较文学是一国文学与另一国或多国文学的比较，是文学与人类其他表现领域的比较。"显然，自从美国学派倡导比较文学应当比较（comparison）以后，比较文学就不再有名与实不相符合的问题了，我们就不应当再继续笼统地说"比较文学不是文学比较"了，不应当再以"比较文学不是文学比较"来误导学生！更不可以说"一百余年来，比较文学这个名称是名不副实的。"不能够将雷马克的观点也强行解释为"比较文学不是比较"。因为在美国学派看来，比较文学就是要比较（comparison）。比较文学就是要恢复被巴登斯佩哲所讽刺和抛弃的"找点类似点"的平行比较研究。因为平行研究的可比性，正是类同性。正如韦勒克所说，"比较的价值既存在于事实联系的影响研究中，也存在于毫无历史关系的语言现象或类型的平等对比中。"恢复平行比较研究、跨学科研究，形成了以"找点类似点"的平行研究和跨学科研究为特征的比较文学美国学派学科理论和方法论体系。美国学派的学科理论以"类型学"、"比较诗学"、"跨学科比较"为主，并拓展原属于影响研究的"主题学"、"文类学"等领域，大大扩展比较文学研究领域。

二、比较文学的三个阶段

下面，我们从比较文学的三个学科理论阶段，进一步剖析比较文学不同阶段的学科理论特征。现代意义上的比较文学学科发展以"跨越"与"沟通"为目标，形成了类似"层叠"式、"涟漪"式的发展模式，经历了三个重要的学科理论阶段，即：

一、欧洲阶段，比较文学的成形期；二、美洲阶段，比较文学的转型期；三、亚洲阶段，比较文学的拓展期。我们将比较文学三个阶段的发展称之为"涟漪式"结构，实际上是揭示了比较文学学科理论的继承与创新的辩证关系：比较文学学科理论的发展，不是以新的理论否定和取代先前的理论，而是层叠式、累进式地形成"涟漪"式的包容性发展模式，逐步积累推进。比较文学学科理论发展呈现为层叠式、"涟漪"式、包容式的发展模式。我们把这个模式描绘如下：

法国学派主张比较文学是国际文学关系，是不同国家文学的影响关系。形成学科理论第一圈层：比较文学——影响研究；美国学派主张恢复平行比较，形成学科理论第二圈层：比较文学——影响研究＋平行研究＋跨学科研究；中国学派提出跨文明研究和变异研究，形成学科理论第三圈层：比较文学——影响研究＋平行研究＋跨学科研究＋跨文明研究＋变异研究。这三个圈层并不互相排斥和否定，而是继承和包容。我们将比较文学三个阶段的发展称之为层叠式、"涟漪"式、包容式结构，实际上是揭示了比较文学学科理论的继承与创新的辩证关系。

法国学派提出，可比性的第一个立足点是同源性，由关系构成的同源性。同源性主要是针对影响关系研究而言的。法国学派将同源性视作可比性的核心，认为影响研究的可比性是同源性。所谓同源性，指的是通过对不同国家、不同民族和不同语言的文学的文学关系研究，寻求一种有事实联系的同源关系，这种影响的同源关系可以通过直接、具体的材料得以证实。同源性往往建立在一条可追溯关系的三点一线的"影响路线"之上，这条路线由发送者、接受者和传递者三部分构成。如果没有相同的源流，也就不可能有影响关系，也就谈不上可比性，这就是"同源性"。以渊源学、流传学和媒介学作为研究的中心，依靠具体的事实材料在国别文学之间寻求主题、题材、文体、原型、思想渊源等方面的同源影响关系。注重事实性的关联和渊源性的影响，并采用严谨的实证方法，重视对史料的搜集和求证，具有重要的学术价值与学术意义，仍然具有广阔的研究前景。渊源学的例子：杨宪益，《西方十四行诗的渊源》。

比较文学学科理论的第二阶段在美洲，第二阶段是比较文学学科理论的转型期。从 20 世纪 60 年代以来，比较文学研究的主要阵地逐渐从法国转向美国，平行研究的可比性是什么？是类同性。类同性是指是没有文学影响关系的不同国家文学所表现出的相似和契合之处。以类同性为基本立足点的平行研究与影响研究一样都是超出国界的文学研究，但它不涉及影响关系研究的放送、流传、媒介等问题。平行研究强调不同国家的作家、作品、文学现象的类同比较，比较结果是总结出于文学作品的美学价值及文学发展具有规律性的东西。其比较必须具有可比性，这个可比性就是类同性。研究文学中类同的：风格、结构、内容、形式、流派、情节、技巧、手法、情调、形象、主题、文类、文学思潮、文学理论、文学规律。例如钱钟书《通感》认为，中国诗文有一种描写手法，古代批评家和修辞学家似乎都没有拈出。宋祁《玉楼春》词有句名句："红杏枝头春意闹。"这与西方的通感描写手法可以比较。

比较文学的又一次危机：比较文学的死亡

九十年代，欧美学者提出，比较文学作为一门学科已经死亡！最早是英国学者苏珊·巴斯奈特 1993 年她在《比较文学》一书中提出了比较文学的死亡论，认为比较文学作为一门学科，在某种意义上已经死亡。尔后，美国学者斯皮瓦克写了一部比较文学专著，书名就叫《一个学科的死亡》。为什么比较文学会死亡，斯皮瓦克的书中并没有明确回答！为什么西方学者会提出比较文学死亡论？全世界比较文学界都十分困惑。我们认为，20 世纪 90 年代以来，欧美比较文学继"理论热"之后，又出现了大规模的"文化转向"。脱离了比较文学的基本立场。首先是不比较，即不讲比较文学的可比性问题。西方比较文学研究充斥大量的 Culture Studies（文化研究），已经不考虑比较的合理性，不考虑比较文学的可比性问题。第二是不文学，即不关心文学问题。西方学者热衷于文化研究，关注的已经不是文学性，而是精神分析、政治、性别、阶级、结构等等。最根本的原因，是比较文学学科长期囿于西方中心论，有意无意地回避东西方不同文明文学的比较问题，基本上忽略了学科理论的新生长点，比较文学学科理论缺乏创新，严重忽略了比较文学的差异性和变异性。

要克服比较文学的又一次危机，就必须打破西方中心论，克服比较文学学科理论一味求同的比较文学学科理论模式，提出适应当今全球化比较文学研究的新话语。中国学派，正是在此次危机中，提出了比较文学变异学研究，总结出了新的学科理论话语和一套新的方法论。

中国大陆第一部比较文学概论性著作是卢康华、孙景尧所著《比较文学导论》，该书指出："什么是比较文学？现在我们可以借用我国学者季羡林先生的解释来回答了：'顾名思义，比较文学就是把不同国家的文学拿出来比较，这可以说是狭义的比较文学。广义的比较文学是把文学同其他学科来比较，包括人文科学和社会科学'。"[1]这个定义可以说是美国雷马克定义的翻版。不过，该书又接着指出："我们认为最精炼易记的还是我国学者钱钟书先生的说法：'比较文学作为一门专门学科，则专指跨越国界和语言界限的文学比较'。更具体地说，就是把不同国家不同语言的文学现象放在一起进行比较，研究他们在文艺理论、文学思潮，具体作家、作品之间的互相影响。"[2]这个定义似乎更接近法国学派的定义，没有强调平行比较与跨学科比较。紧接该书之后的教材是陈挺的《比较文学简编》，该书仍旧以"广义"与"狭义"来解释比较文学的定义，指出："我们认为，通常说的比较文学是狭义的，即指超越国家、民族和语言界限的文学研究……广义的比较文学还可以包括文学与其他艺术（音乐、绘画等）与其他意识形态（历史、哲学、政治、宗教等）之间的相互关系的研究。"[3]中国比较文学早期对于比较文学的定义中凸显了很强的不确定性。

由乐黛云主编，高等教育出版社 1988 年的《中西比较文学教程》，则对比较文学定义有了较为深入的认识，该书在详细考查了中外不同的定义之后，该书指出："比较文学不应受到语言、民族、国家、学科等限制，而要走向一种开放性，力图寻求世界文学发展的共同规律。"[4]"世界文学"概念的纳入极大拓宽了比较文学的内涵，为"跨文化"定义特征的提出做好了铺垫。

随着时间的推移，学界的认识逐步深化。1997 年，陈惇、孙景尧、谢天振主编的《比较文学》提出了自己的定义："把比较文学看作跨民族、跨语言、跨文化、跨学科的文学研究，更符合比较文学的实质，更能反映现阶段人们对于比较文学的认识。"[5]2000 年北京师范大学出版社出版了《比较文学概论》修订本，提出："什么是比较文学呢？比较文学是一种开放式的文学研究，它具有宏观的视野和国际的角度，以跨民族、跨语言、跨文化、跨学科界限的各种文学关系为研究对象，在理论和方法上，具有比较的自觉意识和兼容并包的特色。"[6]这是我们目前所看到的国内较有特色的一个定义。

---

1 卢康华、孙景尧著《比较文学导论》，黑龙江人民出版社 1984，第 15 页。
2 卢康华、孙景尧著《比较文学导论》，黑龙江人民出版社 1984 年版。
3 陈挺《比较文学简编》，华东师范大学出版社 1986 年版。
4 乐黛云主编《中西比较文学教程》，高等教育出版社 1988 年版。
5 陈惇、孙景尧、谢天振主编《比较文学》，高等教育出版社 1997 年版。
6 陈惇、刘象愚《比较文学概论》，北京师范大学出版社 2000 年版。

具有代表性的比较文学定义是 2002 年出版的杨乃乔主编的《比较文学概论》一书，该书的定义如下："比较文学是以跨民族、跨语言、跨文化与跨学科为比较视域而展开的研究，在学科的成立上以研究主体的比较视域为安身立命的本体，因此强调研究主体的定位，同时比较文学把学科的研究客体定位于民族文学之间与文学及其他学科之间的三种关系：材料事实关系、美学价值关系与学科交叉关系，并在开放与多元的文学研究中追寻体系化的汇通。"[7]方汉文则认为："比较文学作为文学研究的一个分支学科，它以理解不同文化体系和不同学科间的同一性和差异性的辩证思维为主导，对那些跨越了民族、语言、文化体系和学科界限的文学现象进行比较研究，以寻求人类文学发生和发展的相似性和规律性。"[8]由此而引申出的"跨文化"成为中国比较文学学者对于比较文学定义所做出的历史性贡献。

我在《比较文学教程》中对比较文学定义表述如下："比较文学是以世界性眼光和胸怀来从事不同国家、不同文明和不同学科之间的跨越式文学比较研究。它主要研究各种跨越中文学的同源性、变异性、类同性、异质性和互补性，以影响研究、变异研究、平行研究、跨学科研究、总体文学研究为基本方法论，其目的在于以世界性眼光来总结文学规律和文学特性，加强世界文学的相互了解与整合，推动世界文学的发展。"[9]在这一定义中，我再次重申"跨国""跨学科""跨文明"三大特征，以"变异性""异质性"突破东西文明之间的"第三堵墙"。

"首在审己，亦必知人"。中国比较文学学者在前人定义的不断论争中反观自身，立足中国经验、学术传统，以中国学者之言为比较文学的危机处境贡献学科转机之道。

三、两岸共建比较文学话语——比较文学中国学派

中国学者对于比较文学定义的不断明确也促成了"比较文学中国学派"的生发。得益于两岸几代学者的垦拓耕耘，这一议题成为近五十年来中国比较文学发展中竖起的最鲜明、最具争议性的一杆大旗，同时也是中国比较文学学科理论研究最有创新性，最亮丽的一道风景线。

---

7 杨乃乔主编《比较文学概论》，北京大学出版社 2002 年版。
8 方汉文《比较文学基本原理》，苏州大学出版社 2002 年版。
9 曹顺庆《比较文学教程》，高等教育出版社 2006 年版。

比较文学"中国学派"这一概念所蕴含的理论的自觉意识最早出现的时间大约是 20 世纪 70 年代。当时的台湾由于派出学生留洋学习，接触到大量的比较文学学术动态，率先掀起了中外文学比较的热潮。1971 年 7 月在台湾淡江大学召开的第一届"国际比较文学会议"上，朱立元、颜元叔、叶维廉、胡辉恒等学者在会议期间提出了比较文学的"中国学派"这一学术构想。同时，李达三、陈鹏翔（陈慧桦）、古添洪等致力于比较文学中国学派早期的理论催生。如 1976 年，古添洪、陈慧桦出版了台湾比较文学论文集《比较文学的垦拓在台湾》。编者在该书的序言中明确提出："我们不妨大胆宣言说，这援用西方文学理论与方法并加以考验、调整以用之于中国文学的研究，是比较文学中的中国派"[10]。这是关于比较文学中国学派较早的说明性文字，尽管其中提到的研究方法过于强调西方理论的普世性，而遭到美国和中国大陆比较文学学者的批评和否定；但这毕竟是第一次从定义和研究方法上对中国学派的本质进行了系统论述，具有开拓和启明的作用。后来，陈鹏翔又在台湾《中外文学》杂志上连续发表相关文章，对自己提出的观点作了进一步的阐释和补充。

在"中国学派"刚刚起步之际，美国学者李达三起到了启蒙、催生的作用。李达三于 60 年代来华在台湾任教，为中国比较文学培养了一批朝气蓬勃的生力军。1977 年 10 月，李达三在《中外文学》6 卷 5 期上发表了一篇宣言式的文章《比较文学中国学派》，宣告了比较文学的中国学派的建立，并认为比较文学中国学派旨在"与比较文学中早已定于一尊的西方思想模式分庭抗礼。由于这些观念是源自对中国文学及比较文学有兴趣的学者，我们就将含有这些观念的学者统称为比较文学的'中国'学派。"并指出中国学派的三个目标：1、在自己本国的文学中，无论是理论方面或实践方面，找出特具"民族性"的东西，加以发扬光大，以充实世界文学；2、推展非西方国家"地区性"的文学运动，同时认为西方文学仅是众多文学表达方式之一而已；3、做一个非西方国家的发言人，同时并不自诩能代表所有其他非西方的国家。李达三后来又撰文对比较文学研究状况进行了分析研究，积极推动中国学派的理论建设。[11]

继中国台湾学者垦拓之功，在 20 世纪 70 年代末复苏的大陆比较文学研

---

10 古添洪、陈慧桦《比较文学的垦拓在台湾》，台湾东大图书公司 1976 年版。
11 李达三《比较文学研究之新方向》，台湾联经事业出版公司 1978 年版。

究亦积极参与了"比较文学中国学派"的理论建设和学科建设。

季羡林先生 1982 年在《比较文学译文集》的序言中指出:"以我们东方文学基础之雄厚，历史之悠久，我们中国文学在其中更占有独特的地位，只要我们肯努力学习，认真钻研，比较文学中国学派必然能建立起来，而且日益发扬光大"[12]。1983 年 6 月，在天津召开的新中国第一次比较文学学术会议上，朱维之先生作了题为《比较文学中国学派的回顾与展望》的报告，在报告中他旗帜鲜明地说:"比较文学中国学派的形成（不是建立）已经有了长远的源流，前人已经做出了很多成绩，颇具特色，而且兼有法、美、苏学派的特点。因此，中国学派绝不是欧美学派的尾巴或补充"[13]。1984 年，卢康华、孙景尧在《比较文学导论》中对如何建立比较文学中国学派提出了自己的看法，认为应当以马克思主义作为自己的理论基础，以我国的优秀传统与民族特色为立足点与出发点，汲取古今中外一切有用的营养，去努力发展中国的比较文学研究。同年在《中国比较文学》创刊号上，朱维之、方重、唐弢、杨周翰等人认为中国的比较文学研究应该保持不同于西方的民族特点和独立风貌。1985 年，黄宝生发表《建立比较文学的中国学派：读〈中国比较文学〉创刊号》，认为《中国比较文学》创刊号上多篇讨论比较文学中国学派的论文标志着大陆对比较文学中国学派的探讨进入了实际操作阶段。[14]1988 年，远浩一提出"比较文学是跨文化的文学研究"（载《中国比较文学》1988 年第 3 期）。这是对比较文学中国学派在理论特征和方法论体系上的一次前瞻。同年，杨周翰先生发表题为"比较文学：界定'中国学派'，危机与前提"（载《中国比较文学通讯》1988 年第 2 期），认为东方文学之间的比较研究应当成为"中国学派"的特色。这不仅打破比较文学中的欧洲中心论，而且也是东方比较学者责无旁贷的任务。此外，国内少数民族文学的比较研究，也应该成为"中国学派"的一个组成部分。所以，杨先生认为比较文学中的大量问题和学派问题并不矛盾，相反有助于理论的讨论。1990 年，远浩一发表"关于'中国学派'"（载《中国比较文学》1990 年第 1 期），进一步推进了"中国学派"的研究。此后直到 20 世纪 90 年代末，中国学者就比较文学中国学派的建立、理论与方法以及相应的学科理论等诸多问题进行了积极而富有成效的探讨。

---

12 张隆溪《比较文学译文集》，北京大学出版社 1984 年版。
13 朱维之《比较文学论文集》，南开大学出版社 1984 年版。
14 参见《世界文学》1985 年第 5 期。

刘介民、远浩一、孙景尧、谢天振、陈淳、刘象愚、杜卫等人都对这些问题付出过不少努力。《暨南学报》1991 年第 3 期发表了一组笔谈，大家就这个问题提出了意见，认为必须打破比较文学研究中长期存在的法美研究模式，建立比较文学中国学派的任务已经迫在眉睫。王富仁在《学术月刊》1991 年第 4 期上发表"论比较文学的中国学派问题"，论述中国学派兴起的必然性。而后，以谢天振等学者为代表的比较文学研究界展开了对"X+Y"模式的批判。比较文学在大陆复兴之后，一些研究者采取了"X+Y"式的比附研究的模式，在发现了"惊人的相似"之后便万事大吉，而不注意中西巨大的文化差异性，成为了浅度的比附性研究。这种情况的出现，不仅是中国学者对比较文学的理解上出了问题，也是由于法美学派研究理论中长期存在的研究模式的影响，一些学者并没有深思中国与西方文学背后巨大的文明差异性，因而形成"X+Y"的研究模式，这更促使一些学者思考比较文学中国学派的问题。

经过学者们的共同努力，比较文学中国学派一些初步的特征和方法论体系逐渐凸显出来。1995 年，我在《中国比较文学》第 1 期上发表《比较文学中国学派基本理论特征及其方法论体系初探》一文，对比较文学在中国复兴十余年来的发展成果作了总结，并在此基础上总结出中国学派的理论特征和方法论体系，对比较文学中国学派作了全方位的阐述。继该文之后，我又发表了《跨越第三堵'墙'创建比较文学中国学派理论体系》等系列论文，论述了以跨文化研究为核心的"中国学派"的基本理论特征及其方法论体系。这些学术论文发表之后在国内外比较文学界引起了较大的反响。台湾著名比较文学学者古添洪认为该文"体大思精，可谓已综合了台湾与大陆两地比较文学中国学派的策略与指归，实可作为'中国学派'在大陆再出发与实践的蓝图"[15]。

在我撰文提出比较文学中国学派的基本特征及方法论体系之后，关于中国学派的论争热潮日益高涨。反对者如前国际比较文学学会会长佛克马（Douwe Fokkema）1987 年在中国比较文学学会第二届学术讨论会上就从所谓的国际观点出发对比较文学中国学派的合法性提出了质疑，并坚定地反对建立比较文学中国学派。来自国际的观点并没有让中国学者失去建立比较文学中国学派的热忱。很快中国学者智量先生就在《文艺理论研究》1988 年第

---

15 古添洪《中国学派与台湾比较文学界的当前走向》，参见黄维梁编《中国比较文学理论的垦拓》167 页，北京大学出版社 1998 年版。

1 期上发表题为《比较文学在中国》一文，文中援引中国比较文学研究取得的成就，为中国学派辩护，认为中国比较文学研究成绩和特色显著，尤其在研究方法上足以与比较文学研究历史上的其他学派相提并论，建立中国学派只会是一个有益的举动。1991 年，孙景尧先生在《文学评论》第 2 期上发表《为"中国学派"一辩》，孙先生认为佛克马所谓的国际主义观点实质上是"欧洲中心主义"的观点，而"中国学派"的提出，正是为了清除东西方文学与比较文学学科史中形成的"欧洲中心主义"。在 1993 年美国印第安纳大学举行的全美比较文学会议上，李达三仍然坚定地认为建立中国学派是有益的。二十年之后，佛克马教授修正了自己的看法，在 2007 年 4 月的"跨文明对话——国际学术研讨会（成都）"上，佛克马教授公开表示欣赏建立比较文学中国学派的想法[16]。即使学派争议一派繁荣景象，但最终仍旧需要落点于学术创见与成果之上。

比较文学变异学便是中国学派的一个重要理论创获。2005 年，我正式在《比较文学学》[17]中提出比较文学变异学，提出比较文学研究应该从"求同"思维中走出来，从"变异"的角度出发，拓宽比较文学的研究。通过前述的法、美学派学科理论的梳理，我们也可以发现前期比较文学学科是缺乏"变异性"研究的。我便从建构中国比较文学学科理论话语体系入手，立足《周易》的"变异"思想，建构起"比较文学变异学"新话语，力图以中国学者的视角为全世界比较文学学科理论提供一个新视角、新方法和新理论。

比较文学变异学的提出根植于中国哲学的深层内涵，如《周易》之"易之三名"所构建的"变易、简易、不易"三位一体的思辨意蕴与意义生成系统。具体而言，"变易"乃四时更替、五行运转、气象畅通、生生不息；"不易"乃天上地下、君南臣北、纲举目张、尊卑有位；"简易"则是乾以易知、坤以简能、易则易知、简则易从。显然，在这个意义结构系统中，变易强调"变"，不易强调"不变"，简易强调变与不变之间的基本关联。万物有所变，有所不变，且变与不变之间存在简单易从之规律，这是一种思辨式的变异模式，这种变异思维的理论特征就是：天人合一、物我不分、对立转化、整体关联。这是中国古代哲学最重要的认识论，也是与西方哲学所不同的"变异"思想。

---

16 见《比较文学报》2007 年 5 月 30 日，总第 43 期。
17 曹顺庆《比较文学学》，四川大学出版社 2005 年版。

由哲学思想衍生于学科理论,比较文学变异学是"指对不同国家、不同文明的文学现象在影响交流中呈现出的变异状态的研究,以及对不同国家、不同文明的文学相互阐发中出现的变异状态的研究。通过研究文学现象在影响交流以及相互阐发中呈现的变异,探究比较文学变异的规律。"[18]变异学理论的重点在求"异"的可比性,研究范围包含跨国变异研究、跨语际变异研究、跨文化变异研究、跨文明变异研究、文学的他国化研究等方面。比较文学变异学所发现的文化创新规律、文学创新路径是基于中国所特有的术语、概念和言说体系之上探索出的"中国话语",作为比较文学第三阶段中国学派的代表性理论已经受到了国际学界的广泛关注与高度评价,中国学术话语产生了世界性影响。

四、国际视野中的中国比较文学

文明之墙让中国比较文学学者所提出的标识性概念获得国际视野的接纳、理解、认同以及运用,经历了跨语言、跨文化、跨文明的多重关卡,国际视野下的中国比较文学书写亦经历了一个从"遍寻无迹""只言片语"而"专篇专论",从最初的"话语乌托邦"至"阶段性贡献"的过程。

二十世纪六十年代以来港台学者致力于从课程教学、学术平台、人才培养,国内外学术合作等方面巩固比较文学这一新兴学科的建立基石,如淡江文理学院英文系开设的"比较文学"(1966),香港大学开设的"中西文学关系"(1966)等课程;台湾大学外文系主编出版之《中外文学》月刊、淡江大学出版之《淡江评论》季刊等比较文学研究专刊;后又有台湾比较文学学会(1973 年)、香港比较文学学会(1978)的成立。在这一系列的学术环境构建下,学者前贤以"中国学派"为中国比较文学话语核心在国际比较文学学科理论、方法论中持续探讨,率先启声。例如李达三在 1980 年香港举办的东西方比较文学学术研讨会成果中选取了七篇代表性文章,以 *Chinese-Western Comparative Literature: Theory and Strategy* 为题集结出版,[19]并在其结语中附上那篇"中国学派"宣言文章以申明中国比较文学建立之必要。

学科开山之际,艰难险阻之巨难以想象,但从国际学者相关言论中可见西方对于中国比较文学学科的发展抱有的希望渺小。厄尔·迈纳(Earl Miner)

---

18 曹顺庆主编《比较文学概论》,高等教育出版社 2015 年版。

19 ***Chinese-Western Comparative Literature:Theory & Strategy***,Chinese Univ Pr.1980-6

在 1987 年发表的 *Some Theoretical and Methodological Topics for Comparative Literature* 一文中谈到当时西方的比较文学鲜有学者试图将非西方材料纳入西方的比较文学研究中。(until recently there has been little effort to incorporate non-Western evidence into Western com- parative study.) 1992 年，斯坦福大学教授 David Palumbo-Liu 直接以《话语的乌托邦：论中国比较文学的不可能性》为题（*The Utopias of Discourse: On the Impossibility of Chinese Comparative Literature*) 直言中国比较文学本质上是一项"乌托邦"工程。(My main goal will be to show how and why the task of Chinese comparative literature, particularly of pre-modern literature, is essentially a *utopian* project.) 这些对于中国比较文学的诘难与质疑，今美国加州大学圣地亚哥分校文学系主任张英进教授在其 1998 编著的 *China in a polycentric world: essays in Chinese comparative literature* 前言中也不得不承认中国比较文学研究在国际学术界中仍然处于边缘地位（The fact is, however, that Chinese comparative literature remained marginal in academia, even though it has developed closely with the rest of literary studies in the United Stated and even though China has gained increasing importance in the geopolitical world order over the past decades.)。[20]但张英进教授也展望了下一个千年中国比较文学研究的蓝景。

新的千年新的气象，"世界文学""全球化"等概念的冲击下，让西方学者开始注意到东方，注意到中国。如普渡大学教授斯蒂文·托托西（Tötösy de Zepetnek, Steven）1999 年发长文 *From Comparative Literature Today Toward Comparative Cultural Studies* 阐明比较文学研究更应该注重文化的全球性、多元性、平等性而杜绝等级划分的参与。托托西教授注意到了在法德美所谓传统的比较文学研究重镇之外，例如中国、日本、巴西、阿根廷、墨西哥、西班牙、葡萄牙、意大利、希腊等地区，比较文学学科得到了出乎意料的发展（emerging and developing strongly）。在这篇文章中，托托西教授列举了世界各地比较文学研究成果的著作，其中中国地区便是北京大学乐黛云先生出版的代表作品。托托西教授精通多国语言，研究视野也常具跨越性，新世纪以来也致力于以跨越性的视野关注世界各地比较文学研究的动向。[21]

---

20 Moran T . Yingjin Zhang, Ed. China in a Polycentric World: Essays in Chinese Comparative Literature[J].现代中文文学学报,2000,4(1):161-165.

21 Tötösy de Zepetnek, Steven. "From Comparative Literature Today Toward Comparative Cultural Studies." CLCWeb: Comparative Literature and Culture 1.3 (1999):

以上这些国际上不同学者的声音一则质疑中国比较文学建设的可能性，一则观望着这一学科在非西方国家的复兴样态。争议的声音不仅在国际学界，国内学界对于这一新兴学科的全局框架中涉及的理论、方法以及学科本身的立足点，例如前文所说的比较文学的定义，中国学派等等都处于持久论辩的漩涡。我们也通晓如果一直处于争议的漩涡中，便会被漩涡所吞噬，只有将论辩化为成果，才能转漩涡为涟漪，一圈一圈向外辐射，国际学人也在等待中国学者自己的声音。

上海交通大学王宁教授作为中国比较文学学者的国际发声者自 20 世纪末至今已撰文百余篇，他直言，全球化给西方学者带来了学科死亡论，但是中国比较文学必将在这全球化语境中更为兴盛，中国的比较文学学者一定会对国际文学研究做出更大的贡献。新世纪以来中国学者也不断地将自身的学科思考成果呈现在世界之前。2000 年，北京大学周小仪教授发文（*Comparative Literature in China*）[22]率先从学科史角度构建了中国比较文学在两个时期（20 世纪 20 年代至 50 年代，70 年代至 90 年代）的发展概貌，此文关于中国比较文学的复兴崛起是源自中国文学现代性的产生这一观点对美国芝加哥大学教授苏源熙（Haun Saussy）影响较深。苏源熙在 2006 年的专著 *Comparative Literature in an Age of Globalization* 中对于中国比较文学的讨论篇幅极少，其中心便是重申比较文学与中国文学现代性的联系。这篇文章也被哈佛大学教授大卫·达姆罗什（David Damrosch）收录于《普林斯顿比较文学资料手册》（*The Princeton Sourcebook in Comparative Literature*，2009[23]）。类似的学科史介绍在英语世界与法语世界都接续出现，以上大致反映了中国学者对于中国比较文学研究的大概描述在西学界的接受情况。学科史的构架对于国际学术对中国比较文学发展脉络的把握很有必要，但是在此基础上的学科理论实践才是关系于中国比较文学学科国际性发展的根本方向。

我在 20 世纪 80 年代以来 40 余年间便一直思考比较文学研究的理论构建问题，从以西方理论阐释中国文学而造成的中国文艺理论"失语症"思考

22　Zhou, Xiaoyi and Q.S. Tong, "Comparative Literature in China", Comparative Literature and Comparative Cultural Studies, ed., Totosy de Zepetnek, West Lafayette, Indiana: Purdue University Press, 2003, 268-283.

23　Damrosch, David (EDT)*The Princeton Sourcebook in Comparative Literature*: Princeton University Press

属于中国比较文学自身的学科方法论，从跨异质文化中产生的"文学误读""文化过滤""文学他国化"提出"比较文学变异学"理论。历经 10 年的不断思考，2013 年，我的英文著作：*The Variation Theory of Comparative Literature*（《比较文学变异学》），由全球著名的出版社之一斯普林格（Springer）出版社出版，并在美国纽约、英国伦敦、德国海德堡出版同时发行。*The Variation Theory of Comparative Literature*（《比较文学变异学》）系统地梳理了比较文学法国学派与美国学派研究范式的特点及局限，首次以全球通用的英语语言提出了中国比较文学学科理论新话语："比较文学变异学"。这一新概念、新范畴和新表述，引导国际学术界展开了对变异学的专刊研究（如普渡大学创办刊物《比较文学与文化》2017 年 19 期）和讨论。

欧洲科学院院士、西班牙圣地亚哥联合大学让·莫内讲席教授、比较文学系教授塞萨尔·多明戈斯教授（Cesar Dominguez），及美国科学院院士、芝加哥大学比较文学教授苏源熙（Haun Saussy）等学者合著的比较文学专著（Introducing Comparative literature: New Trends and Applications[24]）高度评价了比较文学变异学。苏源熙引用了《比较文学变异学》（英文版）中的部分内容，阐明比较文学变异学是十分重要的成果。与比较文学法国学派和美国学派形成对比，曹顺庆教授倡导第三阶段理论，即，新奇的、科学的中国学派的模式，以及具有中国学派本身的研究方法的理论创新与中国学派"（《比较文学变异学》（英文版）第 43 页）。通过对"中西文化异质性的"跨文明研究"，曹顺庆教授的看法会更进一步的发展与进步（《比较文学变异学》（英文版）第 43 页），这对于中国文学理论的转化和西方文学理论的意义具有十分重要的价值。（"Another important contribution in the direction of an imparative comparative literature-at least as procedure-is Cao Shunqing's 2013 *The Variation Theory of Comparative Literature*. In contrast to the "French School" and "American School" of comparative Literature, Cao advocates a "third-phrase theory", namely, "a novel and scientific mode of the Chinese school," a "theoretical innovation and systematization of the Chinese school by relying on our *own* methods" (*Variation Theory* 43; emphasis added). From this etic beginning, his proposal moves forward emically by developing a "cross-civilizaional study on the heterogeneity between

---

24 Cesar Dominguez,Haun Saussy,Dario Villanueva Introducing Comparative literature: New Trends and Applications，Routledge,2015

Chinese and Western culture" (43), which results in both the foreignization of Chinese literary theories and the Signification of Western literary theories.)

　　法国索邦大学（Sorbonne University）比较文学系主任伯纳德·弗朗科（Bernard Franco）教授在他出版的专著（《比较文学：历史、范畴与方法》）*La littératurecomparée: Histoire, domaines, méthodes* 中以专节引述变异学理论，他认为曹顺庆教授提出了区别于影响研究与平行研究的"第三条路"，即"变异理论"，这对应于观点的转变，从"跨文化研究"到"跨文明研究"。变异理论基于不同文明的文学体系相互碰撞为形式的交流过程中以产生新的文学元素，曹顺庆将其定义为"研究不同国家的文学现象所经历的变化"。因此曹顺庆教授提出的变异学理论概述了一个新的方向，并展示了比较文学在不同语言和文化领域之间建立多种可能的桥梁。(Il évoque l'hypothèse d'une troisième voie, la « théorie de la variation », qui correspond à un déplacement du point de vue, de celui des « études interculturelles » vers celui des « études transcivilisationnelles . » Cao Shunqing la définit comme « l'étude des variations subies par des phénomènes littéraires issus de différents pays, avec ou sans contact factuel, en même temps que l'étude comparative de l'hétérogénéité et de la variabilité de différentes expressions littéraires dans le même domaine ».Cette hypothèse esquisse une nouvelle orientation et montre la multiplicité des passerelles possibles que la littérature comparée établit entre domaines linguistiques et culturels différents.) [25]。

　　美国哈佛大学（Harvard University）厄内斯特·伯恩鲍姆讲席教授、比较文学教授大卫·达姆罗什（David Damrosch）对该专著尤为关注。他认为《比较文学变异学》（英文版）以中国视角呈现了比较文学学科话语的全球传播的有益尝试。曹顺庆教授对变异的关注提供了较为适用的视角，一方面超越了亨廷顿式简单的文化冲突模式，另一方面也跨越了同质性的普遍化。[26]国际学界对于变异学理论的关注已经逐渐从其创新性价值探讨延伸至文学研究，例如斯蒂文·托托西近日在 *Cultura* 发表的（Peripheralities: "Minor" Literatures, Women's Literature, and Adrienne Orosz de Csicser's Novels）一文中便成功地将变异学理论运用于阿德里安·奥罗兹的小说研究中。

---

25 Bernard Franco La littératurecomparée: Histoire, domaines, méthodes，Armand Colin 2016.

26 David Damrosch Comparing the Literatures,Literary Studies in a Global Age,Princeton University Press,2020.

　　国际学界对于比较文学变异学的认可也证实了变异学作为一种普遍性理论提出的初衷，其合法性与适用性将在不同文化的学者实践中巩固、拓展与深化。它不仅仅是跨文明研究的方法，而是一种具有超越影响研究和平行研究，超越西方视角或东方视角的宏大视野、一种建立在文化异质性和变异性基础之上的融汇创生、一种追求世界文学和总体问题最终理想的哲学关怀。

　　以如此篇幅展现中国比较文学之况，是因为中国比较文学研究本就是在各种危机论、唱衰论的压力下，各种质疑论、概念论中艰难前行，不探源溯流难以体察今日中国比较文学研究成果之不易。文明的多样性发展离不开文明之间的交流互鉴。最具"跨文明"特征的比较文学学科更需要文明之间成果的共享、共识、共析与共赏，这是我们致力于比较文学研究领域的学术理想。

　　千里之行，不积跬步无以至，江海之阔，不积细流无以成！如此宏大的一套比较文学研究丛书得承花木兰总编辑杜洁祥先生之宏志，以及该公司同仁之辛劳，中国比较文学学者之鼎力相助，才可顺利集结出版，在此我要衷心向诸君表达感谢！中国比较文学研究仍有一条长远之途需跋涉，期以系列丛书一展全貌，愿读者诸君敬赐高见！

曹顺庆

二零二一年十月二十三日于成都锦丽园

序一　汉学历史与学术形态

阎纯德　北京语言大学

汉学历史和学术形态历史是既抽象又具体的存在，是浩瀚无边的过去、现在和未来。历史会让我们兴奋，也会使我们悲哀，有时会令人觉得它又仿佛是一个梦。但是，当我们梦醒而理智的时候，便会发现——自然史、时间史、太阳史、地球史、人类社会史，一切的一切，不管是曾经存在过的恐龙，还是至今还在生生不息的蚂蚁社群，天上的，地下的，看得见的，看不见的，一切都有自己的历史。一切都有过发生，一切都还在发展，一切都还会灭亡。

任何事物的发生都有一个有形或无形的孕育过程，"汉学"（Sinology）也是这样，其孕育和成长，就是中国文化与异质文化相互交媾浸淫的历史。这个历史，始于公元 1 世纪前后汉代所开通的丝绸之路，接下来是七八世纪的大唐帝国、十四五世纪的明代、清末的鸦片战争和"五四"新文化运动，这种文化的碰撞和交流之潮时起时伏直到今天，还会发展到永远。这是历史，是汉学的昨天、今天和未来，是其孕育、发生和成长的过程显现出的文化精神。但是，昨天有远有近，我们可以循蛛丝马迹地探讨找回其真；而今天，只是一个过渡，一俟走过，便成为昨天的陈迹。写作汉学史是一件艰难的劳作，尤其对象是遥远的昨天，尤其是"遗失"在异国他乡的昨天，更非一件易事。时至今日，朦胧面纱下的汉学还不为一些学人所认识，因此有必要取下面纱，让人们看个究竟。

从 20 世纪 70 年代中期之后，尤其 90 年代以降，"汉学"便逐渐成为学术界耳熟能详的学术名词。中国大陆重提"汉学"至今，汉学就像隐藏在深山里的小溪，经过 30 年的艰辛跋涉之后，才终于形成一条奔腾的水流，并成为中国文化水系不可或缺的组成部分。这个变化是时代和历史变迁带来的结果，也是文化自己发展的规律。

那么，究竟什么是汉学呢？首先，这里的汉学非指汉代研究经学注重名物、训诂——后世称"研究经、史、名物、训诂考据之学"的"汉学"，而是指外国人研究中国历史、语言、哲学、文学、艺术、宗教、考古及社会、经济、法律、科技等人文和社会科学领域的那种学问，这起码已是200多年来世界上的习惯学术称谓。李学勤教授多次说："'汉学'，英语是Sinology，意思是对中国历史文化和语言文学等方面的研究。在国内学术界，'汉学'一词主要是指外国人对中国历史文化等的研究。有的学者主张把它改译为'中国学'，不过'汉学'沿用已久，在国外普遍流行，谈外国人这方面的研究，用'汉学'比较方便。"[1]Sinology一词来自外国，它不是汉代的"汉"，也不是汉族的"汉"，不指一代一族，其词根sino源于秦朝的"秦"（Sin），所指是中国。

在历史长河里，汉学由胚胎逐渐发育成长。当汉学走过少年时代，在西学东渐和中学西传互示友情之后，中学开始影响西方而成为人类文明史上的伟大事件。中世纪以来，欧洲视中国为"修明政治之邦"，对中国充满了好奇与好感，当"中国热"蜂起欧洲，19世纪初期法国便成为西方汉学的中心，巴黎成为"汉学之都"。戴密微（Paul Demiéville）曾说汉学的先驱是葡萄牙、西班牙和意大利。但是，汉学作为学术研究和一种文化形态，举大旗的则是法国人。1814年12月11日，雷慕沙（Jean Pierre Abel Rémusat）在法兰西学院首开"汉语和鞑靼—满语语言与文学讲座"，启开了西方真正的汉学时代。但指代汉学的"Sinologie"（英文"Sinology"）一词则出现在18世纪末，应该早于雷慕沙主持第一个汉学讲座的时间，更不会晚于1838年。从此之后，"Sinology"便成为主导汉学世界的图腾、约定俗成的学术"域名"。在世界文化史和汉学史上，外国人把研究中国的学问称为"汉学"，研究中国学问的造诣深厚的学者称为"汉学家"。因此，我认为，我们不必要标新立异，根据西方大部分汉学家的习惯看法，"Sinology"发展到如今，这一历史已久的学术概念有着最广阔的内涵，绝不是什么"汉族文化之学"，更不是什么汉代独有的"汉学"，它涵盖中国的一切学问，既有以儒释道为核心的传统文化，也包含"敦煌学"、"满学"、"西夏学"、"突厥学"以及"藏学"和"蒙古学"等领域。但是一直以来人们对汉学的理解和解释相左，因此便有了"中国学"、"海外汉学"、"海外中国学"、

---

1 李学勤，《国际汉学漫步·序》，石家庄：河北教育出版社，1997年版。

"域外汉学"、"国际汉学"、"世界汉学"、"国际中国文化"等不同的叫法；如果咬文嚼字，推演下来，一定还会有"国内汉学"、"国内中国学"，甚至"北京汉学"、"河南汉学"等。由于汉学的发展、演进，以法国为首的"传统汉学"和以美国为首的"现代汉学"，到了 20 世纪中叶之后，研究内容、理念和方法，已经出现相互兼容并包状态，就是说 Sinology 可以准确地包含 Chinese Studies 的内容和理念；从历史上看，尽管 Sinology 和 Chinese Studies 所负载的传统和内容有所不同，但现在却可以互为表达、"雌雄共体"同一个学术概念了。话再说回来，对于这样一个负载着深刻而丰富历史内涵的学术"域名"，我以为还是叫它 Sinology 为好，因为 Sinology 不仅承继了汉学的传统，而且也容纳了 Chinese Studies 较为广阔的内容。另外，中国人对中国文化的研究应该称为国学，而外国学者研究中国文化的那种学问则称为汉学。汉学是国学的有血有肉有灵魂的"影子"，而汉学不是国学，是介于中学与西学两者之间、本质上更接近西学的一种文化形态。说它与国学同根而生，说它们是一条藤上的两个瓜，都不为过，然而瓜的形象与味道却不相同，一个是"东瓜"，一个是"西瓜"。我认为这样认识汉学，既符合中国文化的学术规范，又符合世界上的历史认同与学术发展实际。

汉学的历史是中国文化与异质文化交流的历史，是外国学者阅读、认识、理解、研究、阐释中国文明的结晶。汉学作为外国人认识中国及其文化的桥梁，是中国文化和外国文化撞击后派生出来的学问，实际上也是中国文化另一种形式的自然延伸。但是，汉学不是纯粹的中国文化，它与中国文化有着密不可分的血缘关系，既是中外文化的"混血儿"，又是可以照见"中国文化"的镜子，是可以攻玉的"他山之石"。"'Sinology'是一门在国际文化中涉及双边或多边文化关系的近代边缘性的学术，它以'中国文化'作为研究的'客体'，以研究者各自的'本土文化语境'作为观察'客体'的基点，在'跨文化'的层面上各自表述其研究的结果，它具有'泛比较文化研究'的性质。"[2]以上两种表述虽有不同，但学理一致，基本可以厘清我们对于 Sinology（汉学）的基本学术定位。

法国汉学家马伯乐（Henri Maspero, 1883---1945）说过："中国是欧洲以外仅有的这样的一个国家：自远古起，其古老的本土文化传统一直流传至今。"法国哲学家弗朗索瓦·于连（François Jullien）也说："中国文明是在与欧洲没

2　严绍璗，《我对 Sinology 的理解和思考》，载《世界汉学》2006 年第 4 期。

有实际的借鉴或影响关系之下独自发展的、时间最长的文明……中国是从外部审视我们的思想——由此使之脱离传统成见——的理想形象。"[3]他在《为什么我们西方人研究哲学不能绕过中国》中提出："我们选择出发，也就是选择离开，以创造远景思维的空间。人们这样穿越中国也是为了更好地阅读希腊。"为了获得一个"外在的视点"，他才从遥远的视点出发，并借此视点去"解放"自己。这便是一个未曾断流、在世界上仅存的几种古老文化之一的中国文明的意义。中国文明是一道奔流不息的活水，活水流出去，以自己生命的光辉影响世界；流出的"活水"吸纳异国文化的智慧之后，形成既有中国文化的因子，又有外国文化思维的一种文化，这就是"汉学"。也就是说，汉学是以中国文化为原料，经过另一种文化精神的智慧加工而形成的一种文化。从某种意义上说，汉学既是外国化了的中国文化，又是中国化了的外国文化；抑或说是一种亦中亦西、不中不西有着独立个性的文化。汉学作为一门独立的具有跨文化性质的学科，是外国文化对中国文化借鉴的结果。汉学对外国人来说是他们的"中学"，对中国人来说又是西学，它的思想和理论体系仍属"西学"。

汉学研究是指对外国汉学家及其对中国文化研究成果的再研究，是中国学者对外国学者研究中国文化的反馈，也是对外国文化借鉴的一个方面。凡是对历史或异质文化进行研究，都有一个价值判断和公正褒贬的问题。因此，对于外国汉学家对于我们中国文化的研究，必得有我们自己的判断，然后做出公正的褒贬。我们说汉学是可以攻玉的"他山之石"，但是这句箴言并非只是适用于中国人，对外国人也是一样。汉学也像外国的本体文化一样，对我们来说有借鉴作用，对西方来说有启迪作用——西方学者以汉学为媒介来了解中国，汲取中国文化的精华，完善自己的文明。人类由于文化背景差异和文化语境的不同，思维方向和方式也会不同，因而就会得出不同的结论，讲出不同的道理。"西方学者接受近现代科学方法的训练，又由于他们置身局外，在庐山以外看庐山，有些问题国内学者司空见惯，习而不察，外国学者往往探骊得珠。如语言学、民俗学、考古学、人类学、社会学诸多领域，时时迸发出耀眼的火花。"[4]汉学的学术价值往往不被国人重视，并利用汉学家对于中国文化的一些误读贬低汉学的价值。其实，这并不公平，有些汉学家对于中国文化确实有其独到

3 ［法］弗朗索瓦·于连（François Jullien），《迂回与进入》，香港：中国香港三联书店，1998年版。
4 季羡林，《汉学研究·序》第七集，北京：中华书局，2003年版。

的见解，能发中国人未发之音。法国汉学家马伯乐对中国上古文化和上古宗教的研究就有独到的贡献，被称对中国宗教研究有"先河"之功。他研究中国宗教的宗教社会学的方法，促进和推动了中国学者采用宗教社会学来研究中国宗教，被称为"中国宗教社会学研究的真正创始人"。瑞典汉学家高本汉（Bernhard Karlgren，1889-1978），终生的最高成就是根据研究古代韵书、韵图和现代汉语方言、日朝越诸语言中汉语借词译音构拟汉语中古音和根据中古音和《诗经》用韵、谐声字构拟古音，写出了著名的学术专著《中国音韵学研究》《汉语中古音与古音概要》《古汉语字典重订本》《中日汉字形声论》《论汉语》《诗经注释》《尚书注释》和《汉朝以前文献中的假借字》等，他对汉语音韵训诂的研究是不少中国学者所不及的，并深刻影响了对于中国音韵训诂的研究。20 世纪著名的日本学者津田左右吉（Tsuda Soukichi）关于中国文化的研究著述甚丰，他认为中国文化是一种"人事本位文化"，其核心是"帝王文化"，其他认识上尽管有偏颇，但也有其独异性和深刻之处。这就是"他山之石"的意义和价值。当然，不可否认，汉学家对于中国文化的误读或歪曲也是常见的，诸如瑞典考古学家安特生（Johan Gunnar Andersson）于 1921 年 10 月对河南仰韶文化遗址发掘之后,便说中国彩陶制作技术源于西方，并在他的《甘肃考古记》和《黄土儿女》著作中反复强调他的这一错误观点。这一观点亦为"西方文化东移造成中国文化之说"提供了说辞。日本学者石田干之助（Ishida Mikinosuke）也推波助澜，闭门造车地推测出西方文化东渐的路线；甚至连我们的国学大师章太炎、刘师培也被"忽悠"得认可了"中国文化西来说"[5]。美国现代汉学（中国学）的奠基人费正清对中国历史尤其近代史的研究独具风采，为美国人民认识中国搭建了一座桥梁；但他在研究上的所谓"冲击—回应"模式，却近乎荒谬，认为是西方给中国带来了文明，是西方的侵略拯救了中国。综上所述，对于汉学成果的研究，只有冷静、公正、客观、全面，才能在沙中淘得真金，拥抱"他山之石"。

在中国，汉学的接受与命运，诚实地说，在 20 世纪 80 年代初期之前，基本上是无视它的学术价值，更没人把它看作是中国文化的延伸。此外，由于民族心理上的历史"障碍"，我们还曾视汉学为洪水猛兽，甚至觉得它是仇视中国、侮辱中国的一个境外的文化"孽种"。这种"观点"，虽嫌偏颇，但也不是

5　《章太炎全集·〈訄书·序〉·〈种姓篇〉》，上海：上海古籍出版社，1985 年版；刘师培，《刘申叔先生遗书·〈思念祖国〉·〈华夏篇〉·〈国土原始论〉》。

空穴来风。因为自 19 世纪"鸦片战争"前后，直至 20 世纪 40 年代，偌大的中国曾经惨遭蹂躏，整个历史写满了炮火压迫和宗教怀柔，其间也不乏为列强殖民政策服务的传教士、"旅行家"和"学者"深入中国腹地，以旅行、探险、考古之名而实行搜集社会情报、盗窃和骗取中国大批文物。

人类思想的飞翔，是受社会和历史禁锢的，山高水远的阻隔也使得人类互相寻找的岁月特别漫长。交流是人类文化选择的自然形态，汉学就发生在这种物质交流和文化交流之中。

公元前后，中国人被称为赛里斯（Seres），中国叫赛里加（Serice），这是陆路交往关于中国最初的叫法，时间较早；另一种叫法，把中国人称为秦尼（Sinai），中国叫秦（Sin），这是海路交往关于中国的叫法，时间较晚。由商人输往西方的中国丝绸绢绘是当时帝王贵族倾慕的奢侈珍品，Seres 和 Serice 两字系由阿尔泰语所转化，是希腊罗马称谓中国绢绘的 Serikon, Sericum 两字简化而来。西方人当时称中国为"秦"（Sin），称中国人为"秦尼"（Sinai），则是源于秦朝。[6]

人类在互相寻找的初级阶段，中国和西方试探性的商业交往还很原始，那时的人类，不同的国家、民族和族群处于相对落后和封闭的状态，人类各个角落的不同文化还处于相对不自觉或是相对蒙昧的历史时期。在人类最早的沟通中，中国人走在最前边。公元前 139 年，张骞奉汉武帝之命，越过葱岭，亲历大宛、康居、大月氏、大夏、乌孙、安息等地，直达地中海东岸，先后两次出使中亚各国，历时十多年，开创了古代和中世纪贯通欧亚非的陆路"丝绸之路"，为人类交往开创了先河，也为汉学的萌发洒下最初的雨露。

在文化史上，以孔孟儒家学说为核心的中国文化最先影响朝鲜半岛，然后才是日本和越南等周边国家。这些周边国家与中国的关系复杂，甚至被说成同种同文，因此可以说它们的文化与中国文化有着很深的"血缘"关系。公元 522 年，中国佛教渡海东传日本，从那时开始，中国典籍便大量传入日本，但这只是一种"输入"，只是日本创建自己文化的借鉴，并没有形成对于中国文化的深层研究。及至唐代，由于文化上承接了汉朝的开放潮流，那时与异质文化的交流相对更加频繁，商贸往来和文化沟通有了发展，西方和中国周边国家或地域的人士通过陆路和水路进入中国腹地，长安、洛阳、扬州、广州、泉州等城市，都是中外贸易和文化交汇的重要都会，尤其是前者，更是当时世界最大的

---

6 莫东寅，《汉学发达史》，北京：北平文化出版社，中华民国三十八年，第 3 页。

商业文化之都；而后者，由于东南沿海经济崛起、人口增多、手工业发达、农田水利的改善，为海外贸易发展创造了条件，再由于唐代中期"安史之乱"切断了陆路"丝绸之路"的缘故，曾称为"鲤城"、"温陵"、"刺桐城"的泉州，便成为联结亚洲、欧洲和非洲的海上丝绸之路的"东方第一大港"，是那时以丝绸、金银、铜器、铁器、瓷器为主的国际贸易之都。通过频繁的往来和交流，外国人对中国文化的认识越来越多、越来越深，汉学也便在这种交流中不知不觉慢慢衍生。

但是，源远流长的汉学，人们习惯地认为其洪流和网络在西方，西方是汉学的形象代表。这一看法一是源自近代以来西方强势文化和中国人的崇洋心理；二是西方汉学的某些特征也确实有别于朝鲜半岛、日本和越南的汉学。其实，如果我们从世界汉学历史发展的角度看，日本、朝鲜半岛和越南的汉学要早于西方的汉学，比如日本在十四五世纪已经初步形成了汉学，而那时西方的传教士还没有进入中国。因此，对于汉学的研究，无论是西方还是东方（朝鲜半岛、日本和越南），我们都不能顾此失彼，要以同样的关注和努力探讨其历史。当然，汉学的历史藏在文献里，而隐性源头却在文献之外。

文化往往伴随经济流动，其交流也会在不自觉或无意识状态下发生。到了明代初年，郑和率舰队出使西洋，前后 7 次，历经二十八年，到过三十多个国家，最远抵达非洲东岸和红海口，真正拓展了海上"丝绸之路"。

在公元八九世纪至十六七八世纪期间，关于中国，多见于西方商人、外交使节、旅行家、探险家、传教士、文化人所写的游记、日记、札记、通信、报告之中，这些文字包含着重要的汉学资源，因此有人把这些文献称为"旅游汉学"。这些人的东来源于文艺复兴，因为思潮的开放影响了欧洲人的思想和生活，他们或通商，或传教，或猎奇，但了解和研究中国文化却是一致的，于是汉学便在葡萄牙、西班牙、意大利、法国、荷兰、英国、德国、俄罗斯等主要的西方国家逐步发展起来。

这类游记和著作较早的有约在公元 851 年成书的描述大唐帝国繁荣富强的阿拉伯佚名作者的《中国与印度游记》，吕布吕基斯的《远东游记》（1254），意大利的雅各·德安克纳的《光明城》，贝尔西奥的《中华王国的风俗与法律》（1554），《利玛窦中国札记》，亚历山大·德·罗德的《在中国的数次旅行》（1666），南怀仁的《中国皇帝出游西鞑靼行记》（1684），费尔南·门德斯·托平的《游记》，李明的《关于中国现状的新回忆录》（1696）和《中华帝国全志》

（《中国通志》）等，以及罗明坚、金尼阁、汤若望、卫匡国等名士的著作，还有大量名不见经传的传教士、商人、旅行家、探险家的各种记述，都成为日后汉学兴旺发达的必然因素。这类著作主要涉及中国的物质文明，较多描述、介绍中国的山川、城池、气候，以及生活起居、饮食、服饰、音乐、舞蹈，也涉及一些中国的观念文化。这些"旅游汉学"著作中，影响最大的是《马可·波罗纪行》（《东方见闻录》）。马可·波罗（Marco Polo）于 1275 年随父亲和叔父来中国，觐见过元世祖忽必烈，1295 年回国后出版了这本书，它以美丽的语言和无穷的魅力翔实地记述了中国元朝的财富、人口、政治、物产、文化、社会与生活，第一次向西方细腻地展示了"唯一的文明国家"——"神秘中国"——的方方面面。

这些包罗万象的文献，不仅记录了不同时代的中国，还以自己的文化视角开始了中西文化最初的碰撞。作为文献，这些游记、日记、札记、通信和报告，有赞美，有误读，也有批评，但因为其中包含大量中国物质文化及政治、经济、历史、地理、宗教、科举等多方面的文化记载，而成为汉学的重要组成部分，在学术史上有重要价值。

汉学的发生、发展与经济、政治、交通以及资讯分不开。有学者把汉学的历史分为"萌芽"、"初创"、"成熟"、"发展"、"繁荣"几个时期，也有的分为"游记汉学时期"、"传教士汉学时期"和"专业汉学时期"三个阶段。但汉学的真正形成是在明末兴起的"西学东渐"和"中学西传"的互动之中。

从 16 世纪到十八九世纪，在数以千计的散布在中国各地的传教士中，有不少人成为名载史册的汉学先驱，他们为汉学的发展做出了重大贡献。自 1540 年罗耀拉（S. Ignatins de Loyola）、圣方济各·沙勿略（Francisco Xavier）等人来华，开始了以意大利、西班牙传教士为主的第一时期的耶稣会的传教活动。接着，意大利的范礼安（Alexandre Valignani）、罗明坚（Michel Ruggieri）等著名传教士来华。1583 年，即明朝万历十一年，罗明坚将利玛窦神甫（Matteo Ricci）带到中国，从此，耶稣会士在中国的宗教活动无论是对于西方或是东方，都开始了一个新的历史时期。西班牙的胡安·冈萨雷斯·德·门多萨（Juan Gonzalez de Mendoza）的《中华大帝国史》（*Dell'historia della China*）于 1588 年问世，这部世界汉学史上的第一部汉学著作，名副其实地对中国的政治、历史、地理、文字、教育、科学、军事、矿产、物产、衣食住行、风俗习惯等做了百科全书式的介绍，具有相当的学术价值，以七种文字印行，风靡欧洲。以利玛窦为核心的耶稣会士的历史意义在于他们开始了对中国文化的全面"开垦"，不仅著书立说，还把《大学》《中庸》《论语》《孟子》等中国文化经典译成西文，不仅开西学东渐之先河，也推动了中学西传，使中国文化对西方科学与哲学产生重要影响，因此这位思想家当仁不让地被视为西方汉学的鼻祖。与其先后到达中国的著名的传教士都著书立说、传播中国文化，对推动西学东渐和中学西传做出了贡献。在世界汉学史上，除了以上提及的，还有许多汉学家的名字十分响亮，诸如曾德照、柏应理、卫匡国、殷铎泽、南怀仁、汤若望、龙华民、金尼阁、罗如望、熊三拔、李明、张诚、白晋、马若瑟、宋君荣、钱德明、翟理斯、安特生、雷慕沙、儒莲、德理文、安东尼·巴赞、蒙田、冯秉正、尼·雅·比丘林、巴拉第·卡法罗夫、瓦西里耶夫、沙畹、伯希和、马伯乐、葛兰言、斯文赫定、马礼逊、斯坦因、理雅各、翟里斯、李约瑟、韦利、霍克斯、卫礼贤、福兰阁、孔拉迪、高本汉、卫三畏、费正清、戴密微、石泰安、谢和耐、欧文等。他们和东方日本、朝鲜半岛的富有建树的汉学家以及当今散布在各国的汉学家，对中国文化的独特理解，铸造成汉学史上的思想学术之碑，开垦了汉学成长的沃土。

"西方的汉学是由法国人创立的。"但是，在欧洲全面研究中国文明的问题上，"法国的先驱是葡萄牙、西班牙和意大利"[7]。戴密微把以上三个国家誉为汉学的先锋，"他们于16世纪末叶，为法国的汉学家开辟了道路，而法国的汉学家稍后又在汉学中取代了他们"，真正建立起作为学术的汉学传统。就传统汉学而言，法国是汉学家最多的国家之一，有许多汉学界的学术巨擘，不断为汉学的崇高而添砖加瓦。

中外文化交流的结果不仅意味着中国文化"外化"的传播，也意味着异质文化对中国文化"内化"的接受。汉学家作为中外文化交流的桥梁和使者，在异质文化的交流中，也是人类和谐与进步的推动者。

汉学诞生在与异质文化碰撞、交流和相互浸淫之中。这个结果无异于一枚果子的成熟，只有"风调雨顺"才生长得好。和谐、宽容、理解与尊重，是异质文化彼此借鉴的保证。作为文化形态的汉学，其成长和生存离不开良好的国际语境。就中国而言，历史上凡是开放的时代，文化交流多，汉学就发展；反之，汉学就停滞，这似乎成为一种规律。

7　[法]戴密微，《法国汉学研究史》，耿昇译，《法国当代中国学》，北京：中国社会科学出版社，1998年版。

作为学术公器的汉学，文化上有其自己的成长过程。汉学是发展的，这一植根于中国文化土壤，生存于异国他乡的文化，同样深受不同时代语境的极大影响。这里所说的语境，既包括中国的历史演变，也包括异国和世界的历史变化。也就是说，不同的历史时期，不同的社会、政治、经济、文化背景，在很大程度上左右着汉学的发展方向和内容；换句话说，汉学的形成和发展，不仅受制于中国历史的更迭，也受制于他者社会的变化。这就是以历史悠久的中国文化为研究对象的汉学发展的基本轨迹。

汉学作为一种学术形态，总体上可以分为"传统汉学"和"现代汉学"。传统汉学以法国为中心，而现代汉学兴显于美国，20 世纪中期以来，在西方其他国家葆有传统汉学的同时，现代汉学也很繁荣。随着中国与世界政治关系的变化，随着中国文化与世界文化交流的拓展，现代汉学有了显著的发展。

虽然 20 世纪的后五十多年，中国文化与世界各国文化接触开始多了起来，但就整体而言，1949 年后约有三十多年是一个相对"闭关锁国"的时期。公正地讲，这道意识形态的"长城"也并非就是中国的政策，是那时期以美国为首的国家在政治、经济、军事、文化上对我国全面封锁的结果。这个时期的"汉学"涂满了政治色彩，以法国为代表的汉学较多地保持着传统汉学的学术精神，而美国的"中国学"却成了充满政治意识的现代汉学的代表。美国的"中国学"所关心的不是中国文化，更不是中国的传统文化，而是中国的政治、经济、军事、教育和社会生活各个层面的问题。这种政治特征，是那个时期美国汉学的基础，这一特征也影响了其他国家汉学的研究方向和内容。

由于中国与世界的隔离，由于西方与中国少有交流，因此汉学家不了解中国最新的文化进展（比如新的考古发现），致使汉学处于断炊或"无米之炊"的状态，没有中国文化的支持，西方汉学要想取得研究上的突破也很困难。陌生感和神秘感困扰着汉学家，这不仅是文化的尴尬，也是汉学家的难堪。

人类文化包含了物质文化和观念文化等。物质文化表现在衣食住行生活方面，是一种看得见、摸得着又极易变化的"具象"文化，例如饮食、服饰、住房、音乐、舞蹈等；观念文化是一个民族的核心，表现在人的价值观、道德观、家庭观、宗教观等诸多方面，以及关于自由、平等、民主的理解，观念文化是一个民族的思维经过高度抽象后形成的思想、观念和精神，它通过文化灵魂——哲学、文学、语言、宗教、历史等来表达[8]。观念文化，一俟进入外国

---

8 任继愈，《汉学发展前景无限》，载《中华读书报》2001 年 9 月 19 日。

汉学家的研究视野，他们的研究也就进入了对中国文化核心的深层研究。

汉学家从对中国物质文化到观念文化的研究，其领域越来越广越来越深。现在，汉学不仅包括对中国的哲学、文学、宗教、历史领域的研究，还包括社会学、政治学和自然科学。Sinology（汉学）和 Chinese Studies（中国学），它们已经发展到可以"异名共体"的地步。

时至今日，传统汉学和现代汉学这两种汉学形态不仅同时存在着共荣着，而且还互相浸透着。

19 世纪末至 20 世纪初，美国汉学悄然嬗变为中国学，并以自己独有的个性特点和极强的生命力出现在世人面前。美国汉学始自 1830 年美国东方学会（American Oriental Society）的建立，这个学会虽然代表了欧洲那种对东方学文学的兴趣，但这个学会"从一开始就有一种与众不同的使命感"——"为美国国家利益服务，为美国对东方的扩张政策服务[9]。这个特点也与"美国海外传教工作理事会"向中国派出基督教传教士的宗旨相一致。可见，美国汉学一开始就和美国的国际战略和对华政策联系在一起。卫三畏（Samuel Wells Williams）1848 年出版的百科全书式的《中国总论：中华帝国的地理、政府、教育、社会生活、艺术、宗教及其居民》(*The Middle Kingdom: A Survey of the Geography, Government, Education, Social Life, Arts, Religion, & c., of the Chinese Empire and its Inhabitants*) 就带有较为浓厚的社会科学特点，与欧洲具有人文科学特征的汉学颇有差异，但它依然属于 Sinology 的范畴。

美国从南北战争后的统一中走向强大，加入强国之列。八国联军对中国的侵略行径，是列强联合的第一次尝试。从那时起，承担着相当"政治"角色的传教士进入中国。真正美国式的"汉学"——中国学，就从那时开始，而奠基人和开拓者是之后的费正清（John King Fairbank）。作为美国首席中国问题专家的费正清，他的中国学研究不仅影响了美国，也对其他国家的汉学研究或中国学研究有强烈的影响。

在西方，费正清的魅力在于，没有谁能像他那样以更清晰、更富于洞察力的笔触来表述中国。"在使美国人了解中国，了解中国的传统、中国纷扰不安的近代史，以及中国神秘莫测的现状等方面，谁的贡献也没有像他那样大。"费正清等一批知名的美国中国学家都参与过战时情报工作，在战后作为美国

9　侯且岸，《费正清与中国学》，载李学勤主编，《国际汉学漫步》（上），石家庄：河北教育出版社，1997 年版。

政府的智囊而直接为制定对华政策服务。费正清的研究虽然充满了实用和功利色彩，立场和观点也有偏见，但这并不妨碍他在历史上作为一个贡献巨大的汉学家和中国人民的朋友的光辉。美国学者从事研究的根本出发点是"使命感"、"学术个性"和"反唯理智论倾向"，"蔑视学问，更为强调实用性知识"，"更为明显同自己以外的社会，即政治家、实业家及其实践家始终保持紧密的联系"。[10]这就是美国中国学家的基本心态，他们讲究功利和实用，不理会学术上的理智倾向，这与法国汉学家的学术心态、学术个性与学术传统几乎大相径庭。

传统汉学（Sinology）和现代汉学（Chinese Studies）的差异在于前者是以文献研究和古典研究为中心，它们包括哲学、宗教、历史、文学、语言等；而以美国为中心的现代汉学（中国学）则以现实为中心，以实用为原则，其兴趣根本不在那些负载着古典文化资源的"古典文献"，而重视正在演进、发展着的信息资源。但是，汉学发展到21世纪，其研究内容和方式已经出现了融通这两种形态的特点。这种状况既出现在欧洲的汉学世界，也出现在美国的中国学研究之中，可以说世界各国汉学家的研究中，都兼有以上两种汉学形态。

汉学（Sinology）对中国研究者来说，被尘封得太久，所以它的空白很多，浩如烟海的资源还有待于深入开掘。这种开掘，不仅可以收获汉学，还可以无意中发现被历史"放逐"和"遗失"在异国他乡的中国文化。编撰"列国汉学史书系"的目的和宗旨，不仅是为了梳理已有的汉学资源，在世界范围内追踪中国文化的外传历史状况、经验及影响，同时探究汉学的产生、成长、发展与繁荣，还要尽可能厘清这块"他山之石"对于中国文化的作用。当然，"列国汉学史书系"还期望对推动中国文化与世界文化的交流有所裨益。

"列国汉学史书系"作为一个文化工程，其撰写的难度非一般学术著作所能比拟。严绍璗教授谈到Sinology的研究者的学识素养时提出四个"必须"：①必须具有本国的文化素养（尤其是相关的历史、哲学素养）；②必须具有特定对象国的文化素养（同样包括历史、哲学素养）；③必须具有关于文化史学的基本学理素养（特别是关于"文化本体"理论的修养）；④必须具有两种以上语文的素养（很好的中文素养和对象国的语文素养）。这几点确实都是汉学研究者必须具备的文化和语文素养，否则很难进入汉学研究的学术境界。

10　［美］赖肖尔（赖世和，Edwin Oldfather Reischauer），《近代日本新观》（*The Japanese Today: Change and Continuity*），北京：三联书店，1992年版。

写作"列国汉学史"艰难，而出版可谓难上加难。人间的事好像天上的云、地上的风，飘忽不定没有根，铁板钉钉是没有的，因为钉子可以用"权力"拔出来，一切承诺和协议，都可以化为乌有。虽然"列国汉学史书系"一直受到经济的困扰，但它终没有自毙于摇篮之中，冬天之后是春天，接着便是收获的季节。这套富有创意和价值的书系，将对中外文化交流和汉学的发展及其比较研究产生深远影响。

有人认为"汉学史中国人写不了"，当然这是一个很奇怪的"立论"。继日本人石田干之助的《欧人の支那研究》（1932）后，中国学者莫东寅写了《汉学发达史》（1949），接下来又有严绍璗的《日本中国学史》（1991），张国刚的《德国的汉学研究》（1994），张静河的《瑞典汉学史》（1995），何寅、许光华主编的《国外汉学史》（2002），刘正的《图说汉学史》（2005）和李庆的《日本汉学史》（2005）相继面世。在人类的文化长廊里，无论是中国还是外国，各种史书琳琅满目，这其中有外国人写中国的各类历史，也有中国人写外国的各类历史。历史，是往事，是记录，是选择，并有相对独立的评论和褒贬。但是，事实上任何一部历史都不是最后的历史，历史随着时光的流逝而演进，修史很难一步到位，它需要一代代学者"积跬步"才能"至千里"，只有"积土成山，积水成渊"，方能"风雨兴"、"蛟龙生"。学问之事非一夕之功，非得有前赴后继者敢于赴汤蹈火"流血牺牲"，才会达至光明顶峰。

开拓者也许会在某个时候将自己的真诚劳作化为欢乐，因为在以后的岁月里，定会有人踏着自己的肩膀或是踩着自己的鼻子和头顶攀上高峰，以鸟瞰美丽风光。21世纪是经济的大空间，对汉学来说也是一个"大空间"。但是，要探索这个"大空间"，需要有个和谐的"太空站"，需要大家联袂共建；当然世界需要多元文化和谐相处的历史语境，共同创造彼此接近、认识、理解、尊重、沟通、借鉴与融合的机会，这个机会，就是汉学研究发展的机会。

时间在行走，历史在行走。人类创造过历史，书写过历史，但是没有最后的历史。汉学有历史，而且还正在创造新的历史，汉学及其研究将以自己的品格和个性在人类文化的世界里放出异彩。

阎纯德

2022年9月6日

于北京半亩春

序二　普实克对中国现代文学的理解[1]

［捷克］安德昌（Dušan Andrš，查理大学）著，杨玉英译

　　对《普实克中国新文学的三幅素描》（*Three Sketches of Chinese Literature*）的汉译表明，捷克斯洛伐克汉学的创始人雅罗斯拉夫·普实克（Jaroslav Průšek，1906-1980）正受到国际学界的关注。尽管普实克对茅盾、郁达夫和郭沫若的研究是在半个多世纪前，但他的许多高度洞见和学术研究方法至今仍然对学者们具有启迪作用。

　　20世纪20-30年代期间，雅罗斯拉夫·普实克在捷克斯洛伐克的布拉格、瑞典的哥德堡以及德国的哈雷和莱比锡师从著名的东方学家[2]。作为一个受过学术训练的史学家，普实克对古代中国很着迷，同时他也研究中国历史的其他时期并对中国文化的许多方面进行了广泛的探索。这样的研究背景应该被看作雅罗斯拉夫·普实克以不同的历史时期和中国文化变化多样的现象之间的相互关联的深度洞察为基础来研究中国现代文学的具有高度创新的方法的重要来源。

　　在20世纪50年代末和60年代末之间的一个较短的时期，普实克和他的学生们的学术著作中出现了一种独具特色的研究中国文学的方式，这就是后

1　该序文为普实克之孙马三礼（Jakub Maršálek）先生邀请查理大学研究中国文学的安德昌（Dušan Andrš）先生特意为该译本所写。应安德昌先生要求，本书译者将其译出后发表在陈子善先生主编的《现代中文学刊》上。可参见：［捷克］安德昌著，杨玉英译，《普实克对中国现代文学的理解——序〈普实克中国文学的三幅素描〉》，载《现代中文学刊》2019年第4期，第93-96页。译者注。
2　关于雅罗斯拉夫·普实克的传记，可参见拉斯塔·玛德洛娃（Vlasta Mádlová），《雅罗斯拉夫·普实克（1906-1980）：布拉格汉学学派创始人的生平著作》（*Jaroslav Průšek (1906–1980)：Sources on the Life and Work of the Founder of the Prague School of Sinology*），布拉格：马萨里克研究所，捷克科学院档案，2011年版。

来众所周知的布拉格汉学学派[3]。这个时期布拉格汉学学派的研究主题相当宽泛，但世界各国汉学家们的注意力大都被捷克和斯洛伐克汉学家们对一些与中国现代文学的出现相关的具有创新和高度敏锐力的研究所吸引。

与其绝大部分的同时代人不同，雅罗斯拉夫·普实克看到了出现在中国传统背景下 20 世纪前几十年里中国文学的深刻转变。在其研究中，普实克不仅评判了与世界著名的文学作品相悖的中国现代文学的成就，更为重要的是，他还对中国文学的现代性之潜在的本土根源进行了寻求。因此，普实克的著作及其学生们的研究逐渐改变了对中国现代文学的诞生所持的那些占主导地位的看法。新文学在中国的出现不再被普遍地看成仅仅是采纳西方模式和吸收世界文学之影响的结果。这种方法的某些方面非常接近当下的"多元现代性"理念，尤其是对中国新文学的现代性的形式应该被看成是取决于文化和历史语境之变化多端的现象的论争。这或许可以解释为什么普实克以及其他布拉格汉学学派学者[4]的某些观点在近期变得更加流行。

雅罗斯拉夫·普实克意在获得对文学作品的洞见所采取的是"固有的方法"（intrinsic approach），这种方法在 20 世纪 70 年代末引发了许多西方汉学家的兴趣，直至那个时期，这些汉学家大都是从社会学或政治学的视角来接近中国文学作品的[5]。对普实克来说，文学绝不仅仅是对中国历史的评价。相反，他总是努力评价文学的价值、个体作品及其作者的重要性。然而，普实克的最

---

3 关于布拉格汉学学派，可参见马立安·高利克，《布拉格汉学学派（序 1）》，载《亚非研究》第 19 卷第 2 期，2010 年，第 197-219 页；马立安·高利克，《布拉格汉学学派（序 2）》，载《亚非研究》第 20 卷第 1 期，2011 年，第 95-113 页；以及罗然（Olga Lomová）、安娜·扎得拉波娃（安独立）（Anna Zádrapová），《后共产主义国家的汉学：基于捷克共和国、蒙古、波兰和俄罗斯的视角》（*Sinology in Post-communist States: Views from the Czech Republic, Mongolia, Poland, and Russia*），香港：香港中文大学出版社，2016 年版。

4 仅列举几个普实克做中国现代文学研究的学生，如：米列娜·多勒热洛娃-维林格洛娃（Milena Doleželová-Velingerová, 1932-2012）、史罗甫（Zbigniew Słupski, 1934-）、贝尔塔·克莱布索娃（Berta Krebsová, 1909-1973）、丹娜·卡尔瓦多娃（Dana Kalvodová, 1928-2003）、奥德瑞凯·克劳（王和达, Oldřich Král, 1930-2018）、雅米拉·海灵沟娃（Jarmila Häringová, 1933-）、马立安·高利克（Marián Gálik, 1933-）以及安娜·德丽扎洛娃（Anna Doležalová, 1935-1992）。

5 值得注意的是，那些关于中国现代文学的开创性的著作中有一本是献给雅罗斯拉夫·普实克的。参见：默尔·戈德曼（Merle Goldman）编，《五四时期的中国文学》（*Modern Chinese Literature in the May Fourth Era*），坎布里奇：哈佛大学出版社，1977 年版。

终目标并不是对个体作品给予评判。他认为，最重要的标准当是个体作品在其所属的文学进化语境中所处的位置。换句话说即是，普实克追求的是因中国现代文学的出现而导致发展的那些"客观"知识。

普实克是在"文学革命"这个术语下理解"传统文学结构的变化"的。而且，他明白作为一个研究者的他应完成的任务："……搞清楚我们发现的那些变化是传统文学结构中张力引发的结果，还是因与外来文学结构之间的联系而诱发的结果，或者甚至是文学之外的事实所产生的影响，是非常重要的。我们的任务必须是对文学过程中有效的个体要素之间的相互影响进行准确的分析。"[6]

普实克用以研究文学的方法显而易见是结构主义的[7]。与结构主义的基本宗旨一致，他很好地意识到了这个事实，即，塑造整个文学过程的关键因素不仅有"社会"和"作者"对文学的要求，而且也有"文学传统和文学结构自身内在的运动。"[8]在其对中国新文学的成果进行的探索中，普实克总是赞成结构主义的理念。据此理念，一部文学作品的作者应探索"……那些更加古老的文学实践，因为它们是其与读者之间进行交流的基础。作者常常屈服于这些实践，但大都是通过增加和克服这些实践，他才创作出蕴含着新信息的作品，以此推动艺术形象向前发展。"[9]

当对个体文学作品进行研究时，普实克首先感兴趣的是将一部文学作品的全部因素揉进一个同质整体的原则。从这个视角来看，普实克认为20世纪10年代末20年代初开始创作的那些中国作家们的短篇小说是一种全新的结

---

6 雅罗斯拉夫·普实克，《叶圣陶与安东·契诃夫》，载《东方档案》第38期，1970年，第438页。
7 雅罗斯拉夫·普实克早在20世纪40年代就加入了布拉格语言学派，他举办了几场关于中国语言与文学的讲座。了解更多信息，可参见因得日赫·托曼（Jindřich Toman），《一个现代课题的故事：布拉格语言学小组，1926-1948》（*Příběh jednoho moderního projektu: Pražský lingvistický kroužek, 1926–1948*），布拉格：卡罗莱姆，2011年版和约瑟夫·瓦赫克（Josef Vachek），《布拉格语言学派历史初探》（*Prolegomena k dějinám Pražské školy jazykovědné*），吉诺卡尼：H & H 出版社，1999年版。
8 正如捷克最杰出的文学结构主义学家菲利克斯·沃吉赤卡（Felix Vodička）所表达的。参见菲利克斯·沃吉赤卡，《复兴时期文学的目标与道路》（*Cíle a cesty obrozenské literatury*），布拉格：捷克斯洛伐克作家出版社，1958年版，第7-9页。
9 菲利克斯·沃吉赤卡，《复兴时期文学的目标与道路》，前面所引书，第8页。

构，这种结构与更早期的那些文学是完全不同的。在普实克看来，尤其是鲁迅，他在其短篇小说中为中国的叙事小说确定了一条全新的路径。

一般而言，普实克认为，由第一代新作家们创作的那些心理的和社会的短篇小说是中国现代文学中最先进的[10]。普实克是在这个语境中来阐述他的论点的。论点强调了中国现代短篇小说的本土根源的重要性。在普实克看来，由于其对现实的批判性和主观性的描绘的关注，中国现代短篇小说应该被看成是古典诗歌的后代子嗣。与古典的抒情诗相似，现代短篇小说试图通过一个独立的充满张力和情感的艺术意象来抓住某种特别的情形。对于现代短篇小说是由抒情诗发展而来的论争（在旧式文人看来，抒情诗乃文学的支柱之一），是极具启发性同时又自相矛盾的，因为现代作家们都试图与旧时的正统文学传统彻底决裂。

普实克指出，被许多现代作家用在创作中的抒情模式具有中国文学的主要特征，因为在许多文学作品中"更大规模的创作并不是通过叙事的过程而首先是通过抒情的过程，是通过在各个部分中注入一种统一的情绪而获得的。"[11]普实克将中国文化理解为根本上是"抒情的"这个观点可被看成是布拉格汉学学派的另一重要的学术贡献。普实克提出和讨论的"抒情的原则"这个概念，在那个时期的西方汉学研究中几乎是缺席的。

普实克洞见的深度或许是他对传统的和现代的中国文学知识的精通，这种精通有可能促使了普实克对中国文学的抒情性的某些重要因素进行思考。另一个重要的动力或许是他于1932-1934年间待在中国时与学者、作家和艺术家们交往并亲眼见证了那时对中国传统之优点的论争[12]。21世纪以来，对中国传统文化的重要抒情性的论争（包括其在现代时期的投射），成为国际汉学研究最丰富的主题之一[13]。

---

10 雅罗斯拉夫·普实克，《中国文学革命语境中传统东方文学与现代欧洲文学的对抗》（A Confrontation of Traditional Oriental Literature with Modern European Literature in the Context of the Chinese Literary Revolution），载《东方档案》第32期，1964年，第374页。

11 雅罗斯拉夫·普实克，《中国文学的三幅素描》，布拉格：捷克斯洛伐克科学院东方研究所，1969年版，第95页。

12 普实克在其文化游记《中国　我的姐妹》中描绘了他的经历和印象。捷文版：Jaroslav Průšek. *Sestra moje Čína*. Praha: Družstevní práce，1940。英文版可参见Jaroslav Průšek. *My Sister China*. Prague: Karolinum, 2002.

13 仅列举几个关于这个题目的出版物：陈国球（Leonard Chan），《中国抒情性的概念：

　　普实克对中国现代文学的理解也受到了捷克斯洛伐克先锋派的思想和艺术传统的影响。不容置疑，这种影响塑造了他个人的文学敏感性[14]。这里，应该对普实克信仰的本源加以寻求。他认为，中国新文学中最进步的源流与两次世界大战之间的欧洲文学是非常接近的。普实克假设的基础是，这样的相似性更可能是由于两种文学之间相互的近似而非西方文学对中国文学产生的影响而导致的。他认为现代中国文学与创作于第一次世界大战之后的文学之间是相互近似的，因为二者都具抒情性的特征或者说都具有史诗形式的瓦解的特征。鉴于"西方的先锋派运动，可能在一定的程度上是开创性的，或者至少是受到东方的抒情艺术和文学启发的"[15]推测，普实克的论点甚至到今天仍然是发人深省的。

　　在强调中国新文学的现代性时普实克指出，在欧洲文学中，对一部文学作品结构内部的史诗成分加以抑制是一种文学尝试。对普实克而言，对故事情节的重要性的减轻是能够为中国现代文学作品提供某种特别的品质的东西，正是由于这种品质这些作品才会去对某些无法表达的或隐含的意思加以寻求。普实克将这种趋势比作"19世纪末印象派画家宣称其目的是'绘画'而非'对事件加以图解'的现代绘画趋势。"[16]显而易见，它与捷克结构主义的基本宗旨是很接近的。对事件的叙述不再是主题，应该被带到中心加以思考和理解的是方式。被看成"并非不言而明的"或"一种任务"的读者的理解是在一部文

普实克对中国文学传统的解读》（The Conception of Chinese Lyricism: Průšek's Reading of Chinese Literary Tradition），载罗然编，《通向现代性之路——雅罗斯拉夫·普实克百年诞辰大会文集》（Paths toward Modernity—Conference to Mark the Centenary of Jaroslav Průšek），布拉格：卡罗莱姆，2008年版，第19-31页；陈国球、王德威编，《抒情之现代性》，北京：三联书店，2014年版以及王德威，《史诗时代的抒情声音：1949年前后的中国现代文人》（The Lyrical in Epic Time: Modern Chinese Intellectuals and Artists Through the 1949 Crisis），纽约：哥伦比亚大学出版社，2015年版。

14　罗然、安独立，《超越学术与政治：第二次世界大战之后捷克斯洛伐克对中国的理解及其汉学研究》（Beyond Academia and Politics: Understanding China and Doing Sinology in Czechoslovakia after World War II），载《中国评论》第14卷第2期，2014年，第30页。

15　陈国球，《中国抒情性的概念：普实克对中国文学传统的解读》，前面所引书，第28页。

16　雅罗斯拉夫·普实克，《鲁迅的"怀旧"：中国现代文学的先驱》（Lu Hsün's 'Huai Chiu': A Precursor of Modern Chinese Literature），载《哈佛亚洲研究期刊》第29期，1969年，第106页。

学作品的接受过程中完成的、结构主义所谓的"语义整体性"的关键组成部分之一[17]。

作品中朝向抒情模式的一个显著倾向与中国现代叙事文学的另一特征即类属的模糊性之间有着密切的相互关联，普实克把这种倾向看成是新文学的作家们对那些僵硬的法则和限制加以拒绝的结果。这些作家们首先极力追求的是个性和创新性[18]。其结果是，那些有助于类属模糊性的因素没有被看成是任意的、受到了污染的成分。相反，普实克是把它们当成一部现代文学作品的"语义整体性"的重要组成部分来看的。

在普实克提出的那些至关重要的问题中也有对中国现代文学的语言加以寻求的问题。普实克接受了"五四"运动的支持者们的假设，他们认为白话文是允许不受妨碍的、权威的、自我表达的唯一语言。然而，普实克同时又注意到，在某些新文学作家的作品中存在着古文持久的影响和威望[19]。结果，预想的古文缺乏活力与有些现代作家认为在一定程度上古文可被作为表达其个性的手段这个事实之间的矛盾仍然没有解决。

至于中国现代文学经典的范围、本质和分期，普实克在很大程度上同意那些"五四"运动的支持者们提出的简化模式，他们无视文学形式的多样性。然而，普实克从未将新文学的出现看成是会对文学发展的连续性予以排斥的一个转折点。相反，普实克是将其作为传统文学与新文学之间相互关联的重要证据，不仅讨论了朝向抒情性或古文的持续影响，而且讨论了晚清以来的文学朝向显而易见的主观主义和个人主义的倾向[20]。恰恰是这种对文学发展的连续性的标志的不懈追求，将普实克的观点与其同时代对中国现代文学史的那种公认的阐释区别开来。

普实克的典型研究方法是，他常常从分析特别的文本开始，继而思考和评价更普遍的问题和理论法则。这种方法与 20 世纪 60 年代著名的捷克结构主

---

17 "语义整体性"这个概念，可参见米兰·扬克维奇（Milan Jankovič），《论扬穆卡洛夫斯基对不断变化的意义之统一的理解》（K dynamickému pojetí významového sjednocení u J. Mukařovského），载安得瑞·斯拉得克（Ondřej Sládek）编，《后结构主义之后的捷克结构主义》（Český strukturalismus po poststrukturalismu），布尔诺：Host 出版社，2006 年版，第 110 页。

18 雅罗斯拉夫·普实克，《中国文学的三幅素描》，前面所引书，第 7-8 页。

19 雅罗斯拉夫·普实克，《叶圣陶与安东·契诃夫》，前面所引书，第 439-440 页。

20 雅罗斯拉夫·普实克，《中国现代文学中的主观主义和个人主义》，载《东方档案》第 25 卷，1957 年，第 261-286 页。

义学家菲利克斯·沃吉赤卡（Felix Vodička）所阐述的方法非常接近。对沃吉赤卡来说，对个体文学作品的分析并不是最终的目的，因为"在物质上存在的作品"不得不被看成是转变为更大的"非物质的结构"的工具[21]。虽然如此，首先旨在解决文学演进的一般诗学问题的结构主义家们的方法并没有阻止普实克对个体作品进行客观的分析。客观、准确、对理性诗学的强调以及对文学作品的非教条式阐释都是普实克以及布拉格汉学学派其他学者的学术著作的标志。

　　尽管会发现普实克的学术著作存在过于简单化、误解或相互矛盾的问题，但他对我们理解中国现代文学内部的许多现象所做的贡献是怎么强调也不过分的。由于人文研究方法范式的迅速转变，近几十年来研究中国文学的方法也发生了深刻的变化。然而，雅罗斯拉夫·普实克以及布拉格汉学学派的学术成就仍然是最重要的贡献。没有这些贡献，要对那些与中国现代文学的发生发展相关的诸多关键问题予以更深的理解是不可能的。

---

21 菲利克斯·沃吉赤卡，《演化的结构》（*Struktura vývoje*），布拉格：奥迪安出版社，1969 年版，第 18 页。

照片 1　在长江上

照片 2　与友人游太湖

照片3　与中国朋友们在一起

照片4　在鲁迅墓前

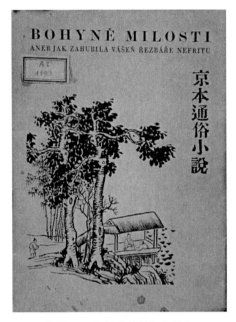

书影 1　《京本通俗小说》

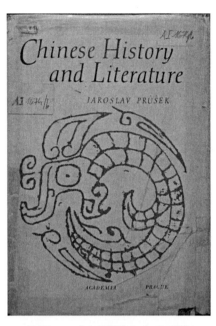

书影 2　《中国历史与文学》

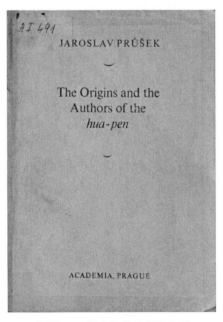

书影 3　《话本的起源及其
作者》

书影 4　《公元前 1400-300 年间
中国的小部族及北方
的蛮荒民族》

书影5 《论语》

书影6 《中国古代史》

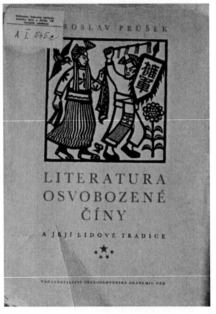

书影7 《解放区的中国文学
及其民间传统》

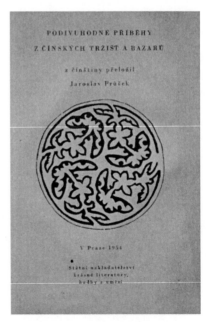

书影8 《来自中国集市的
传奇故事》

书影 9　《聊斋志异》

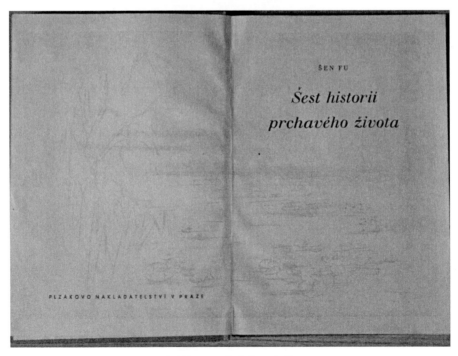

书影 10　《浮生六记》

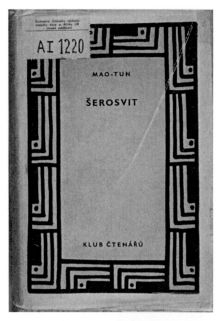

书影 11 《子夜》

书影 12 《孙子兵法》

书影 13 《老残游记》

书影 14　《赶车传》

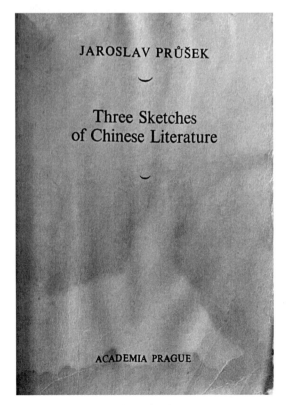

英文原书封面

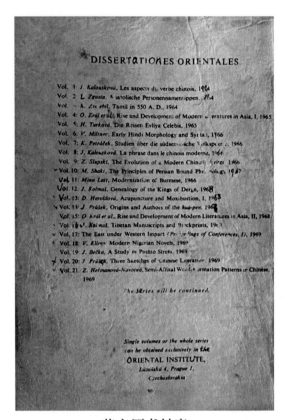

英文原书封底

目

次

中国新文学的三幅素描[1]

（1959-1960 年间为一个更大的出版计划准备的，但该计划却未能实现）[2]

1　1969 年，布拉格东方研究所以内部资料的形式出版了雅罗斯拉夫·普实克的《中国新文学的三幅素描》。该书为布拉格东方研究系列论文的第 20 卷。根据此书封底目录所示，该系列研究论文共出了 21 卷，出版时间从 1964 年至 1969 年，而且还将有研究论文陆续出版。中国国家图书馆馆藏有该书封底所载的 21 卷中的 7 卷（Vol.10, Vol.13, Vol.14, Vol.16, Vol.17, Vol.18, Vol.21）。笔者所得此书（Vol.20）国家图书馆无馆藏，从 Amazon.com 上购得，为传记作品《郭沫若的早年岁月》（*Kuo Mo-jo: The Early Years*）的作者美国汉学家芮效卫（David Tod Roy）1973 年 9 月 11 日所购旧书。输入关键词 Dissertationes Orientales，可见另有 6 卷为该书出版后陆续出版的东方研究论文集。

2　"导论"中的书名为《中国新文学的三幅素描》（1959-1960 年间为一个更大的出版计划准备的，但该计划却未能实现）（*Three Sketches on the New Chinese Literature* (Prepared in 1959-1960 for a larger Publication, which was not realized)）。书封面上的书名与传世的书名均为《中国文学的三幅素描》（*Three Sketches of Chinese Literature*）。该书由普实克的《茅盾》《郁达夫》和《郭沫若》三篇论文组成。译者注。

导　论

　　于 1919 年"五四"运动之后出现并在革命的风暴中一下子就溃裂的新文学的主题，较之之前所有受到严格局限的旧式的形式和主题，展示了当代生活宽泛的全貌。作家们试图抓住这种生活的主要特征，深入探究潜藏在其下的法则，帮助其读者了解展现在他们周遭的过程并影响其取向。文学希望获得对人与事的洞见，但同时又意在为行动服务并引发新的行动。希望不仅仅是生活的一面镜子，同时也是呼吁行动的号角。然而，每一个作家必须使其自身与生活那没有尽头的方方面面相联系，必须竭力使自己了解它们并表明他对待这些方面的态度。只要他获得现实生活的第一手材料，只要他明确地表达自己的观点并找到自己发现现象的办法，只要他的洞见总是不同的并总是通过不同的路径深入意识，那他就有希望说服他人。因此，新文学的主要特征是作者-个性及其艺术手法之显而易见的多样性。没有传统的方法，而且，如我们所见，也没有外国的模式能作为新作家的引导线，他们必须寻求自己获得现实并将其表达出来的路径。

　　与所有相似的社会形态一样，中国之前的基本的时代特征是在某个社会的成员及其生活方式的统一之后的严格控制与猛烈斗争。生活的一种特定理想被认为是普遍的结合，而且，这个人的全部的活动以及文化的全部范畴必须居于次要的地位。中国旧文学的一个典型特征是其文学结构某种程度的刻板僵化，这种刻板僵化一直充斥于整个漫长的年代里。文学形式的数量非常有限，而且与文学这种媒介格格不入的是瞬间改变的想法或个性的创新表现，如打破传统的文学模式。作家宁可将自己局限在更精致更完美的细节的构思上，局限在其积累改变了整个文类的那个点上。他们这么做的理由很可能是，在现实与传统的表达形式之间从来未曾出现过强烈的对比。比如，明代公安派[1]不时的提醒"每个时代都有其自己的文学"，只不过意在控制对过去的作品的过分依赖，而并非试图对关乎对现实之态度的整个文学概念作根本的改变。文学的这种严格控制在这样的事实中得到了反映，即，不同作家的具有相同文学秩序的作品，彼此间显示出比那些属于同一作者的不同文类的作品更近的相似性。只有在具有突出的艺术个性的情况下，我们才能不用费力就能辨别出个体对某种文学类型的贡献，如明代的《水浒传》和《西游记》，尤其是《石瓶梅》以及清代的《红楼梦》等小说的意义。作为一种规则，作家们不会为创新追求而努力，而是会主要追求与被作为所有时代的模板的某些作品的最完美的近似。这足以让我们回忆起中国的"文章"或"诗"的历史，但与此非常相似的是流行作品，如故事、小说、结合了歌与叙事的"歌唱剧"（singspiele）以及其他形式。

在新文学中，每一部真正有价值的作品都带有其作者那无法抹掉的特质。比如说，我们第一眼就能看到郭沫若小说与鲁迅小说之间的差异，看到郁达夫的素描的氛围与女作家冰心的素描的氛围之间的差异。另一方面，不同文类之间的差异变得模糊，其间不再有僵硬严格的界线存在。很难说故事是在哪结束的，而仅仅只是记录个人经验的素描又是从哪开始的。比如，鲁迅的短篇小说集《呐喊》与其素描集《朝花夕拾》之间就没有根本的不同。比如说，我们能否把茅盾的小说《子夜》和郭沫若以书信的形式创作的爱情小说《落叶》放在一个类型里是个问题。作者的个性与独创性源自其个人对传统文学形式的不断采用，首先这些形式与既定主题的要求是一致的，其次要采用创新的艺术过程、某种纯粹的个人的陈词滥调，即个人的风格。最后，每部作品还要有不寻常的、变化的特征。作者极力给他的每一部作品以一种特别的个性、一个新的概念，甚至一种新的形式。

为了证明新作家们的个性与独创性，这里我们将试图指出新时期的三个著名作家的创造性手法中的几个不同之处。我们将竭力证明他们是如何努力理解现实的，他们从这些现实中选择了什么来组织其创作的素材的，他们是怎样表达他们对自己在作品中所描绘的事实的态度的，以及他们能在多大程度

---

1 此为原文注释第 1 条：出现于第 17-18 世纪转折时期的公安派，是因公安县而得名的。公安派宣称，一部艺术作品应该"独抒性灵，不拘格套"。比较：周作人，《中国新文学的源泉》，北平，1934 年，第 44 页及其后。

上如法国批评家马塞尔·施沃布（Marcel Schwob）所指出的——"给予普遍性一种特别的假象"（donner au particulier l'illusion du général），即，他们在多大程度上成功地创造了那些典型的、表现出一个既定时代的主要内容和意义的画面与人物。与此同时，我们还将添上这些作家与旧文学和外国文学之间的关系问题，由此至少证明对新作家们的作品产生影响的问题。如果只是因为这些作家的个性和"作品"（oeuvres）呈现了详尽的专题研究的主题的话，那我们的目的不过是做勾勒描绘，它们将完全取代这些目的仅在于作为一种促进因素的注释。我们都很好地意识到，对各个艺术家的作品作为特别特征的一种集合来进行评价是非常危险的而且也不是一件容易的事情。这么做的话，或许其最重要的因素即作家们的创造性个性的成长及其艺术手法的发展被忽略了。我们将某些东西作为一种永恒的、只在时代的进程中才能发展的、并最终变得完全衰减或消失的特征来呈现。但是，如果我们希望在某个限定范围内的研究中得出某些普遍结论的话，那我们将别无选择唯有冒这个险了。实际上，我们的研究并无其他目的，只不过是想将我们关注的重心放在某些问题上，引发讨论并鼓励对中国历史上的这个重要的、有趣的时代进行研究而已。

我们选取茅盾、郁达夫和郭沫若这三位著名的作家，是因为这三位作家至少能大致向我们呈现出"五四"运动后中国文学的主要趋势，我们不必对其给予任何传记性的说明。茅盾代表的是成立于1921年的"文学研究会"，而郁达夫和郭沫若则是成立于同一年的"创造社"的两个主要代表人物。自然，我们可以做与此不同的选择，但我们的目的在于，强调某些极端趋势，以便阐明新作家们对现实最可能准确的理解所持的不同创作态度[2]。

---

2 Jaroslav Průšek. *Three Sketches of Chinese Literature* (Dissertationes Orientales, Vol.20). Orental Institue in Academia Prague, 1969, pp.5-9.

一、茅盾[1]

　　茅盾试图抓住和传达现实的努力以其全神贯注于局部现实为特征。全世界众多的伟大作家中，其作品与现实处境、与重要的当代政治和经济事件如此紧密如此即时地相关联的作家并不多。茅盾的作品即是这样。他选取刚刚发生的大部分事件来作为其叙事主题，并将其融入一部充满了人文事件的作品中。这些事件的即时印象还没有从他的同时代人的脑海中消退。他的第一部三部曲《蚀》，记录的是大革命中发生的事件，就创作于1927年4月蒋介石的血腥镇压几个月之后。三部曲的第一部分发表于1927年的8月，第二部分发表于11月和12月，第三部分则发表于1928年的4-6月。在大革命结束不到一年的时间里，茅盾勾勒出了中国历史上最具革命性的事件之一的画卷。他最了不起的小说《子夜》，则以构思广泛的壁画形式描绘了1930年春夏时节的中国经济力量与政治力量间的冲突。茅盾从1931年的10月开始创作这本小说，一直到1932年的12月写完。同样，所描绘的事件与读者读到他的这本小说之间的时间间隔仅仅只有一年多一点。相似的是，茅盾的第三部重要作品，出版于1941年的《腐蚀》，刻画了不久前重庆的生活。他的绝大部分短篇小说，情形也是相似的，描写的大都是近期发生的事件。而且，甚至在茅盾创作历史故事时，吸引他的也并非过去的事件，其价值在于对某些当代的趋势进行阐发。茅盾的作品，紧密地与那些最局部的事件相关联，他似乎是想通过这些瞬间来记录他的祖国所经历过的风暴时期。

　　这种其作品面世与作品中所刻画的事件之间在时间上的紧密联系告诉我们，茅盾最主要的目的在于，趁着它们还是新鲜的，还没有淡出人们的记忆，

1　该书的第10页至第43页为《茅盾》一文的正文。原文共有注释8条。译者注。

记录下即时发生的事件。在其成为历史之前尽可能准确地抓住即时的现实，是茅盾艺术作品的基本法则。

我认为，对一位相当敏感的、对文学理论又如此精通的艺术家如茅盾的作品中的这种特征给予深思是必要的。如果我们发现这种趋势如此强烈地呈现在其作品中，我们必须假定它是那个时代的引人注目的症候，是某种必然性的表达，其在整整一代人身上都烙上了印记。在我看来，隐含在这种试图对那些刚刚发生的事件给予艺术形式的努力背后的，最为重要的是如闻一多在评价郭沫若的《女神》的那篇文章中所出色地表达出的那种感觉[2]。需要为这一代人胸中充溢着的这种感觉和印象找到一个出口。如果他们不能表达出这种感觉的话，那他们一定会发疯的。实际上，它是那个时代中国作家受到现实影响的如此具有建设性的、令人不可抵抗的、令人信服的证据。这尤其在茅盾的第一部作品《蚀》三部曲中表现得特别明显。茅盾是以狂热的热情和速度来创作这部作品的。

很可能这种试图把经验加以即刻和直接表达的需要也解释了中国的新文学在总体上几乎没有像日本文学那样受到那个时代时髦的西方文学潮流的深刻影响的原因。那时普遍流行的主要的西方文学潮流给予特别关注的是呈现的方式，强调的是主题的作用和叙事的方法，并把如何最好地抓住现实的局部特征这个问题放到了不太显著的位置上。实际上，说到反映现实的态度问题，常常是沉溺于反映所有观点的不确定性和主观性上，讨论是谁在观察现实这个问题的重要性上，以及论述经验的基础和其被表达的方式上。艺术的主题与其创作目标之间的关系显得相当复杂，而且要通过同样也是由这个或那个作者宣称的各种不同的哲学思潮所决定的各种艺术方法才能被解决。

与西方文学这种变动的态度特征相反的是，茅盾始终抱持这样一种观点，认为一个作家的感觉和洞察力都是可能的，也是必要的，并强调了对一部作品的作者来说，做好科学的准备是必需的。在一篇发表于1922年的文章《自然主义与中国现代小说》中茅盾写道："我们应该学习自然派作家，把科学上发现的原理应用到小说里。……只有如此才能克服内容单薄与用意浅显两个毛病。"[3]对中

2　此为原文注释第 2 条：参见闻一多，《女神之时代精神》，载《闻一多全集》第 3 卷中的《诗与批评》，上海：1949 年版，第 185 页。

3　此为原文注释第 3 条：奥德瑞凯·克劳（王和达，Oldřich Král），《茅盾对新的科学现实主义的寻求》（Mao Tun's Quest for New Scientific Realism），载《卡洛琳大学学报》，1960 年，语言学增刊，第 98 页。引文原文选自茅盾，《自然主义与中国现代小说》。译者注。

国旧文学和欧洲的理论进行深入研究使茅盾搞清楚了旧文学的不足归根结底在于客观地去描绘现实的能力还不够成熟，因而茅盾首先试图努力获得一种对其经验的严格意义上的客观呈现。而且，正如我们将会见到的那样，甚至在其作品中，与其那些倾向于更主观地表达的同时代作家相比，茅盾更多是对其精神的一种爆发性的释放，其目标在于最大限度地在其材料中呈现出客观性。

茅盾追求客观性的努力显而易见地表现在其对那些被他排除在叙事之外的作者笔下的人物所给予的无微不至的关心。没有任何痕迹表明谁与故事有关联。作者的目的在于让我们看清楚每一件事，直接感受和经历每一件事，消除读者与其小说中所刻画的东西之间的任何中介。读者作为一个亲历所有的见证人参与故事的活动。

这种主要用在茅盾抗日战争之前的创作中（其中，《子夜》是至高点，也是其最好的小说）的方法，也可被描绘成是欧洲古典现实主义的长篇小说和中篇小说中所使用的方法在中国小说和短篇故事中的始终如一的运用。我们对茅盾作品的描绘，恰与对欧洲古典现实主义的描绘相呼应，我们的文学专家们是这样总结的："古典散文是以史诗的客观性为基础的，它努力追求史诗作品在呈现时其客观性的最可能措施的保留。事实，不管是'物质的'还是心理的，如其真实所见般被呈现在读者的面前。似乎是——尽管并非如此——很大程度上叙事者起到了一部照相机或一台准确记录仪器镜头的作用。"[4]

茅盾运用的这种方法与中国旧小说和短篇故事中流行的旧的叙事方法是完全相反的。或许我们也可以说，叙事者的作用（显而易见在旧小说中被表现被强调，但在18世纪中国古典小说出现之后被弱化了），被现代史诗的第一人称所替代，不再被束缚在某个人物或某个地方，而是无处不在的、全知全能的、无所不见的，而且还有着不断变化的视角。

同时，茅盾的方法也与在艺术文学中被广泛接受的趋势是完全相反的，也即是说，文学应该是哲学或伦理法则的宣传家或是感情的一种表现。然而，茅盾的目标在于描写现实。而且，他在其作品中完全去除了作者的感受或观点。更准确地说，他不是直接表达它们的，而是仅仅通过他勾勒的画卷所使用的媒介来表达它们。

茅盾作品的第三个主要特征是他那卓越的描写能力，尤其是创造一个充满了行动的场景并能引起人们对现实的完美幻想的那种天赋才能。这种才能

---

4 普实克没有说明此引文的出处。译者注。

是与前述的两个特征紧密相关的：一是，在将读者的注意力引到某个时刻，某个刚刚过去的时刻时，艺术创作的重心必须放在对每个个体场景的描绘上，放在所记录的那个时刻的暗示性的力量上。二是，同样的目标必须通过艺术家下意识地取代主观地叙述客观画面的创造以及对现实的描写和呈现被予以追求。

在小说批评领域，沿着中国文学进入 20 世纪初的道路茅盾将描写带到了一个新的高度。在刘鹗的作品中我们已经发现相当具有生气的、复杂的描写，作者在其中试图寻求呈现现实最多样性的方面。不容置疑，刘鹗的描写，是中国文学迈向现代写实主义之路、走向对现实进行多层面的分析描写的道路上的里程碑之一。那么，茅盾的作品代表了这种努力的极致，我们因而也可以说茅盾的这种努力是卓越的。在描写的艺术方面，茅盾完全掌握了欧洲古典小说的步骤，如可视作典范的托尔斯泰的作品，甚至将其推到了更高远的程度。它也是那个时代中国的文艺生活的节奏如此快速和伸缩有度的一个例证。

为了证明茅盾的描写的质量，我先列举现代小说描写的几个特征，然后再举至少一个关于茅盾是如何运用同样的文学手法的例子。捷克文学研究者卢波米尔·多勒泽尔（Lubomír Doležel）在试图刻画现代散文的基本趋势的时候，说到"内心独白的活化"（activization of inner monologue）。在他看来，人物的这种活化的效果，"就其通过某个人物得以传播而言，是对叙事的主观化。它被人物的参与和其各个方面，通过其性格的棱镜着上了色彩。换句话说即是，在一定程度上，某个人物替代了叙事者的作用。"[5]因此，现代的叙事碎裂成了无数的部分，而且"这些部分中的每一个都有其不同的主观色彩。故事的这些部分从一个视角被叙述，而且不同的人物都参与其中并在其中扮演着角色。"被运用到这类主观化中的语言手段是"混合音"，其中，声音，或者更确切地说是各种不同主题的语调被插入到叙事的话流中。这就导致了内心独白叙事的即时混合，这意味着"一种'外在的'史诗般的现实与人物的'内在的'精神世界的瞬间碰撞，而正是在这种碰撞中，张力在人物与其运动其中的媒介之间得以产生和释放。内心独白与叙事相融合对人物而言使得重新对史诗般的现实做出即时的反应成为可能。内心独白作为一种法则在半直接引语中被表

5　此为原文注释第 4 条：卢波米尔·多勒泽尔（Lubomír Doležel），《论中国现代散文的风格》（O stylu moderní čínské prózy），载布拉格，第 151 页。

现出来。"⁶

正如在作品中的某个人物看来,对一种现实的客观描写与对同样的现实描写之间的即时振动,然后是同一个人物的内心独白,已经在茅盾的小说《子夜》的开头就得到很好的证明。其中,故事的动因,通过主要人物制造商吴荪甫的父亲吴老太爷,在其离开他居住的乡下到上海来避难的那个夜晚被刻画出来。

让我们从对吴老太爷的人生故事的简略描绘开始分析。故事是以客观信息的形式被呈现的,但是诸多信号,尤其是那些主观的、带有个人情感评价的信号,已经从老人的思想和表现中进入到了信息中。

小说指出,这与老人和他儿子的关系相关。他早就说过,与其目睹儿子那样的"离经叛道"的生活,倒不如死了好。我们立马可辨认出"离经叛道"这个短语出自一个保守的文化人之口。老人的思想流与其儿子吴荪甫的思想流是相冲突的,它是以一个可清晰地听见自我辩白之口吻的句子来结束的:"这也是儿子的孝心。"紧随其后有一小节表达老人观点的客观叙述。(这里,我们已经看清楚了在一种单一的叙事中两种相反的思想流是如何从两个相关的人物开始发生的,因而,一场想象的对话出现了。)然而,老人根本不相信什么土匪什么红军。随着这个描写,不用任何语调或句法的分割,就将此段落放置在了一个半直接引语中:"吴老太爷根本就不相信什么土匪,什么红军,能够伤害他这虔奉文昌帝君的积善老子!但是坐卧都要人扶持,半步也不能动的他,有什么办法?他只好让他们从他的'堡寨'里抬出来,上了云飞轮船,终于又上了这'子不语'的怪物——汽车。这该诅咒的半身不遂……现在仍是这该诅咒的半身不遂使他又不能'积善'到底……"

"但毕竟尚有《太上感应篇》这护身法宝在他手上,而况四小姐蕙芳,七少爷阿萱一对金童玉女也在他身旁,似乎虽入'魔窟',亦未必竟堕'德行'。"

又一次,没有任何的停顿,紧随这段内心独白的,是客观的叙述:

"所以吴老太爷闭目养了一会神以后渐渐泰然,怡然睁开眼睛来了。"

---

6 此为原文注释第5条:在半间接引语(semi-indirect speech)的表述中我们明白了在法语中被称作"自由间接引语"(styl indirect libre),而在德语中被称为"隐含的语言"(Verschleierte Rede)或"经验语言"(erlebte Rede)的东西。它是介于人物的叙述和口头话语之间的一种话语形式。从语法上看,它与叙述性的段落是一致的,其与直接引语间的联系由文体成分和语义成分显示出来。雅罗斯拉夫·普实克,《中国新文学的三幅素描》,前面所引书,第16页。

　　紧随其后记录了外在现实的那个段落是通过老人的双眼和他的反应（在一个例子中是以直接引语表达的，而在另一个例子中是以半直接引语来表达的）来观看的，是对现实的客观描写。

　　这里，立刻浮现在我们脑海中的是我们可用于茅盾之描写的苏联语言学家维诺格拉多夫（Vinogradov）论述托尔斯泰之语言的观点："作者的语言总是变化着其表达的色彩，犹如通过它点亮所刻画的人物思想、观点和表达之工具。因而，在语义上它成了多彩的，在保留同一风格体系中句法的统一的同时，展示了一种非同寻常的深邃而复杂的意义的远景。""《战争与和平》的叙事风格是作者的立场和作者的语言与其人物的话语与思想相融合和冲突的一种结晶。"[7]

　　提及托尔斯泰的艺术与茅盾艺术的关联绝非是偶然的。茅盾自己曾说作为一个作家他被托尔斯泰的作品所吸引："我爱左拉，我亦爱托尔斯泰。我曾经热心地——虽然无效地而且很受误会和反对，鼓吹过左拉的自然主义。可是到我自己来试作小说的时候，我却更近于托尔斯泰了。"[8]这向我们表明了中国新文学是如何在最重要的那些欧洲作家，尤其是19世纪最伟大的小说家的持续比较的语境中出现的。

　　茅盾坚持用现实主义的手法来描写人物的感受。为了证明此论点，我将再列举一个场景，这个场景是吴荪甫与他手下的雇员屠维岳之间的对话：

　　客观描写："但在刚要碰到那电铃时，吴荪甫的手忽又缩回来，转脸对着屠维岳不转睛地瞧。"

　　主观描写："机警，镇定，胆量，都摆出在这年青人的脸上。"

　　半直接引语式的独白："只要调度得当，这样的年青人很可以办点事。吴荪甫觉得他厂里的许多职工似乎都赶不上眼前这屠维岳。但是这个年青人可靠么？这年头儿，愈是能干，愈是有魄力有胆气的年青人都有些不稳的思想。"

　　在对茅盾的描写方法进行这种分析时应该注意到，他通过所描绘的人物的双眼去看清事实真相的努力与中国旧文学之间并非完全没有相似之处。我将举一例予以说明，尽管如果进行细致研究的话我们可以提供更多的例证。在

7　普实克没有说明该引文的出处。译者注。

8　此为原文注释第 6 条：参见马立安·高利克，《茅盾的短篇小说》（*Mao Tun's Tales*），硕士论文打印稿，第 14 页。引文原文选自茅盾，《从牯岭到东京》，载《茅盾论创作》第 28 页。译者注。

小说《儒林外史》第 14 回，即"秀才"一回，描写的是干瘪、保守的秀才马二先生沿着著名的西湖散步的情形。文章一开始强调了"这西湖乃是天下第一个真山真水的景致"，但紧接着描写马秀才所见时却仅仅只提到了那些毫无吸引力的乡下女人、店里卖的各种各样的肉和吃食，以及"棺材厝基"等等。这些描写，不带任何的评论，清楚地表明这位老学究所见只是简单的事实，西湖美景在他眼里完全视而不见。这种描写的讽刺通过下意识提及马秀才吃了什么喝了什么以及是在什么地方吃喝的得到了进一步的强调。为搞清楚新文学究竟领先于旧文学到何种程度，同时在另一方面也表明，在多大的程度上新文学成了某个时代所有作家的共有财富，从这个方面去同时对中国旧文学和新文学给予考察将会是必要的。

我们一方面对茅盾努力追求时事性，追求记录刚刚发生的事情，追求我们列举的那些复杂的描写所展示给我们的东西给予了强调，另一方面，我们又对茅盾的作品与报道的方法之间的差异给予了强调，这些也记录了刚刚发生的过去中一系列的图画，但这些图画只不过是轻描淡写的而已，它们是现实的象征而非对现实的准确刻画。正如我们下面要表明的，由于其细致而复杂的建构，茅盾的图画产生了一种静态的而非动态的印象，就如同它是报道的主要目的。而且，即便茅盾试图想要在动作中，从各种不同的视角并带着完全不同的主观色彩去看清现实，他的方法也与印象主义没有任何共同之处，他仅仅满足于记录认知的对象而不去探究它们之间的关系。

对人物内心状态的诸多描写以及对内心独白的经常使用，简而言之，就是我们在前面所说的文学作品人物的"活化"（activization）。这种手法表明了茅盾所采取的从外在到内在现实、到参与其中的人物思想及其反应之描写的特别过程。不容置疑，我们不禁看清楚了有意识地与中国旧文学的方法相反的这种手法。正如前面所指出的，这种手法，作为一种记录的法则，仅仅是视觉和听觉的感受，并不能渗入所刻画的人物的精神状态。因而，对茅盾而言，同时引起的是一种暂时的印象，我们甚至可以说是所有事情的一种短暂的特征，而且，在某些地方，行动的明晰线条被弱化和模糊了。与事件清晰的流动和有着清晰轮廓的事件相反，我们只能辨识出其在人类意识中一时映照出的模糊混乱的影子和影像，那些迅速转变成感受、判断和情绪的观点，只能又一次融进一种喧嚣的精神过程和状态。这种方法似乎有弱化作品中的史诗般人物的趋势。

　　将关注放到所描写人物的内心状态已经清晰地呈现在茅盾的第一部三部曲《蚀》中，他在其中完美地描绘了中国青年因大革命的幻灭而导致的那种充满困惑和无望的感受。这种关注也强烈地出现在他战争时期的最后一部伟大的小说《腐蚀》中。其中，前面所描绘的那种重要的"活化"特征被表现得更加淋漓尽致以致于整部小说都是一种内心独白，女主人公以日记的形式吐露其经历、回忆、思想，尤其是感受。作者的直接叙述被局限在简短的"引言"中。

　　然而在这部小说中，茅盾让其主要人物以直接叙事的形式所使用的环境，并非是一种对其试图创造最简洁和客观的现实画面即现实主义的努力的放弃。或许，茅盾不选择这种形式是为突出个体行为的呈现，即其形式的方面，而是相反。他的目的在于，以完美的真实，将他所刻画的那种环境的氛围展现出来。同样，在这篇小说中，茅盾继续采纳了欧洲古典小说的法则，他对于那些相似的步骤是熟悉的，如多勒泽尔就在前面已经提及过的研究中正确地指出："……在古典的特别是现实的散文中，直接叙事最重要的在于为创造一个叙事者的形象服务，这个叙事者显然不等同于作者，因而进一步加强了那种客观性的错觉。……"

　　但是，必须要说的是，这个步骤，即便是由于相当不同的原因和从一个不同的立场，即，将其作为叙事中被刻画的人物被"活化"的结果去看，茅盾采取的仍然是他那个时代在文学中相当不同的表达趋势的一种形式，即，一种趋向于表达个人的经历和作者的感受的形式（即是，叙事者的活化）。就如我们将进一步明白的那样，是一个努力追求客观性的最大化的作者采取一种对于完全被主观性所限制的同时代人而言很特别的形式。我认为我们必须将其看成是时代的症候，是对一种普遍的主观性趋势的表达，是表达出那种强烈感情的需要。同时，它也是将个体从旧的封建桎梏中解放出来并呼吁对其自我给予最密切的关照变得日益重要的一个证据。显而易见的是，四处弥漫的时代情绪导致了对某些文学类型的喜欢。同时，注意到出现在欧洲小说中的那种无处不在的主观性（以致于在这种文学形式中有危机存在的普遍说法）这种相似的潮流也是必要的。看上去，茅盾将会比别人更早对世界文学中的这种普遍趋势做出反应。

　　另一方面，选择日记体形式来作为呈现的方式同时也表明了茅盾对故事本身或者故事情节之兴趣的减弱。日记更适合于记录印象、经历，常常是一系列的画面，是一种不太适合用来表示情节动态的形式。尽管其似乎具有主观性，它也不适合用来展示一个人物成长的连续过程，而是更适合去分解它，将其解剖成一个个单独的经验、印象、观点和感受。因此，从茅盾的小说中我们也可以了解更多关于女主人公生活其中的环境而非她个人的性格，使得其中留下了太多的模糊和冲突。然而，那正是茅盾小说的真正目的，他的目标就是要描绘一幅社会现状的画卷，女主人公的真正作用在于记录外在现实并对其作出反应。

所有我们到此为止所说的都表明，茅盾的兴趣首先是放在某个情景、某种具有特色的现象而非个人的经历或个人的故事上。他是在描写而非叙事。

对茅盾艺术中的这个基本趋势的确定也是一个事实，即，他的作品大都是以未完的形式来呈现的，或者是没有一个结局。他的小说《虹》和《子夜》都是未完成的作品。茅盾自己在谈起《子夜》时说它只是"仓卒成书，未遑细细推敲。我的原定计画比现在写成的还要大很多。"[9]但是，茅盾完成了的小说采取的也是没有结尾的故事形式。如他的小说《腐蚀》，就是以假装作者是在一个防空洞里找到的一本日记的形式，在最紧张的时刻突然结束故事的，仅仅只有大约数个小时或数分钟来决定日记的女主人公和她的监护人是能逃脱国民党的秘密监视网还是会被困在其中。也是同样突然地，没有任何的"该怎样结束"的暗示，茅盾就结束了他主要的短篇小说《蚀》三部曲。这是一种对传统的中国小说形式的戏仿。在这种形式中，故事总是在最紧张的时刻戛然而止，而读者则被告知"要知结果如何，且听下回分解。"只有在茅盾那里，不再有下回。

还应该注意的是，茅盾小说（不管是未完成的，还是没有结局的）的读者，从"有什么丢失了"这个意义上讲并没有感觉到小说未完成。作者描写的特殊力量，每个场景的暗示性品质，使读者感觉似乎自己就在现场并参与其中，似乎发生的事件是真实的存在，因而他甚至没有想到要去问"结果如何"，或者之后发生了什么。必须得寻求在那种我们所谓的"活化"中，将我们关注的中心放在情节部分或是所描写的事件上，或是放在发生的场景中，让人感觉每个时刻都是活生生的经历，而其本身是完全不用参照之后会发生什么（如果确实有什么会发生的话）的原因。

对茅盾的作品进行详细分析会发现，不仅从总体上来看他的小说是没有结局的，而且小说情节的珠串在很大程度上也是编制的。作者捡拾起一颗这样

---

9 可参见《子夜》后记。译者注。

的珠粒，将其往前携带一会儿，然后突然地让其故事及其主人公突然掉落，就如同忘了它们一样，从而留下了一个松散的结局。比如，这是小说《腐蚀》中几乎所有人物的命运，不管他们是牺牲品还是受到国民党秘密组织或机构监视的被迫害者。所有的人都登台演出，成了某些情节中的演员，但在他们完成自己的角色之前作者的棱镜就移开了，我们便不再见到他们。同样的情形也发生在《子夜》中，其中，一颗接一颗的珠粒被捡起来然后被落下，直到小说突然结束。然而，在这样的情形下，情节的主要珠粒，实业家吴荪甫的故事，被带至故事的结尾，即证券交易所的破产。

这种让故事的珠粒在完成它们的使命之前即让其掉落的方法增强了对所发生的事件中那些瞬间人物更深的印象。他们就如同电影胶片被往前带至现在的时刻，或者似乎被粗心地突然掉落……。

而且，正是这种似乎被更大的力量所驱使的突然的掉落留给我们这样一种印象，故事本身是不那么重要的，或者更简单点说，故事中的演员被某种虚弱和无效给弄残了。他们不是自己所扮演的角色之情节的筹划者，他们不由自主的出现或消失似乎更有成效。读者情不自禁地会想他们所做的事情将会出现转机，即便他们实际上已经做过的与他们做的正好相反。如果我们来考察茅盾的所有作品，从其第一部三部曲《蚀》，到《子夜》，到他杰出的乡村生活三部曲《春蚕》《秋收》和《残冬》[10]，再到其小说《腐蚀》，我们会发现对情节的这种呈现是他作品的一个基本的计划安排。在此，我要说我们致力于作者性格的真实情感的来源，他的整个艺术就是从此生发的。我们来举一个例子。在《子夜》中，其中一颗情节的主要珠粒是吴荪甫工厂里的社会斗争。女工要求起来罢工，而另一方面工厂的老板却利用各种手段来破坏罢工，因为他必须保持他的交易条件。他设法采取各种恐怖的手段来结束罢工，但是证券交易所倒闭了，吴荪甫被迫破产，关闭了工厂。整个斗争是由更高的层面即金融投机领域控制的。但这个投机的命运却不仅仅是由一群产业工人与金融企业家的斗争来决定的，而且也是由那些影响最后结果的因素，包括侵入中国的美国资本、世界经济危机、日本工业的入侵、中国农村的农业革命以及其他因素来决定的。这些是同时决定个人和整个集体命运的关键性力量，是它们把演员置于舞台上，分配给他们角色，并在不再需要他们时将其弃置一边。他们是真正的

---

10 此为原文注释第7条：茅盾，《茅盾短篇小说集》，上海：开明书店，1949年版，第1集第159页；第2集第3页和第36页。

演员，而作者讲述的故事仅仅只是在阐明背景中这些力量的威力和无限能力而已，目的是让我们注意这个将会一次又一次反复出现在我们进一步分析中的词语。与它们相比，个人及其奋斗都是无意义的，他的命运一如田野中的花一样只是短暂的。

因而，似乎茅盾的作品都是源自这与古典悲剧同样的根源，源自人类生活的悲剧感，是命运之石之间的冲突，对个体来说反对它或反抗它都是徒劳的。而且，这种悲剧感被这样一种事实提高到一个巨大的维度，那就是，绝非某个人或某个家庭的，而是庞大的集体、所有阶级甚至整个国家的命运都处于某种险境之中。通常，茅盾刻画了整个集体，甚至在他讲述某个人的命运的时候我们也总是能感觉到这个人的命运是对整个集体命运的拟人化，那种处境不是某个人的而是众多人的典型。仅举几例，《子夜》中吴荪甫的故事是整个中国实业家阶级的故事。同样，他工厂中那些女工的命运也是所有工厂女工的命运，"农村三部曲"中的主要人物农民通宝的命运也是整个中国农村农民的命运。茅盾在其作品中所刻画的是成百上千万中国人的命运。毋容置疑，通过准确的观察，他成功而完美地展现了整个中国当代社会的现实画卷和特征。

我们必须对生活的这种悲剧感给予特别的关照，这种感受是那个时代文学的典型，毫无疑问它渲染了新知识分子们的观点。这里，茅盾用最高级的艺术形式，表达出了整整一代人的感受，因而他的第一部作品《蚀》三部曲获得了巨大的成功，使得这位只有30岁的作者成了中国最著名的作家之一。正如我们前面所指出的，这种新的悲剧感，是将新文学与旧文学鲜明地分别开来的东西，在鲁迅的文章《淡淡的血痕中》它被认为是"识破"那"勇敢的反抗"的结果[11]。

同样似乎是，这种对人类存在的悲剧感，即人常常被不可理喻的或者是不能准确解释的力量所挤压，这种对现实的不可理解的一个典型例子也包含在茅盾的"农村三部曲"中。茅盾在三部曲中描写了主要人物、保守农民通宝的感受，表明了在某种程度上与世界自然主义观相似的观点。自然主义者也相信，生活常常是被那些远远高于人类意志的力量悲剧性地命定了的。只有因这不同他才会相信这些力量存在于生物性决定论中，存在于遗传性中。因此，他们的关注集中在个案，集中在个人或家庭上。而且，不能对他们的观察和洞见

---

11 此为原文注释第8条：《鲁迅全集》，北京：人民文学出版社，1956年版，第208页。

加以概括，或者说在对这些加以概括的地方，如在左拉（Émile Zola）的《土地》（Earth）中，它们完全是毫不相关的，因为这些观察和洞见是建立在错误的假设基础之上的。

相反，茅盾这个一开始比较接近马克思主义思想后来很快就在共产党组织中在政治上变得活跃的人物，不是在自然决定论中而是在社会现实中去寻求决定个人和整个集体命运的力量。实际上，我们能够用这种个人和社会力量的辩证关系的术语来解释茅盾艺术的整体发展以及他更加准确地将其加以展现的努力。在茅盾铺垫在那个背景中的日益增加的精确中，即社会力量决定那个时代中国的历史进程，我们一方面可以密切注意其艺术的成熟，另一方面也要注意其政治的发展，注意他对现实给予的马克思主义式的诠释的努力。

在《蚀》三部曲中，这些力量仍然组成了一种模糊的背景氛围，一种每一件事都被独立分解的感觉，即没有确定性，传统的秩序和价值观被打碎，只留下势不可挡的混乱的感觉。在这个充满巨变和倾覆的世界上，处在黑暗而深不可测的、淹没一切并将其冲向不知何处的潮流和激流之中，个人能做什么呢？被这些普遍的混乱和崩溃所迷惑并感到恐惧，茅盾的主人公们，他们全都是小资产阶级的知识分子，试图通过投入到一些冒险活动中（不管是爱也好斗争也好）以排除他们所生存的这个世界上的这种完全的崩溃，试图用像蚂蚁那样的勤劳或在家庭生活的狭窄圈子中去寻求满足以填满他们的日子。然而，所有这些尝试，都是徒劳的。如同汹涌而至的洪水（我们不能说是革命，而是社会颠覆和瓦解），卷走它道上的一切。很可能在这部作品的一开始，茅盾是最接近自然主义的，带着其悲剧性，试图粉碎命运，但最终所有的努力都是无用的。这点尤其在这部悲剧性作品的第一和第三部分中体现得特别明显，但自然主义的特征却在第二部分的几个残暴的场景中得以呈现，如对小镇革命的结束之描写，对流氓残忍地杀害女工的场景之描写，对士兵折磨裸体妇女之描写，以及在具启示录式的意义的结尾处，色情的场面被一片普遍的毁灭和破坏的景象所遮蔽。

然而，这部三部曲中题为《动摇》的第二部，则是更加客观地描绘那场革命的努力，同时，它也是一份反映茅盾为更公平地评价当代现实而发动的固执的内在斗争的文件。其中，茅盾已经表明了他对形势的分析，在小镇上发生的所有事件都不仅仅是由盲目的力量所支配的，而是同时由反动势力和进步势力即人民的力量在发挥作用。那个时代只有国民党，组织革命的任务即落在其身上。形势在这些力量之间摇摆。现在则同情人民，畏惧他们，因而不能得到进步人士的支持，对可怕的人数众多的流氓予以制止，这些人中的个别甚至威胁到了国民党的官员。他们是无力驾驭的风暴中摇摆不定的懦弱者。其结局注定是悲剧：反革命兵士占领了小镇，可怕的屠杀接连发生。然而，这在一定程度上破坏了茅盾分析的力量和说服力。不管革命的主角们做什么或如何行动，读者都会自问结局是否有什么不同。而且，在这一卷的结尾处这个问题被提了出来：所有这一切都是必要的吗？引发这场风暴有什么意义呢？

像中国青年中更伟大的那一部分一样，茅盾也被这大革命的可怕结局惊呆了。这是一个使茅盾充满了悲观、痛苦和信仰损失的结局，而且这些感觉毫无伪装地在他那个时代所写的作品中出现。但正如革命不能被恐怖和势力所粉碎，他们所经历的悲剧也不能削弱中国的革命作家，也不能用沮丧的自我怜悯或绝望的悲观思想来削弱他们观点的尖锐性。随着 20 世纪 30 年代左翼作家联盟的成立，其自身会感觉到在中国文学中有一种新的积极的意愿。从 1929 年往后，在茅盾的文学创作中，我们可以从其创作于 1931-1932 年的小说《子夜》以及其他许多杰出的短篇故事所描写的胜利斗争中获得一个关于客观的中国社会的观点。

茅盾继续在其后来的作品中保持着一个画家的态度，准确地、不妥协地对其周围的现实进行如实的描述。或者，更恰当地说，可将其比作一个外科医生，他用自信的手和准确无误的眼睛，在社会的组织上进行尸检，将所有的社会疾病全部暴露出来。茅盾并不想让读者被幻觉所迷惑，认为形势总归还不那么糟糕，治愈这些毛病也已经是指日可待了。我们也不能忘记，国民党的审查制度是阻止作家们公开表达自己的观点的，尤其是对于人民的革命运动他们只能间接地、暗示性地进行描写。茅盾在其小说《子夜》的捷文版"序言"中明白指出："为了愚弄国民党的审查制度，我被迫在很多情形下放弃直接描写，而运用暗示和象征，采用间接的方式来刻画我的人物和某些情节。"[12]

---

12 经艰辛查询，并电话咨询中国茅盾研究会秘书长许建辉教授和邮件咨询马立安·高利克先生，仍无法获得普实克文中所引茅盾为 1950 年捷文版《子夜》所写"序言"，仅见 1984 年出版的李岫编《茅盾研究在国外》中普实克为其翻译的于 1950 年出版的捷文版《子夜》所写"序言"。出版信息为：李岫编，《茅盾研究在国外》，长沙：湖南人民出版社，1984 年版，第 126-146 页。文中引文为译者自译。原文为："In order to bluff the Kuomingtang censorship, I was obliged in many cases to renounce direct description and characterize my figures and certain phases of the plot in an indirect way and by the method of allusions and symbols."译者注。

　　然而，在《子夜》中已经显示出了对这股破坏之洪流的反对以及对吞没中国人民之威胁的颠覆。在《子夜》中，出现了农民起义和工人罢工，甚至大众斗争的组织者共产主义者的场景，尽管显而易见因为审查制度的原因在一定程度上是以被扭曲的形式呈现的。显然，这些力量的觉悟为茅盾后来所有作品的背景都着上了色彩，尽管他还继续揭示人民是如何被经济和社会进程的碾石被碾压粉碎的。浏览茅盾的所有作品会得到根本的肯定，那就是，依靠任何个人的努力试图改变个体的命运，都是徒劳的，只有普遍的革命才能同时解决个人的问题。茅盾的最后一部伟大的小说《腐蚀》，一方面表明了在被国民党的兽行所彻底毒害的这个环境中生活是不可能的。但另一方面它也清楚地指出，国民党那些残暴之人只不过是预告其自身即将完蛋的流动的青烟，并因而加速了迫近的、不可避免的自身的毁灭。

　　茅盾试图更加准确地辨识社会中起作用的力量的努力在很大程度上决定了他组织其材料的方式。茅盾文学艺术的主要柱石是仔细地整理那些个人场景来证明这些基本的社会力量的运作和各种表现，或是映照出某种社会情景。一般说来，正如在一场风暴中，当所有的社会张力达到爆破点以及那些根本的矛盾和对立出现公开的冲突时，它们是伴随着行动的场景，是社会进程中的至高点。因而在《子夜》中，这样的场景选取的是在起义中崛起的农民对离上海不太远的小镇的占领，是罢工者与破坏罢工者之间的斗争，是 5 月 30 日的上街示威游行，是金融投机，是证券交易所的破产等等。在我看来，这种集中描写最紧张时刻的方法，总体上说来，是这个时代中国文学的主要特征之一，那些最伟大的作品都最大限度地集中展示了朝向某个决定性时刻的而且通常是悲剧的倾向。作家们显然感觉到了只有试图去描绘人类命运的最重要的事情，才能为他们所生活其中的那个时代倡导正义。这种集中描写的证明就是茅盾最伟大的作品《子夜》，在其 19 章的篇幅中（而且其最后一章实际上仅仅是个后记），蕴含了相当多的主题，刻画了社会中相当多种类型的人物，几乎对当代中国所有最重要的社会进程做了全景式的扫描。因而，在不过 18 幅画面中，以极大的维度和完美的艺术，一个现代作家成功地勾勒出了中国历史上最伟大的革命时期的主要轮廓。如果我们将其与吴沃尧（趼人）的 108 回小说《二十年目睹之怪现状》、与李伯元的 60 回小说《官场现形记》或与其同样长达 60 回的小说《文明小史》相比较的话，我们会发现一个真诚的现代艺术家如何能够创造一部综合性的作品，如法国伟大的批评家马塞尔·施沃布（Marcel

Schwob）所指出的那样，如何能够"奉献一部总体上来说尤具幻觉的作品"。茅盾的短篇小说同样反复地抓住并记录了这种个人生活或集体生活中悲剧的至高点。因而，比如在前面已经多次提及的他的"农村三部曲"中，茅盾描绘了整个农村经济的崩溃，这种崩溃是普遍的经济危机、投机、干旱以及其他因素影响的结果。我们可以说，如果茅盾的作品总是悲剧的话，那其中主要的场景则描绘了其里程碑式的阶段中的那种悲剧性。因此，不用感到惊讶，在茅盾的小说中我们很少能见到其对自然的描写，他全部的关注都直接指向了如何描绘出社会的进程。尽管不容置疑，如果茅盾想要进行景物描写的话，他是能完全掌握景物描写的技巧的。

　　茅盾小说中所描绘的各种各样的社会媒介都是回忆性的，然而，另一方面，则是前面所提及的吴敬梓等的旧式社会批判小说。满清末年的作家们也意在最大限度地去揭露现实，而非描写简单的生活故事，正如曾朴在其小说《孽海花》的"前言"中所解释的那样[13]。似乎茅盾，至少在其最杰出的作品中，也尽可能如画布般广泛地去努力揭露他生活的那个时代的社会现实。然而，正如我们前面所表明的，那些作者们所喜欢的逸闻趣事被特别细心的、详尽的场景，主要是那些其中有着镶嵌的、偶然细节所汇集起来的场景所取代。在茅盾的作品中，则是令人惊异的、有独创性的、有技巧的人为的建构，其中每一个细节都有对基本的社会问题的透彻了解，以致于整体上给人一种对中国人的生活给予了深刻思考和准确描绘的感觉。不容置疑，小说《子夜》对与20世纪30年代的中国现状相关的问题甚至比那些最彻底的研究给予了更准确、更丰满、更真实的描绘。

　　显而易见，茅盾的世界观和思想观是对事实进行仔细的选择并将其建构进一部艺术作品中。他表明，个人的努力是徒劳无用的，将所有可怕的存在着的混乱清除所需要的是广泛地兴起革命，只有这样生存下去才有可能。茅盾的作品是一部伟大的文学作品如何为洞见提供例外价值的完美证明，它常常比

---

13 此为原文注释第 9 条：这个"前言"于 1927 年发表在《孽海花》增订本中。文中，曾朴解释说他是从一个叫金天翮的朋友处获得这本小说的主题以及第 4-5 章内容的粗略勾勒的，但他强调了他的观点与朋友最初的计划之间的不同："但是金君（指金天翮，译者注）的原稿，过于注重主人公，不过描写一个奇突的妓女，略映带些相关的时事。……在我的意思却不然，想借用主人公来做全书的线索，尽量容纳近三十年来的历史。避去正面，专把些有趣的琐闻逸事来烘托出大事的背景，格局比较的廓大。"参见阿英，《孽海花》"前言"，北京：宝文堂书店，1955 年版，第 2 页。

那些科学家们的调查所能提供的更具深度和综合性，并在其中蕴含着革命的意义。茅盾，用其精心筛选并客观呈现的史实，必定能说服每一位读者旧秩序是注定要灭亡的。

从艺术角度看，应该注意对这种仔细阐述情节以组成一个整体的、有技巧的建构勾勒出了一幅巨大的壁画的印象，似乎整个社会进程突然间冻结成了一个不动体或被巨大的阵容所充斥的一系列有意义的情节注定要转变为一个巨大的静止物。尽管个体的场景是动态的，普遍的印象却是静态的，更像是一幅画而非电影。实际上，茅盾所运用的方法，是共时的而非历时的。而且，它追随了我们前面已经反复断言的，即，茅盾是在创造场景而非讲故事，他关注的中心常常更多集中在典型的情景而非一些单独发生的事情或是个人的命运上。这也在前面已经提及的灵活方法中得到了证明，也就是，茅盾让一些行动的珠粒往前运行那么一两个情节，然后让它们掉落。

茅盾对个人及其内心的发展相对来说不那么感兴趣的另一个标志是处于社会张力缝隙之中的人物是模糊的甚至是互相矛盾的。然而，茅盾尖锐地刻画了社会语境中的敌对势力，并同样尖锐地描绘了前台两边的主要人物：一边是资本家、挪用公款的人和破坏罢工的人。另一边则是起义的农民、罢工者以及其他人。这些人物占据了一个使得前台被淹没或是无法画一条线来分清他们的位置，无法令人信服地被描写。因为在他们的情形下，追溯他们内在的发展并证明他们对待那个时代的不同社会问题和动乱的方向与态度是必要的。但那样的话，就有可能破坏和模糊作品的整个概念，并使得在如此大规模的基础上呈现社会问题之间的关系变得不太可能。因此，这些人物一会儿站在了相反的前台的这一边，一会儿又站到了另一边，每一次从一个稍稍有些不同的角度去看的话，接连产生的印象会显得模糊和难以辨认。这种情形，比如在《子夜》中的人物屠维岳身上，也是如此。或许茅盾是想要表明知识分子试图在阶级斗争中保持自己的独立性甚至想要作为一个中间人发挥调停者的角色是不可能的。但是这个人物一直是粗略不详的。

与此相似的是《腐蚀》中的主要人物，也是完全不清晰的。一方面，她被指派去做令人费解的冷酷无情的事情，如当她抛弃自己的孩子恰与她杀害自己的情人、背叛自己的朋友相巧合。另一方面，她则又毫不犹豫地冒着自己的生命危险去救一个陌生的女孩。正如我们前面已经指出的，对作者而言，女主人公首先是一双观察周遭正在发生什么的眼睛。而且，在这个语境中，不再有空间来分析人物复杂的心理和精神方面的变化。

同样可能的是，采用日记的形式的目的是试图克服独立的情节体系（因为这种体系有破坏作品的统一性的趋势），最大可能地给予其同质性，并同时保持其记录大范围观察和实践之结果的可能性。

在我看来，茅盾的写实主义与19世纪的以及他那个时代的现实主义之间的差异存在于这种将关注的重心放在普遍而真实的社会事实中，存在于对个人的性格发展不那么感兴趣中。前面以及提及，自然派对个体以至于最终对于一小群人的生活故事而言受到了其理论前提的限制，尽管这些似乎有着广泛的真实性。因而作者，如果他想要证明他关于特别的人之命运的主题那他将不得不常常描绘个体的整个历史，从其摇篮时期到其走向坟墓，实际上，是描绘其整个家族的历史。比如，由于这个原因，左拉围绕卢贡马尔卡家族创作了一系列庞大的小说。与茅盾更常用共时的方法相比，自然派作家的方法总是历时的。与此相似，我们可以指出对现实的洞察中的根本差异。我们在茅盾作品中或者在其他的中国文学中找不到对物质现实的热爱，找不到自然的形式中那丰富而多样的快乐，这种形式在左拉的描写中是非常引人注目的。它们源自文艺复兴的遗产，甚至源自巴洛克的世界观，源自存在于形状和色彩中的乐趣，是它们导致了欧洲绘画中的静物写生的出现。实际上，对自然及其丰富的创造力的崇拜，即便有时它们是荒谬而可怕的，它们支撑着整个自然主义的文学，而这对中国文学（不管是旧文学还是现代文学）来说是完全陌生的。它的某些象征可能只存在于庄子的作品中。

然而，在我看来，主要的不同在于对个人的强调上。在左拉的想象世界的中心，孤独的主人公总是浪漫的，在其中蕴含着其命运的痛苦，他们拿起铁棒来反抗社会。它是对一个革命者，一个双手举着旗帜有几个真诚的朋友在身边抵御着各种障碍的革命者的反映。它也是对一个时代，对资本主义的最后时期的反映。在人们的心中个人仍然是一切，他引领着，他的热情引领着他人与他一道前行。相反，浪漫的主人公在中国新文学中却是没有其位置的。自20世纪20年代以来在中国人的生活中个人的行为是没有意义的，因而，其在中国文学中也是没有位置的。它进一步显示出了中国资产阶级的弱点。资产阶级世界观的个人主义特征对中国人的思维方式根本就没有产生任何的影响。

我们已经指出的茅盾作品中这些与自然派相比相异的特征对于19世纪那些伟大的现实主义作家尤其是俄国的作家来说也是真实的。他们的关注一样首先集中在个人身上，而且，他在对生活的态度与周围现实的冲突中去寻求一把解释那个时代的社会问题的钥匙。通常，个人的整个历史会被再一次呈现。如果我们允许一位打油诗作者夸张的话，完全正确的是，这种被卡雷尔·恰佩克（Karel Čapek）在其《文学的起源》（*Marsyas or On the Margin of Literature*）中定义为现实主义文学的趋势，文中他玩笑式地列举了浪漫主义文学和现实主义文学之间的不同："而且，浪漫主义文学讲述故事，常这样开始：安吉丽丝，现在已经长成了一位美丽的姑娘，遇见了埃弗雷德侯爵。而现实主义文学则相反，讲述的是生活的故事，也即是说，尽可能地，讲述整个人生。"将一部作品缩略为一次简单而有意义的经历对契诃夫艺术的第一次来说是典型的。指出契诃夫的痛苦与茅盾的悲剧感之间的差异、契诃夫关于个体的故事与中国作家关于集体场景的故事的不同等等也许是多余的。契诃夫作品的背景幕是俄国社会与日俱增的动荡局面和初期的瓦解。而对茅盾作品而言，则是实际的内战、外国的入侵以及革命的风暴。因而，令人惊异的是从描写转换为对整个呈现的戏剧化。

在对茅盾作品与外国文学之间的实际联系进行思考的最后，我想再强调一下这么个事实，即在某个镶嵌式人物方面以及在情节的各种珠粒的交织中，茅盾的作品会令人想起某些欧洲小说，尤其是第一次世界大战后那个时期的美国作家如多斯·帕索斯（Dos Passos）的作品。多斯·帕索斯的小说《曼哈顿中转站》（*Manhattan Transfer*），其结构是由几个情节之珠串成的。这是一种能够使多斯·帕索斯将纽约城市生活相当宽泛地带入其罗盘的策略。但是，除去对现实完全不同的运用之外（在多斯·帕索斯那里，它是对生活之感受的身体的即生物的实际反映），其结构之所以这么复杂在两位作家那里是完全不同的。对多斯·帕索斯而言，它是努力逾越一种统一而又超简单化的单轨情节的传统，也可能是蕴含着创造一种更加复杂的作品之欲望，想要极力准确地阐释城市生活的复调。而在茅盾的作品中，其主要目的是显示出决定中国历史轨迹的主要力量。归根结底，茅盾的动机是政治的、分析的。

对茅盾作品的分析清晰地表明，他作品的内容和形式主要是由他对现实的态度而非由他对之前的文学传统的态度或是对外国文学之影响的态度决定的。确定这点是重要的，因为我们不止一次强调过，要找到其他像茅盾那样对整个欧洲文学和欧洲文学理论当然还有他自己本土的文学如此彻底地了解的作家是很难的。掌握了这些可能性并从欧洲文学的经验中获得了这些可能性，他的作品在世界文学中占据了一个平等的位置。但另一方面，作为一个作家，他并未屈服于任何特别的欧洲学派的影响，而是找到了作为其作品的根本成分的他自己对于现实的新态度和新观点，并以自己的方式将其经验和洞见塑造进了他的艺术作品中。

二、郁达夫[1]

　　我们选取（郁达夫和郭沫若）这两位作者，是因为我们希望他们的作品能够证实创造社的某些趋势特征。实际上在整个当代，首先会提到的就是郁达夫，尽管郭沫若的作品比他的作品要重要得多。我们这样做，一是因为在某些方面，郁达夫的作品提供了其与茅盾作品之间的尖锐对比，而且，两位作家作品的对抗带来了中国新散文的两种趋势间本质的、深刻的不同。另一方面，他的作品也表现出某些与整个时代相共鸣的特征。

　　表面上看，似乎没有哪两位作家之间的差异性能有茅盾与郁达夫之间的差异性大。对茅盾作品的极端客观主义的反对可与对郁达夫作品的极端主观主义的反对相抗衡。然而，茅盾几乎将自己完全排除出他的作品，而郁达夫作品的题材反映的却几乎是他自己的经历和感受。而且，我们还将会发现二者间更多的差异。

　　另一方面，我们还将探查两者间许多共同的特征：郁达夫的作品与茅盾的作品一样，也选取个人的、那些还新鲜还没被人遗忘的经历，试图记录那些刚刚发生的现实。在郁达夫的许多作品中，一种活生生的经历即时地被转换进一部艺术作品中。因而，比如他的短篇故事《十一月初三》，描绘的就是作者自己生日那天发生的事[2]。与此相似的是，《一个人在途上》[3]就是被他刚刚经历

1　该书的第 44 页至第 98 页为《郁达夫》一文的正文。《郁达夫》一文是三篇文章中篇幅最长的一篇。译者注。

2　此为原文注释第 10 条：《达夫全集》第 1 卷《寒灰集》，上海：创造出版部，1927年。

3　此为原文注释第 11 条：《达夫全集》，结尾部分。

过的事件所激发而创作的。他的文学创作在很大程度上都是这样的。可能与茅盾的情形一样，郁达夫的情况也是如此，我们必须在这种想要记录下他们周围所发生的那些转瞬即逝的现实的欲望中看到一种强烈的与现实之间的个人认同，尽管茅盾的与郁达夫的不同。

我认为我们也可以在谈到与郁达夫相关的话题时论及他为尽可能真实客观地记录现实所进行的斗争，以及为取得客观真相和正确理解所付出的努力。因为他艺术洞察的主题是他的自我，他着手处理这类主题与茅盾赤裸裸地揭露现实的目的是完全一样的。而且，如果我们将茅盾比作是解剖中国社会这副病体的外科医生的话，那么将同样的比喻用到郁达夫身上也是恰当的。只不过，郁达夫解剖的是他自己的心理世界和精神世界。他自己的经历和习惯以及他的弱点和感情于他而言都完全不是太过谦卑的事，或者说完全坦诚地论及这些时于他而言也不是一件令人羞愧的事。他反反复复地写他醉酒的事，写他的欲望如何将他变成了一头野兽并驱使他光顾妓院的事，写他如何被自己的情欲折磨得精疲力竭的事，写他的受虐狂感受，写他让一个吸引自己的女人踢打时的满足感，并且在一种色情的愿望的驱使下将一颗针扎进自己的脸的事。他将自己想象成一个小偷，看见自己之为人最卑劣的那一部分。正如所反映出的那样，这些忏悔的公开招致了许多批评家的谴责，恰如亨利·范·博芬（Henri van Boven）在他的研究中所为的那样[4]。另一方面，他的作品充满了对自然之美的描写，充满了对人类心灵的作品中尤其是女性心理方面的那些最细微之处饱含同情的观察，充满了对儿童心理富含爱的理解之描绘，以及他在描写色情欲望、色情梦想和幻象画面时的微妙敏锐多过他勾勒爱情这一方面无人能及。

毋容置疑，郁达夫人格及其作品最鲜明的特征是他自己性情的不稳定，这个永远都充斥着他全部的情感，从最低微最可怜的到在美与自我牺牲的高贵中所获得的最高享乐。这种特别的处理使得他能"进入"他的人物尤其是女性人物中。他对这些女性人物的心理显示出相当非凡的理解，并且因此创作了几部出色地刻画女性特征的作品，如短篇小说集《过去》[5]和《春风沉醉的晚上》。郁达夫的兴趣，如茅盾的那样，是首先直接指向人的内在生活。

4　此为原文注释第 12 条：亨利·范·博芬（Henri van Boven），《中国现代文学史》（*Histoire de la Littérature Chinoise Moderne*），北京：1946 年版，第 75 页。

5　此为原文注释第 13 条：《达夫代表作》，现代书局，1933 年版，第 235 页。

在郁达夫看来，只有那样，与他作品中总体的主观色彩相一致，才是实际的内省。

这种将关注的中心放在他自己的内在生活中，放在他自己的感受上，放在精神的状态和心理的过程中的做法，为其表达找到了一种相称的形式。郁达夫反复使用日记、笔记、信件等形式，所有这些形式都特别适合直接的交流。而且，实际上非文学的形式是为他自己使用或为一种非常亲密的圈子使用而设计的表达工具。这些形式本身指向了他作品的主观性偏见，作者暗示他正在呈现的是他自己的经历，可以说，"非正式地"（off the cuff），不必用眼睛去面对任何读者，也不用为他的利益进行任何编辑修改。

另一方面，作者自己以及在作品完成后立即将其发表出来的事实证明，他们一开始是打算为一个读者而写的。它们并不像旧文学中真正的日记、笔记那样。相反，他们只是为一个读者设计的。而且，在郁达夫的作品中，一个显著的特征是可见的。维克科瓦（A. Vlčková）指出，郁达夫作品的伟大部分在于其具有自传性的人物，这些人物激发了他个人的经验，同时在内容方面也使得我们能够将他的每一部作品与他生活的某一阶段和影响他个人的事件相关联[6]。但是，这些基本相同的材料是以两种不同的方式来加以处理的。

这些作品的大部分是以第一人称来呈现的，比如说日记或者笔记，而其他的则是以第三人称来写的，因而这些作品的形式表现为故事甚至是中篇小说。更加显著的特征仍然是，郁达夫的大部分作品，那些我们从欧洲文学形式观的角度去看应该被视作最完美的艺术作品的东西，那些用第一人称来创作的短篇故事或中篇小说应该被视作完美典范的东西。相反，那些以笔记的形式来记录经验的粗糙勾勒则常常用的是第三人称。如果对郁达夫的生活不那么了解，我们或许会这么说，一方面他以"第一人称叙事"（Ich-erzählung）的形式来创作中篇小说，而另一方面，则是用的自由勾勒，可能带着强烈的主观色彩，有时用日记的形式，或者再次作为一种对文学人物的个体经验的报告。我认为这种叙述使得我们有权将个人经验的纯文学进程作为郁达夫创造性作品的基本艺术法则。作者并非像某些旧式的中国文人那样是为他自己或是他的朋友们记录他的经历，而是将其塑造进可供某个匿名的读者阅读而创作的作品中。我们将会看到，在其中，郁达夫的作品与中国旧文学中那些相似的作品间存在一

6　此为原文注释第14条：想要评价郁达夫的作品和了解他发展的大概情况，需要特别参考郁达夫至1930年的作品。论文打印稿。

种重要的差异。

我们先来举一个以日记或笔记的形式呈现的作品。我们选取的是《十一月初三》，该作品发生在十一月初三这一天的北京。同时，我们可以假设，在这个故事中，作者自己的经验与作品对它的记录之间是相当接近的。我们先来了解一下它的主要内容：作者醒来，想起他的女人，她的关心和爱。回忆使其陷入一种悲伤和绝望的情绪。他很孤独，就如站在寒冷的风中的电线杆。他的心是空洞的，火已经熄灭了。为了能变得像常人一样，他想要变成一块化石，兀兀地塞死一切情感。对其感觉的描写变得愈加充满情感，直到其以一种绝望的喊叫结束。

他发现那天正巧是他的生日。他被一种新的绝望感震撼着。他的诞生就如同一只癞蛤蟆的诞生，如同一条卑微的猫狗的诞生，他甚至没有被登载上自家的家谱。他将自己与朋友寄给他的一篇小说《生日》中的青年主人公相比，并发现自己要比那个主人公还要郁闷还要无聊。他在大街上游荡并回忆起俄国的革命家的一些话，即，如果我们想要得着生活的安定，那我们就必须于皈依宗教、实行革命、痛饮酒精这三件事情中挑一件来做。于是他去接连喝了几壶白酒，却一点儿也不醉，酒精并不能减轻他的痛苦和悲伤。

他去戏园听了一会儿戏，然后开始沉入自己的空想里。他意识到大部分来这里娱乐自己的人，实际上都和他一样悲伤。他的沉思被一阵音乐声打断。他离开戏园，想着还有什么可以去的地方没有。就在那时，一辆汽车停在戏园子的台阶前，一位精心打扮珠光宝气的女人从车里跨出脚来。他自言自语道："又来了一只零卖的活猪！"一场新的精神危机爆发了。

紧接着是对一场即将来临的沙尘暴的优美描写。这是在人力车上爆发的另一场精神危机。作者自悼自伤着反省道：若把这世界当作舞台，那么这些来往的行人都是假装的优孟，而这个半生半死的自己，则是其中一个登场的"傀儡"，一个被人瞧不起的小丑，一个丑角，一个为增加人家的美而存在的小丑。他自己的不遇，自己的丑陋正是他人的幸运。他大声喊叫，说他赞扬命运分配给他的这个小丑的角色。于是他把自己比作其中心点已经失掉了的半把剪刀。这样的剪刀是完全没有用处的，它永远都在寻着它的另一半，想把它们结合在一处，但却一点儿消息也没有。他宣称自己好像是想讲爱情的样子，只是自家已经老了，不中用了，不能了。

让我们在此停一下。我们明白，到现在为止，叙事是由特别的经验之流组成的，它不时被情感的爆发打断。一个特别的特征于是成了对自然的可爱的抒情描写，这种描写为叙事的情绪着上了一种色彩或与此形成了一种鲜明的对照。

我们没有理由质疑作者在这个素描中通过其经历记录了精神的状态，即，他的内在生活持续地被这些激烈的爆发所撼动，让他的情感受到极端的、高度的冲击并不时滑进绝望的情绪和自我折磨的抑郁之中。

但是另一方面，我们不可忽略这个事实，那就是，郁达夫用第三人称创作的那些作品采用的都是相似的方式。实际上，情感的层级要更深些。郁达夫的第一部此类的"故事"《沉沦》[7]就是以主人公的自杀这样一种精神危机的悲剧高潮来结尾的。即便我们承认作者的作品也是由他的天性决定的，但他在其中投射进自己的精神状态和沮丧，《沉沦》这个例子向我们显示出在其作品中这种特征是故意加以了强调的。我们或许会说到这些叙事片段的强烈戏剧化，精神的体验总是作为一种戏剧化的上升在一种绝望的甚至是自杀情绪的爆发中达到高潮。似乎是，郁达夫在一系列波动的作品中所采用的这种建构模式，其叙事是随着对戏剧性的精神危机的描写而变化的，目标在于在日记形式的笔记中注入行动与生活，制造尖锐的冲突并以此激活单调乏味之流（stream of prose），这样的单调乏味之流是缺乏任何真正主题的。同样的目标也通过对自然的描写而获得，这样的描写也打破了原本简单的关系或者记录。我认为从中我们可以发现郁达夫那种以笔记或日记的纯文学形式重塑的一种方法。

可以说，郁达夫的整个系列作品都恰当采用了这种方法。比如，《零余者》就是对这种绝望情绪的单一爆发的一种描写[8]。故事的内容不过就是对其在京城的护城河外散步时情绪的再现。（故事创作于 1924 年 1 月 15 日）。作者给我们鲜明地描绘了一个冬天黄昏的画面。灰色的城墙、冰冻的河道、沙土的空地荒田，以及几丛枯曲的疏树。他自己想象着要是他的身体能够像一堆雪那样在春天融化该多好。他活着，但他所剩下的只是一种空虚感。他边走边想，用英语表达说他是一个零余者，一个无用的人（a superfluous man,

---

7　此为原文注释第 15 条：《达夫全集》第 2 卷《鸡肋集》，创造出版部，1927 年版，开头部分。

8　此为原文注释第 16 条：《达夫散文集》，上海：北新书局，第 125 页。未署出版时间。译者注。

a useless man）。他一事无成，他毫无用处，甚至对其家庭来说也是无用的[9]。如果他不娶他的女人的话，总有人会娶她的。他的小孩，如果他不生他，也有人会生他的。他大声叫了一辆人力车，跳上车，并不清楚自己要去哪里，却还怨车夫跑得太慢。

运用这种方法来使个人的经验戏剧化最突出的是一部很长的题为《还乡记》[10]的回忆，郁达夫还为其写了一篇后记[11]。故事以第一人称记叙了作者从上海回他离杭州不远的浙江富阳的故乡。让我们至少举一个他个人经验的典型特征。当作者在车站看到每一个行者是怎样由其朋友亲戚陪同送行时，立即因突然意识到的孤独而感到悲伤。他在心里想象着他正在等一个美妙的女郎来为他送行。他的幻觉是如此形象以致于使他萌发了想要帮助一位与他乘同一列火车的女学生拿行李的欲望。但姑娘惊讶的注视让他感到迷惑，心里充满了恐慌，带着内心的自责，他从她身边匆匆逃走。害怕姑娘有可能会再次看到他，他甚至不敢去买票。心烦意乱中，他买了一张二等座，逃进了火车。这里，一件原本很小的事被作者构建成了一出相当复杂的精神戏剧，而且一个接一个经历被戏剧性地重构。作者再生了一场梦，在梦中他扮演着一个小偷的角色，进入一个女人的屋子，偷了她的一双白缎鞋和一个口袋。当他将自己无意义的生活与一个农夫家庭的幸福相比较时他试图自杀。沉浸在杭州城一个夜晚阴沉的情绪中，他宣称所有正在失去的是沉郁的哀音，他想要从城墙上跳下去等等。叙事在对事情和景物的客观描写与激动不安的自言自语、精神的忏悔、反义疑问之间摆动。作者描绘了他周围的人和事并用充满感情和风暴般的对话将其携带着往前。旅程中的实际的事件被隐藏在这种真实的狂躁不已的情感和想象的漩涡之中。我们一次又一次获得对他人的幸福、农夫生活的满足感、自然美景和作者的绝望感之真实的或想象的画面之间的以及他自己的近乎狂喜的爆发与其沉浸在最深的绝望之间的尖锐对照的回忆。在其中，我们也可找到他对自己命运的浪漫的戏剧化，我们将会发现这也是郭沫若作品显而

---

9 原文两处的意思恰相反："啊，对于我的家庭，我却是个少不得的人了。在国外念书的时候，已故的祖母听见说我有病，就要哭得两眼红肿。就是半男性的母亲，当我有一次醉死在朋友家里的时候，也急得大哭起来。此外我的女人，我的小孩，当然是少不得我的！哈哈，还好还好，我还是个有用之人。""让我看，哦，啊，我对于家庭还是一个完全无用之人！"译者注。

10 此为原文注释第 17 条：《达夫代表作》，第 65 页。

11 此为原文注释第 18 条：《后记》，同上，第 109 页。

易见的特征。在西湖边，作者编织了一个自己年轻时与一位可爱的姑娘之间的梦幻故事，他们的相恋以及两人享受到的幸福，直到他失去了自己所有的钱，被她抛弃。他又老又穷，再回到这个地方，再一次见到比之前更漂亮穿着华丽的她，一个有钱的男人陪在她身边。

在持续震撼着他心灵的情感的喧嚣中，我们听见了他对那些为有钱人服务的知识分子的鄙视的尖刻话语，听见了他对那些破坏普通人的幸福生活的人的憎恨。

这种叙事的风格在于互相矛盾的人物之间所保持的联系。一方面，我们对自然景物或作者的梦和幻想有着非常复杂的艺术的描写，对此采用的是复杂的句式结构。这种很好的平衡和有效的模式化的描写于是被一连串感叹句、反问句和感叹词所打断。由此可见，郁达夫仍然在寻求他自己的自我表达的道路，仍然在实践各种不同的表达方式。

在将这种回忆之流与以第三人称但却是以一种很容易识别的假名进行叙事的《茫茫夜》[12]相比较，我们发现两者间并没有什么太大的差别。这是又一次通过他自己精神的戏剧性事件之主人公来讲述的玫瑰色的爱情故事，或许是以一种对背景和被刻画的事件更为精确的描写，而且描写更具客观性也更用力。另一方面，这种叙事最深地陷入了一种对人类心理的朦胧控制中。在小说中，作者描写了他对一个男人的爱恋，驱使他去妓院的受虐狂般的狂喜和兽性本能。许多景物随着其主人公离开他所寻求的妓院而突然结束。静寂的大街让他想到了"dead city"这个意象，而他自己，正如他用英语对他朋友所说，"已经成了一个 living corpse。"

郁达夫运用了一个明喻，使与他朋友的那些经历成了一个被绑着绳索的舞者的平衡技巧，他的每一次摇摆都是他在冒着致命的危险沉入在他下面张着大口等着他的深渊之中。而且，我们能意识到某些更强烈的令人震颤的愿望和他想要保持平衡的绝望尝试。实际上，这可能对他来说意味着解脱……这种潜藏在所描写的状态和事件之下的危险意识，制造出某种程度的戏剧张力，并激发了读者的关注，从而为从别处通过题材和情节的错综复杂获得的张力提供了一种替代品。不管作者是否是故意的，这种张力是一种如我们在前面说过的将个人经历纯文学化的引人注目的手段。

---

12 此为原文注释第 19 条：《郁达夫全集》之《寒灰集》，第一个故事。

我们或许可以再补充说，这种对持续生存在灾难与毁灭边沿的那种与生俱来的生活悲剧感是郁达夫作品与弥漫在茅盾作品中的气氛之间的另一种联结。郁达夫采用不同的手段和语境，试图表达出茅盾作品所展示出的相同的生活悲剧感。二者间的细微差别只在于郁达夫的更消极，更绝望，更悲观，因为郁达夫的主观性在现代生活的痛苦与困扰中失去了，他要么不能分析发生在他周围的一切，要么不能看清试图从周围的黑暗中浮现出来并迎接一个更光明的未来的力量。

但是让我们再来回看《十一月初三》。作者将故事突然并置，主人公在无灯夜晚的城中的闲逛与他绝望情绪的爆发是完全不同于他之前所经历的任何事情的一个插曲。因为人力车夫并不想将作者送到前门外去，于是作者让车夫把自己拉回位于平则门的家。他不甘心就这样回到家中，他想再上红茅沟去探探那个姑娘的消息。

现在作者将故事展开，告诉读者他是如何在去年秋天第一次到北京并反复遭受神经抑郁的痛苦时见到那个姑娘的。在一个有月光的晚上，天刚蒙蒙亮，他悄悄溜出平则门出了北京城。万物都被一层浓霜和薄冰冻着，他看到了光秃的田地、一堆堆的荒土、几棵椿树，听到了风刮过树梢叶落的声音，听起来好像是大地在叹息。他走近一家很幽雅的白墙瓦房，在一口水井的井架旁，他见到了一位大约15岁的正在汲水的姑娘。她穿着不华丽，却也很整洁时髦。朝阳里照出来的她显得更漂亮，连皮阿曲利斯或墨那利赛都不及她漂亮。作者详细地描绘了这位姑娘，并强调说她长着一条"希腊式"的鼻梁。姑娘拎着水桶离开井边，在进门的时候转回头来看了看作者，光脸上好像带了点微红。作者走到刚才的那个井架旁边，向井里一望，好像是看到了那个姑娘的容貌反射在井里。他朝那间屋子门口走去，从玻璃窗往里看，却只听见一阵驯鸽飞过的呼呼声将其从迷梦中解脱并带回现实中。

今年的春初，当他去农科大学拜访朋友的路上他在那里停留的时候再一次见到了那个姑娘。他走近窗户看到了她。他心里无以言表地感到开心。现在，他朝那里走去，沙尘暴刮着，他想他该回家去。但是风稍稍减弱了些，南边天际有几点明星。在他看来，似乎在这样的夜晚，会有人从墓田里爬出来的样子。到了红茅沟，他发现宋家房子的窗户关着，一点儿灯光也看不见。他站在那里直到被一阵犬吠声赶走。他满怀悲伤回到家中，想念他的女人，渴望见到她，并写下了这篇小说。

这里，一串自由连接的情节，因情感的爆发而被戏剧性地打断，没有过渡，紧随其后的是一幅唯美的浪漫情景。从文学技巧的角度看，它是对小心地储存和内在相关的画面的巧妙分类，将其组合成一个整体。实际上，这个整体是一部具有高度艺术性的中篇。其结构被在一个现在经验的单一层面中投射进由过去经验创造的许多其他层面这个事实决定。每个层面都有其情感的范围，都被赋予了不同的情感色彩并与不同的时间点和关系模式相关。因而，编织成一张多彩的珠网，并成为郁达夫心理学散文的一种基本结构。或者用另一个明喻来说就是，它们是一块被巧妙切割的宝石所折射出的各个发光面。一种与另一种变化的色彩各相对照却又同时为整体添加了深度。作者并未试图去将其主题发展进一些相关联的故事中。通过纯粹艺术，他将其回忆分层并将它们编织进他恰好经历过的情景之中（同时也构成了他被安置其中的框架），从而创作出一篇井井有条的高度统一的小说。

因而，除自传性的片段外，通过情感的爆发、对大自然的描写、回忆、思考、迷梦和意象而变得具有生气和被打断，我们发现作者运用了另一种更加复杂的方法。他专门设计将个人的经验放进一种精心构建的复合体中，我们将此笼统地称为"中篇小说"。这是作者为其个人经验添加纯文学的特征而交替使用的方法。同时，"回忆"则表明一些小的主题是如何足够郁达夫用来创造一幅充满深刻的内在意义并完美引发一定程度的亲身感受之经验画面的。毋容置疑的是，这种集中于通过他所经历的某个经验以及还新鲜地保存在记忆中的富含暗示性的描绘，能与在"回忆"中所表达的思想相连接，即，生活仅仅是由我们刚刚经历过的经验构成的，而且我们必须要去试试充分品尝它的滋味。

将这种复杂的把各种时间和情感层面分层的方法运用得最显著的或许是郁达夫的由人类情感最深处流出的最具悲剧性的故事《一个人在途上》。故事讲述了他的小儿子龙儿的死。让我们来至少罗列一下这些层面：

（一）故事的背景：离开北京开往南方的火车。

情景：作者刚与他的女人分开。

（二）回忆：在南方教书。听说儿子得病的消息，返回北京与他的女人相见，女人告诉他儿子死了的消息。

（三）回忆他的家庭生活，他的女人和他的儿子。他的离开、返回、再离开，以及他最后一次听到儿子的声音。各种私人的事情以及他在儿子死后返回北京。

（四）回忆他的小儿子，投射进他现在的悲伤。

（五）他的女人告知她儿子生病的消息。

（六）多次回忆儿子生病前的情形以及儿子徒劳地等爸爸回家。

（七）对这种联系中作者的心理状态的描写。

（八）回忆他多次打儿子。

（九）继续描写儿子的病情。他的女人认为孩子不能死，因为孩子在等着他的爸爸，而女人自己则祈求他停止呼吸。

（十）回忆他从北京返回后他与自己的女人会面的情形。他们返回自己的家中，看到了孩子的东西。他们去看他的坟墓。回忆他离开的时候以及他的这部中篇产生的时刻。

这些主题的每一个都是令人心碎的悲伤和高度敏感的观察的一个片段。例如：当小男孩还活着的时候作者常常把院子里枣树上的枣子摇落下来给儿子。儿子死后，当他与自己的女人躺在床上时，他害怕听到枣子坠落的声音。根据习俗，他和他的女人去墓地为儿子烧纸钱。但他的女人记得他们买的只是冥府的钞票，他一个小孩如何用得？于是她去买了有孔的纸钱来烧给孩子。

我们前面已经注意到旧体小说、故事和其他流行读物的一个显著特征，那就是他们具有较小程度的同质性，因为它们作为一种规则打破了一系列独立的、没有内在联系的情节。于是，另一方面，我们所举的例子表明了一个现代作家是如何能干地将一大堆主题、情景和时间层面注入一个单一的整体中的。他将这些都编织进一个统一的情感和情绪之毯中。其中，每一个细节都与其他所有的细节相关联，补充它们，为它们着上色彩，同时它自身首先要求其在整体这个语境中富含意义。郁达夫的作品显示出相似的在新小说和短篇故事中追求简洁和同质性的努力，正如我们在分析茅盾作品时所指出的那样，是一种在鲁迅所取得的巨大成就中达到极致的努力。

毋容置疑，通过这种复杂的将许多属于不同时间流的主题夹层的方式以产生一个统一的结构，作家创作出了一幅画而非一个史诗序列，而产生的印象是动态的而非史诗的。这里，我们又一次发现了一个特征，这个特征是我们在研究茅盾的作品时发现的，即，这些画面的强烈的感情特质赋予我们如谈论一幅抒情画面的权利。这里我们只是呈现事实，稍后我们再回来对此予以讨论。

上面所描绘的这种集成方法不但加强了画面的同质性，而且放松了其与语境中其他成分之间的联系。这非常清晰地体现在前面的"……的回忆"中，体现在他对所遇到的那位姑娘的描绘中。这个情节仅仅只是非常松散地与前面的叙事链相连接，实际上，它自身将会很好地独立存在。但是，通过这种内在的完善，情景不仅与内在的、既定的语境而且也与任何语境完全脱离。它停止了在时间或空间上被固定，其意义也不再需要在与任何其他现实的关联中而仅仅只需要在其自身中去寻求。我们可以打比方说，无论在时间上还是在现实中，画面的所有层面都旨在汇聚在中心点而不倾向于一些外面的点。画面不再成为叙事行为的一部分，而是成了一种可与任何现实相关联的象征。通过这个过程，郁达夫为创造具有多重意义层面的画面指出了一种方法，正如鲁迅那时用如此高超的技巧来描绘一样。

关于这个过程的非常有教育意义的例子是郁达夫的散文《立秋之夜》[13]。一开始，有一些用相当主观的语气对城市的一些黑暗荒芜角落的描写，这些角落几乎完全笼罩在黑暗之中。两个朋友在这样的环境中偶然遇着了。一个穿着长衫，另一个穿着洋服，二人都是失业者，这就是作者告诉我们的全部。两人都问对方同样的问题："你上哪里去？"而对方都没有回答。在别的事都禁止被问的情况下，此景被文艺地包围在黑暗之中，如此充满暗示地被描写以致于它几乎可以触摸到。每一个动作、每一句话都被赋予了特别的意义，促使读者去试着探索其隐含的意思。我们得到的第一印象是熟练勾勒的一幅给人深刻印象的画面，似乎作者仅仅意在简要地记录他所见的景象。但是朋友失业的事实与两个朋友漫无目的的行动相联，而且此情景获得了新的意义：是失业的知识分子暧昧的、漫无目的的尾随之象征。更进一步，这些在模糊的黑暗中的行动唤起了对丢失在黑暗中的人类生活之漫无目的的印象，其踪迹被风吹黄沙所覆盖。这是这种方法在新文学中受到普遍欢迎的非常棒的例子。通过将一部分画面留在黑暗中，引发张力和意义的多层，并最终引发神秘。每一个都为他自己在画面中填满了细节，并以他自己的方式对其象征意义给予了阐释。这种方法鲁迅运用得相当成功。

当郁达夫不仅用它们来描写他个人的经验而且用来刻画某些社会现实并由此开启了一种新的表达方式时，前面所描绘的方法获得了特别的意义。

我们在分析《十一月初三》时描绘所用的相似的步骤紧随其后也被用在了故事《春风沉醉的晚上》中。这个故事也是对一连串黑暗郁闷的个人经验的记录，不时被惯常的绝望的爆发打断，构成一幅异常美丽的、纯洁的、精制的画

---

13 此为原文注释第 20 条：《达夫散文集》，第 49 页。

面。只不过在《十一月初三》中是有技巧的情绪的交织和被精致地着色的看法，在这种与最残忍的活生生的现实的联系中，被给予了非同寻常的表现力，从而被赋予了相当新的意义。

故事的情节相当简单：作者陷入了相当无望的贫穷中，不得不住在上海贫民窟一座被弃的小房里，屋里面唯一的家当就是一堆旧书。被薄薄的隔板隔开的另一间小房里住着一位在烟草公司上班的年轻女工。她自己的那间屋必须得从作者的那间出入。他们之间比较亲密的联系只有两次。第一次是这位女工邀请作者吃面包、香蕉。第二次是作者在收到一笔译稿的汇费后买了糖食回请这位女工。两次见面都被限定在简短的对话中。在第一次中，女工告诉作者她的父亲最近在生病、告诉作者她的父亲与她在同一家烟草公司做工、工厂条件非常糟糕、管理人是一个很坏的人等等。第二次见面时，女工试图说服作者开始一种新的生活，因为她怀疑作者夜间出去是与小偷恶棍混在一起。然而，作者夜间出门的真正原因是他的棉袍太破了他不敢白天出门上街。作者向女工做了解释并告诉她钱是自己翻译东西挣来的。女工流着泪表示同情，而随后在夜晚的大街上散步的作者则比任何时候都更深刻地意识到自己的无限哀愁。

很难想象有比这更简单的情节了，而且，整个叙事与一种奇怪的明亮相辉映，并几乎达到了玄学的高度。超越了在上海的一间小屋里的十足的痛苦，超越了生活的肮脏与无情，超越了作者存在的无望感，他花了一整天时间待在被蜡烛照亮的一个黑洞中，饥饿啃食着他的身体，一幅无瑕的纯洁的画面照亮了人类。充满着深厚的情感和善意，他总是想到那些在痛苦和肮脏中仍然努力想要保持其人性和尊严的人。真实的悲哀是希望，因了这种希望那个女工试图让她居住的陋室变成一个高贵的像家一样的地方，也因了这种希望她为她的客人准备了两样可怜的美味（面包和香蕉）。

这里，我们又一次遭遇浪漫的对立面。一方面，是贫穷与绝望，另一方面，则是对崇高理想的珍惜。与那个女工相比，作者被绝望所控制，在一阵自卑自辱中他希望过自己的生活，回忆起那个无轨电车司机骂他黄狗。但是这个对立面并非是对如皮阿曲利斯（Beatrice）或墨那利赛（Mona Lisa）这样的女人的模糊的妄想，而是对一个烟草公司的女工。处在人类社会最底层的作者与中国无产阶级相联系，并与其所呈现的一幅画面之非同寻常的艺术、感性和真实性相联。女工的肖像获得了象征意义：只有在无产阶级的纯洁和诚实中，在其尊严和劳动中，才能得到拯救，才能从现在的痛苦和郁闷中得到解脱。

维克科瓦（A. Vlčková）在她的研究中指明了郁达夫是如何通过他的努力朝着马克思主义的文学观发展的。在这篇散文中，我们看到他的敏感性在此方向得到了训练。对他来说，通往无产阶级的艺术呈现的道路不是通过理论的抽象，而首先是，通过他自己的生活经历。郁达夫生活在中国的无产阶级中，而且他自己更痛苦。他在这些故事中通过浪漫主义和他个人堕落的绝境获得的现实，是第一手经历的痛苦之输出。他不仅写无产阶级，同时也了解无产阶级的生活，因为他就生活其中。

我已经反复指出了鲁迅作品和郁达夫作品之间的相似性，这至少可以部分解释在郁达夫看来鲁迅喜欢什么。这些一致在《薄奠》[14]的叙事中尤其明显。我在这里并不想讨论它在主题上与鲁迅的《一件小事》[15]之间的相似，而是想分析在表达主题时所使用的方法。与鲁迅的大部分故事一样，郁达夫的这个故事是以对回忆的复制呈现的。在这种情况下，故事对作者与人力车夫的三次不同的会面之回忆进行了复制。我们对人力车夫的全部了解都源自对作者与他的三次简短的对话之复制，每一次对话就是作者的一次回忆而非其他。其他的每一件事都被遮蔽在模糊中。故事被降到最低限度，其片段几乎被完全淹没在作者的情感爆发中。这些不仅像他的其他故事一样为叙事行为提供了对照，而且也蕴含了一种作者对人力车夫生活真相的了解之误释，并由此增加了破碎印象之最终暴露的力量。

我们首先面对的是人力车夫的善良。尽管他以别的人力车夫不愿接受的价钱在夜晚拉作者，但他仍然把钱还给了作者，说他们是街坊。在长时间的推辞后他才接受了车钱。作者对人力车夫充满了嫉妒：人力车夫有一份适当的工作，现在正在回家的路上，作者于是毫不迟疑地在头脑中为其构思了一幅幸福家庭的画面。与现实差距如此之大的是作者随后碰巧路过人力车夫的家并听见里面传出的吵闹声和人力车夫的大骂声时的幻灭感。作者知道人力车夫是一个相对和善的人，觉得有些不可思议。进入此情景中，作者的回忆包括对人力车夫的描写以及他竭尽全力想要摆脱贫穷的抗争。因此人力车夫说，由于他挣的钱都付车行的租钱了，而自己的女人又不善管家，因此根本就存不下钱来自己去买一辆旧车来拉。作者听了这些后恨不能跳起来拥抱他这位贫穷的朋友。

---

14 此为原文注释第 21 条：《达夫代表作》，第 175 页。

15 此为原文注释第 22 条：《鲁迅全集》，第 43 页。

　　这个故事仍然是另一个如此巧妙地将各种时间流和主题编织进一个单一故事中的例子，如此以致于，替代一系列松散连接的情节，恰如我们前面提及的，引发了一种同质性。

　　于是作者讲述了他是如何进入人力车夫的家并看见车夫为自己的女人花了他放在家里的三块多钱是如何的动气。作者悄悄地将自己的银表留下，但人力车夫将表还给了他。当作者身体好些后第一次出门时，他碰巧路过人力车夫的家。人力车夫的家门外围着一大群人，屋内传来低声的啜泣。作者以为是两个人又吵架了，想要进去帮助他们。这次他包里还有点钱。待到进了屋他才发现人力车夫已经死了。他是在南下洼里淹死的。人力车夫的女人也想把自己给淹死，但邻居们却把她从水里救了上来。现在她非常悲伤：他的男人一直想要买一辆自己的车，而现在她甚至连买一辆纸糊的洋车来在坟头烧给他的钱都没有。于是作者买了一辆纸糊的洋车并将其带到了坟前。作者被众人的目光鞭挞着："心里起了一种不可抑遏的反抗和诅咒的毒念，向着那些红男绿女和汽车中的贵人狠命地叫骂着：'猪狗！畜生！你们看什么？我的朋友，这位可怜的拉车者，是为你们所逼死的呀！你们还看什么？'"

　　这种情感的爆发，不是因绝望的个人情绪而引发的，而是因故事中所描绘的世界的不公平所生的愤怒而引发的。

　　正如在鲁迅的故事中那样，真实的故事仅组成了一种"原笔画再现"（pentimento），只有在其核心的轮廓中才可见。故事中那些隐约显现的部分在读者心中引发了这样的印象，即那些隐含的部分有可能比我们所看见的更可怕，我们所知道的仅仅只是整个悲剧的一部分。阴影中的某处是全部的虚妄人生，充满了艰辛苦难。我们甚至不知道人力车夫是如何结束他的生命的，甚至有可能他是自杀的，这种可能性至少通过他女人的话得到了暗示。每一件事都被一种可怕的神秘感包围着。与这幅鬼魅的画面的黑暗背景相反，某些特征呈现出强烈的对比：人力车夫的极度善良和诚实，尽管辛劳一生，最后却连一辆纸糊的洋车也买不起用来在墓地烧给他。这个悲剧与那一群围观之人的粗俗好奇心得到满足是息息相关的。对此悲剧进行了强调的是，人力车夫女人的精神画面，人力车夫一直想要拥有一辆真正属于自己的洋车。最后，他将实现自己的梦想，不过不同的是，只是作者送给他的一辆纸糊的洋车。

　　与茅盾和鲁迅的目的一样，郁达夫的目的不在于讲故事，而在于阐明某些反映那个时代的整个社会现实的典型的社会现状。它是对某种历史状况如何导致某种文学方法之出现的例证，也是对某种艺术方法不是个人的作品而是构成整个时代共同作品的例证，如果不是所有时代的共同作品的话。在这种关联中，有必要特别强调故事的现实主义，或者更准确地说，强调这样一个事实，即，故事是对现实的一种确切的再现：没有做任何的添加或改变，而且故事仍然不是一种印象主义的画面，而是在简单的故事中蕴含了当代现实的全部精髓。这个故事毋容置疑是对与其相关联的那个时期的文学在艺术上和意识形态上成熟的无与伦比的证明。

这个故事在论证作者反映现实的方法方面也是有启发性的。郁达夫作品中的叙事者与茅盾的或经典的欧洲现实主义小说中的不同，不是一个真实的全知全能型的第一人称叙事者，而常常是作者本人，或者是代表他本人在故事中以第三人称来进行叙事。基于这个原因，我们可以讨论他作品中显而易见的主观色彩，因为作者，或是作者所代表的人，常常就是故事的主人公，情节是以他的个人经历为准则的，而他的叙事主题就是自己的精神历程，每一件事都是从他的主观角度来加以描写的。我们并不比作者或者作者-主人公所了解或看到的更清楚其他的人物以及他们活动其中的环境。我们可以将任何用第三人称进行叙事的故事如《沉沦》来对此加以证明，故事中我们从无名人物的角度来看待和经历每一件事，这种情况是很典型的。在故事《茫茫夜》中，故事的主人公，即作者，潜身于一个显然是伪造的人物于质夫的名下。即便是在历史故事《采石矶》[16]中，行动集中在诗人黄仲则身上，他的所有性格，如其本是，是作者的双重身份，而且每一件事都是他眼见的。在我看来，它在总体上是中国小说的特征，我们非常准确地明白谁与此相关，他与什么相关以及他能知道些什么。要么故事的主人公就是作者自己，要么他是故事的叙事者，有时他是记录者，然而他并不试图暴露其身份，而是对此加以强调，正如我们上面已经提到过的那样。作为一种规则，中国的作者并不试图去掩盖这样一个事实，那就是，在每一个故事中，不管怎样尝试去唤起现实的印象，它总是一种再现，是对复杂现实之反映，而非现实本身。

对此前面我们已经注意到，通过将作者的或是他的双重身份的个人经历或回忆作为叙事来加以呈现，尽管它是并不少见的复杂人物，常常形成了一个统一的整体，实际上是一个独白，在独白中被添加回忆、描写以及主人公回忆起来的或是他插入的其他人物的语言。每一件事都是从单一的角度去看待的。

---

16 此为原文注释第23条：《达夫代表作》，第29页。

我们在茅盾作品中发现的那种永远都在变化的、动态的视角在郁达夫的作品中是没有位置的。

我们或许可以将郁达夫全部的艺术发展定义为在渐长的艺术的、同质的整体中重塑个人经历的一种创造性的努力。这条路是从描绘作者感情和印象的那些彼此间连接松散的情节的故事如《沉沦》或《还乡记》开始，以复杂的心理分析作品如《一个人在途上》或《过去》结束的。同时，郁达夫还努力去了解和反映社会现实，由此使得他的那些作品如《春风沉醉的晚上》和《薄奠》为中国现代的现实主义文学做出了重大贡献。

这个过程非常清晰地反映在他的风格的发展中。自然，我们只能提及这个问题，因为没有之前的详细分析研究，除了指明一些显而易见的特征外我们不能做更多。前面我们已经说过，这些叙事片段被强烈地戏剧化了，而与此相一致的是其风格。其中，甚至其对一些现实描写的要旨也常常被接二连三的具有高度感情色彩的句子、反义疑问句和直接的感叹句打断。显然，作者意在使其风格最大可能地具有鲜明的特征，其活力被设计来克服日记体记事的单一性。作者在寻求强烈的分配与对照。其风格因同情与华丽的辞藻以及对个人的、情感的因素的强调而变得显而易见。

相反，在郁达夫的故事中，他的风格在相当的程度上因这些情感因素的负担（ballast）而被中断，或至少限制了它们使其仅能偶尔插入以干扰叙事的流动或将其结束。这种风格有着明显的客观主义的倾向，力求获得最大可能的同质性并避免急剧的突变。这种趋势的一个特征就是减少对话以便以直接引语的形式再现一个人物的话语。反之，另一个人物的回答则以概括性的话语来加以描绘。这是被作者反复采用的步骤。比如在《春风沉醉的晚上》第168-172页，女工与作者的第二次对话中[17]。只有女工的话是再现的，而作者的回答是报告式的。实际的对话被限制在两个问题及其回答之中，以强调基本的情况事实。因而整个故事实际上具有独白的特征：真正相关的是作者的独白，而女工的话语不过是与作者的独白相关联的独白。

这个趋势的另一个典型特征是将常常只是很短的片段之直接引语插入统一的叙事流中。这个特征体现在已经反复列举的故事《一个人在途上》中。这个故事完全是以作者的回忆即他的独白来呈现的。这个独白与他女人的回忆和叙述交织在一起，后者反过来又包含了对他们的儿子的话语的再现。我们

---

17 此为原文注释第24条：《达夫代表作》，第147页。

发现，他的女人的回忆在很大程度上都被包含在作为简单的某些事实之陈述的叙事流中。有时用间接引语，对儿子的话语的再现被限制到很短的部分，而真正的感叹，并没有打断统一的叙事流。这里，我从最具深刻影响力的段落中至少列举一个片段来证明此方法，仍保留原文的停顿："我女人说，濒死的前五天，在病院里，他连叫了几夜的爸爸！她问他：'叫爸爸干什么！'他又不响了，停一会儿，就又再叫起来。到了旧历五月初三日，他已入了昏迷状态，医师替他抽骨髓，他只会直叫一声'干吗？'喉头的气管，咯咯在抽咽，眼睛只往上吊送，口头流些白沫，然而一口气总不肯断。他娘哭叫几声'龙！龙！'他的小眼角上，就会进流些眼泪出来，后来他娘看他苦得难过，倒对他说：……。"[18]直到那时，其后才紧跟着女人的长篇大论。

有必要去面对由刘鹗创作的心理分析小说中的这种描写。在小说《老残游记》[19]的第二部分，创作时间相隔二十年的两部作品中究竟隐藏着中国文学多么明显的差距。刘鹗的小说采用的是一个名叫逸云的年青尼姑讲述她不幸的爱情和人观的叙事形式。以直接引语的形式在尼姑的独白中插入的是她的情人和其他人的长篇大论。同时也是以直接引语的形式，又一次引用其他人的话语，以便不去管叙事的整体的新鲜感和魅力，一种极其不自然的解释引发了全部的插入部分。解释具复杂性，但文本并没有被恰当地加以变化和明确有力地表达。

获得一种从叙事到话语的再现之流畅的、过渡的有趣尝试是故事《薄奠》中的一个段落，其中作者回忆了他与人力车夫的相遇（第186页）。文中，叙事部分被一串对话分隔开，紧跟着的是一组再现人力车夫话语的句子。所有这些句子都是以同一种叫"他说"（He said）的形式介绍的，从而强调彼此间的统一性和连贯性并指明它们是单一同质流的组成部分。于是，这一系列的再现陈述与连续的叙事被另一串对话连接在了一起。

这种在关联中向着同质性与流畅流动的趋势以一个句子与下一个句子相连接的方式也是显而易见的，尤其在故事《春风沉醉的晚上》中特别明显。在许多的情形中我们发现两个句子被句号分隔开来，尽管此处是一样可以使用

---

18 此为原文注释第 25 条：《达夫代表作》，第 7 页。

19 此为原文注释第 26 条：《老残游记二集》，上海，良友公司，1946 年版。林语堂以 *A Nun of Taishan* 为题将其译为英文，但不完整。纽约，1951 年版，第 111 页。完整的捷文译本以 *Putování Starého Chromce* (*The Travels of Lao Ts'an*) 为题于 1960 年在布拉格出版。

逗号的。第二个句子在意思上和结构上与第一个句子的联系都非常密切。下面至少可算是一个例子。第一个句子为："她看了我这个样子，以为我也是一个无家可归的流浪汉。"第二个句子为："脸上就立时起了一种孤寂的表情。"[20] 连接词"就"与副词短语"立时"，表明这个句子实际上是依靠包含在第一个句子中的前提条件的一个从句。通常第二个句子是由一个介词来介绍的，以便使两者间的分隔显得不那么突兀明显，好像在复合句的一开始是一个主要的从句似的。同样的效果通过让两个句子都用同样的词或词组开始来获得，如表示时间的副词短语"有时候"，由此强调它们是一个思想单位的组成部分。

我们已经在这些故事中发现了非常复杂的句子，尽管这里严肃和主题之强烈的情感特征并不要求一种特别复杂的风格。可能由于这个原因，特别是在《一个人在途上》中，短句占主导位置，总体上作者并没有摆脱他简单的叙事风格。

另一方面，在郁达夫返回去记录他个人经历的地方，在故事几乎消失作者的主要关注点在某些氛围的创造之处，我们发现一种异常复杂的风格，就是其时期被划得特别细。这个我们可以在一个似乎非常简单题为《烟影》的故事中找到佐证。故事创作于 1926 年[21]。故事是以一个任何翻译都无法充分表达出其意思的句子开始的。我们仅试图再现其独特的那些部分："每天想回去，想回去，但一则因为咯血咯得厉害，怕一动就要发生意外；二则因为几个稿费总不敷分配的原因，终于在上海的一间破落人家的前楼里住下了。"这个复杂的句式其实只是一组相关的从句，用来修饰主语。主语和谓语紧随其后："文朴，这一天午后，又无情无绪地在秋阳和暖，灰土低翔的康脑脱马路上试他的孤独的漫步。"

这个句子突出了两件事：首先是一连串渗入到一个简单的语义整体和句法整体的引人瞩目的事实。实际上，整个故事好像是一气呵成的一个句子。这里，作者给了我们一个简洁的人物素描和主人公-作者的历史，他生活其中的背景活起来了，同时他也在某个情景中被刻画。其次，其中有一个非常明显的倾向，那就是这个复杂的句子的层次结构被模糊了。整个句子的主语完全被淹没在一系列从句和相当复杂的谓语之下。因而，没有哪个部分起主导作用，所有的成分都降为一个简单的层面，所有的成分都是那个复合句的平

---

20 此为原文注释第 27 条：前面所引书，第 157 页。
21 此为原文注释第 28 条：《达夫代表作》，第 215 页。

等部分。于是一个平衡的语调模式出现了，第一部分与第二部分之间在语调的上升上并没有任何尖锐的冲突，而且直到所有的复杂句结束我们才能得出全部结论。

这个文本的基本结构单位都是这种复杂的长句，偶尔有一个较短的句子。结果，文本获得了一种高度的同质性，通过前面提及的方法，诸如对话的减少和对充满强烈感情的段落中所有直接的情感的表达进行抑制而得到了进一步的补充。与早期被戏剧化的叙事不同，郁达夫甚至在故事最激动不安的段落中都不再使用感叹句或反义疑问句，而仅是将它们作为某些事实的一种陈述来呈现。例如，在《烟影》这个故事的第4页，他认为主人公不能去北方，因为到处都是暴乱的士兵时，补充道："况平日里讲话不谨慎的文朴，若冒了锋镝，往北进行，那这时候恐怕难免不为乱兵所杀戮。本来生死的问题，由文朴眼里看来，原也算不得一回什么了不得的大事。……被这些比禽兽还不如的中国军人来砍杀，他以为还不如被一条毒蛇咬死的时候，更光荣些。"[22]

我认为这种建构不寻常的复杂句子的努力，在一个单一的单元中包括许多变化的事实和不同的人物，以便使一个非常扼要统一的文本出现，在使个人的经历纯文学化的趋势中是有其起源的。然而，在这种情况下，作者试图通过一种与他在其叙事中所使用的恰好相反的方法来获得他的目标。这里，他试图克服原子化的认识和个人经历所引起的混乱。这些个人经历在本质上总是将其融合并塑造进一种艺术整体中并因而创造一种被精心计划的、在结构上完美的综合的心理小说以取代倾向于无休止地流动的信息和解释之流。它也是竭力取代旧文学的自由结构并通过更复杂的形式来代替它的另一个例子。在风格上，它设想喜欢更复杂的句子单元而非早期的并列和节奏化。

作者希望通过使用更复杂的风格来把主题（一种纯粹的个人经历）提升到更高的层面，给予其分量和重量，以激发普遍的兴趣也是可能的。毋容置疑，他达到了自己的目的。通过纯粹的个人经验他创作了一个很好地暴露旧式家庭生活的全部阴暗和悲剧的故事。阴郁的情绪隐藏在从上海回家的旅途中。描写包括了令人震惊的场景，再现了他母亲的喋喋不休，母亲成天想着的只是钱，以及主人公所经历的情感的冲突，在其身上有他对那位粗俗年老贪婪的母亲与儿子的本能之爱做斗争所产生的厌恶。如果郁达夫的一些素描有时还保留着原始的材料，他在别处创作的精心细致的故事，则完美地反映了新西兰文

22 此为原文注释第29条：前面所引书，第218-219页。

学的奠基人凯瑟琳·曼斯菲尔德（Katherine Mansfield）作品中这个方面情绪和回忆的细微变化。

最后，需要注意的是，对作者情感的描写仍然保留在对情感的逻辑性表达的传统层面上。据我所知，我们并没有发现郁达夫任何渗入到情感产生的领域，渗入到诸如现代文学试图去描写的潜意识和不那么确定的情感领域的企图。

郁达夫本性之悲剧性的精神分裂症，在被揭示的瞬间被其所见的那种现实与唯美之间的永在的紧张，他陷入其中的黑暗的欲望之流，在他想要为事业牺牲自己的愿望与所有努力和生活本身实际上都是无用的感受之间，以及一直存在的落在他的全部工作和生活上的死亡的阴影，这些都向我们证明在他的创造性的人格中的那种明显的浪漫特征。郁达夫的作品和他的生活，让人想到19世纪初欧洲的浪漫主义的人物拜伦，或捷克著名的浪漫派诗人玛哈（Karel Hynek Mácha），以及他们悲剧性的结局。或许，正是郁达夫自己的结局暗示了在他生活其中的仍然更加恶劣的环境中为什么他的作品也一样具有不同的品质。拜伦死于疾病制造出一种高姿态，在这种高姿态中他一生与限制他的各种束缚的斗争得以被总结。捷克诗人玛哈一样也是病死。然而，郁达夫却是在远离其故土的未知的地方被杀的，甚至连他死的情况都模糊不清。或许，这就是为什么郁达夫的浪漫主义仅仅只具有悲剧性的一面，无用的意识的一面和生活的虚无的一面。这就是为什么我们仅能听见反抗的声音但他却从不能给他个人的悲剧一种大众感，将其个人的有时限的命运投入到无穷中去的缘故。他所过的生活对一个虚弱的有病的男人而言是太残忍了，而生活在那个喧嚣混乱的中国社会的个人是微不足道的。

在其1926年出版的小说集《寒灰集》的"自序"中有种即将死灭的感觉："自家今年三十岁了，这一种内心的痛苦，精神毁灭的痛苦，两三年来，没有一刻远离过我的心意。并且自从去年染了肺疾以来，肉体也日见消瘦了，衰老了，……在人世的无常里，死灭本来是一件常事，对于乱离的中国人，死灭且更是神明的最大的思赉，可是肉体未死以前的精神的消灭的悲戚哟，却是比地狱中最大的极刑，还要难受。自己的半生，实在是白白地浪费去了。对人类，对社会，甚而至于对自己，有益的事情，一点儿也没有做过。自己的死灭，精神的死灭，在这大千世界里，又值得一个什么呢？"为了强调这种几乎是病态的死灭的想法，他引了《马克·卢瑟福自传》[23]一书中的一首原文长诗，诗中作者陶醉在其身体躺在冰冷的坟墓里成了虫子的食物的意象中。

郁达夫作品的另一个成分是对城镇生活的痛苦与乡下人幸福生活之间的经常性的对比，正如我们在前面提及的故事《还乡记》中所见的那样。精神生活的空虚感是郁达夫每一次与劳动人民，不管是工人还是人力车夫遭遇时都要表达的。这里，通过与劳动人民的进一步接触，意识获得了对精神的孤独感和对克服它的渴望的突出。这无疑是将知识分子拉入中国共产党队伍的一个因素。

实际上，就那个时期中国文学的整体情形而言，我认为对郁达夫来说重要的是，作家与自然之间，知识分子的生活与乡村生活之间的疏离的浪漫意识，没有导致如欧洲的浪漫主义那样个人与社会之间的、个人主义与唯我论之间的尖锐对立。在郁达夫的第一个故事《沉沦》中他或许已经表达了个人与其生活其中的环境之间最令人触目惊心的对立。他不是在个人的背景中解释这种对立，而是在社会的甚至是在病态的背景中，也因而钝化了其尖锐性。主人公感觉到敌意的环境是由日本人造成的，他对中国人充满了蔑视，而主人公自己显然是一个病人，正承受着被迫害妄想症的痛苦。作者清楚地想要表达出个人与社会之间那种切切实实的重要冲突。这种冲突在反封建的革命中是非常自然的，但是他仍然能够感觉到偏袒和掩盖它的必要性。因此，在《沉沦》中，郁达夫强调甚至夸大了主人公与他的长兄之间的冲突。故事断言，他的长兄认为自己有权决定主人公的生活。冲突被着上了病态的色彩。对当代社会背景下这个问题的真正的重要性的证明是《沉沦》这个故事出人意外的受欢迎，这个不能仅仅只归因于它的艺术品质。

于是前面提及的《还乡记》中的场景向我们表明了在郁达夫的头脑中他是如何在保持那个时代的普遍趋势的前提下将他自己与乡下的幸福生活之间的浪漫对照立刻阐释为一种社会现象的。伴随着农人的幸福生活的画面，郁达夫在其心海中看到了那些破坏这种幸福生活的人——政客与士兵，并诅咒和展现了自己对这些人谄媚示好的知识分子的蔑视。显而易见，即便对郁达夫而

---

23 此为原文注释第 30 条：《马克·卢瑟福自传》（*The Autobiography of Mark Rutherford*），作者为威廉·怀特（William Hale White, 1831-1913），1881 年出版。其续集为《马克·卢瑟福的判决》（*Mark Rutherford's Deliverance*），1885 年出版。原注书名有误，为 *Mark Rutherford Delivered*。译者注。

言，应该受到谴责的是将个人与社会分离开来的时代的出头人而非被普遍的痛苦与骚乱驱使进入隔离状态并躺在那个时代的中国有权者门口的个人。

我们之所以更加广泛地涉及郁达夫的作品，是因为在很多方面他对于自己生活其中的那个时代的文学形式而言在我们看来似乎是很典型的。我们明白，甚至是像茅盾那样客观的作家，也常在那些与作家个人最亲密关联的作品中采取一种形式，即，日记的形式，而且将个人的、主观的、自传性质的成分渗透进那个时代的文学作品是所有当代作家的共同特征。在后面论及郭沫若时，我们还将回到这点上来。巴金最著名的作品与他的个人经历之间的密切联系已经被奥德瑞凯·克劳（王和达，Oldřich Král）展现出来了[24]。马歇拉·波斯科娃（Marcela Boušková）已经在关于冰心[25]的研究中证明了冰心作品中的主观性[26]。日记体形式也被女作家丁玲所用，而且在其他地方我已经提请过大家注意在这个时期的文学中对自传体作品和个人回忆的偏爱[27]。我认为这个事实值得特别关注。

尤其令人惊异的是，这个特征不仅为中国文学所有，而且在稍早些的日本文学中也是一种普遍的现象。在日本文学中，至少一些学者将自传体文学的传播与自然主义的影响联系起来。因而，片冈良一（Yoshikazu Kataoka）在其著作《日本现代文学解题》（*An Introduction to Contemporary Japanese Literature*）[28]的"序"中主张，日本的自然主义，"取而代之向隐藏在作者的自我中的彻底的客观主义发展的，是主要倾向于往自传性的或忏悔的文学发展，这种文学寻求的是投射作家的真实。不可避免地，它在相当程度上成了用来阐释作家个人事件的题材，最终产生了这样一种结果，那就是，自然主义成了一种将个人的思想与关乎作家的私人生活的杂记相关联的术语。同时，甚至在更宽泛地考

---

24 此为原文注释第 31 条：奥德瑞凯·克劳（王和达），《巴金的小说〈家〉》，载《中国现代文学研究》（*Studien zur modernen chinesischen Literatur*），柏林：1964 年版，第 97 页。

25 此为原文注释第 32 条：马歇拉·波斯科娃（Marcela Boušková），《冰心小说》，载《中国现代文学研究》，前面所引书，第 113 页。

26 此为原文注释第 33 条：丁玲，《莎菲女士日记》，载《现代中国小说选》，上海：亚细亚书局，1929 年版，第 1 卷，第 1 页。

27 此为原文注释第 34 条：《中国现代文学中的主观主义和个人主义》（Subjectivism and Individualism in Modern Chinese Literature），载《东方档案》（*ArOr, Archiv orientální*）1957 年第 25 期，第 261 页，特别是第 266 页。

28 此为原文注释第 35 条：国际文化振兴会（The Kokusai Bunka Shinkokai）编，东京：1939 年版，第 XII 页。

察生活的情形下，自然主义的作家们也没有能力使它们纯粹地作为社会的阶段将其客观化。其结果便是，在很大的程度上通过他们自己的感受媒介，它们降为清晰有力地仅仅表达调和或情绪的冲突。因此，取而代之获得完全的客观性，他们不断地创作夸张的故事，描写他们个人的情感。"

正如日本学者所定义的，日本文学中这些趋势的特征，在某种程度上让我们联想到在郁达夫作品中所观察到的几个特征，而且这些特征也适用于这个时代的其他作家。如果我们提醒自己有相当数量的中国作家在这些趋势成为日本文学强大力量的那个时候都在日本留学的话，我们可以很好地假设日本的环境对他们产生了影响，而中国的相似情形是日本文学的反映，或者至少是日本的影响可能加强某些已经存在于中国文学中的倾向。

另一方面，在我看来，日本学者的阐释似乎将这种情形过度简化了。自然主义的影响能够解释他们对性主题的某种嗜好，用某种遗传的污点去解释对根深蒂固的特征与人物的描写，解释阴暗沮丧的着色，比如对日本的这个类型的几部作品特征的描写。像田山花袋（Katai Tayama）的作品，国木田独步（Doppo Kunikida）和其他人的作品。在一定程度上，如我们前面所见，郁达夫的作品也是。然而，我们几乎不能把这归因于是左拉、莫泊桑或龚古尔兄弟作品之影响，他们是日本作家认为的日本自然主义所模仿的作家。那种朝向自传体文学或忏悔文学的趋势，指的是前面所引的段落。刚才提及的法国作家的作品，可以说是一个对现实给予最大可能的客观化描写的尝试，而且，终究是片冈良一自己，对日本的自然主义的代表人物予以了谴责，认为他们的客观性不够，而且缺乏对现实进行科学研究的能力。我还想补充的是，正如郁达夫所指出的，他对这些作家将其作品变成了"杂记"的进一步批判强调了这些作品结构条理上的松散。但是，那样的批判也将对自然主义对这种文类之影响的过度估量起到反对的作用，因为它必定不可能在法国自然主义作家的作品中观察到任何远离结构上的一致的趋势，而是相反。

然而，一个下意识地打破传统的文学结构的突出趋势是，在欧洲的浪漫主义中很明显，其全部的意义根植于对封建时代末期人工的、程式化的、僵化的艺术之反抗，这种艺术以启蒙时期的难以取悦的洛可可艺术和清醒的系统化的趋势为代表。情感的自由表演和上升的中产阶级自然流露出的新的生活方式，被反映在文学和艺术中，也被反映在对所有传统以及规则规章的拒绝中。对我而言似乎是，沿着欧洲浪漫主义毫无疑问的影响，我们必须在这种对文学作品的喜爱中看到强烈的主观色彩和自由表达情感或记录个人经验的形式，看到欧洲浪漫主义那可触的影响，或者更准确地说，一种相似的社会情形引发的相似的文学趋势。实际上，日本学者也指出了这种文类的"显著的情感的和自我中心的趋势"，并将其归因于浪漫主义的影响，这些影响是被对自然主义学派的偏爱推进背景之中的[29]。

前面我们已经提请过读者注意郁达夫作品中强烈的浪漫主义成分。毋容置疑，他的作品是对如欧洲的浪漫主义作家作品中所弥漫的那种"厌世"（Weltschmerz）情绪的同样表现。在形式方面，我们可在对郁达夫各种被爆发的情感所打断的经验的记录与欧洲浪漫主义的经典之作《少年维特之烦恼》（Die Leiden des Jungen Werthers）间找到许多相似之处。如我们所知，少年维特的故事是以由各种不同素材的合集的形式来讲述的，其中主人公的书信占优势。它由此而具最自由的形式，并旨在制造出这些材料是作者原封不动保留下来的印象。毫无疑问，在《少年维特之烦恼》中我们有那些被着上日本学者所谓的"杂记"（miscellaneous notes）之主观色彩的原型。《少年维特之烦恼》是由郁达夫的同伴作家郭沫若翻译的。其时，郭沫若还在日本，那个时候这本书在中国青年一代中相当流行[30]。实际上，创造社的所有成员可能都受到了浪漫主义的强烈影响，这点我们将会在其后一篇关于郭沫若的研究中指出。在《少年维特之烦恼》与郁达夫的《沉沦》及其他的早期作品中找出二者在情绪和结构上的相似性应该不是太难。郁达夫一次又一次描写一个年轻人迷乱的精神状态，《沉沦》悲剧性的结尾也是如此，仅仅只是被情感的骚乱和阴郁的情绪所刺激，让人想到少年维特的自杀。在我看来，我们也似乎可在郁达夫的作品和俄国伟大作家屠格涅夫的作品中找到某些关联。正如维克科瓦指出的那样，屠格涅夫是郁达夫喜欢的作家之一。郁达夫的《过去》和屠格涅夫的第一本小说《初恋》（First Love）之间在描写女人鲜明的个性、控制她们所处的环境尤其是她们的追求者方面的相似性尤其突出。这些追求者以忠诚的谦卑来使自己服从于她们的意愿。再就是，对爱和梦想的渴望而非对实际的色情经验之描写是郁达夫与屠格涅夫之间的进一步关联。我们可以说，这些关联尤其

29　此为原文注释第 36 条：前面所引书，第 XI 页。

30　此为原文注释第 37 条：我在文章《中国现代文学中的主观主义和个人主义》第 263 页指出过，中国青年是如何高度评价这本书的，以及在其中可以发现他们自己情感的直接反射。

出现在两位作家具有浪漫主义成分的作品中，而这使我们坚信，郁达夫受到了欧洲浪漫主义的强烈影响。但是，郁达夫生活在 20 世纪，因而我们同样可以发现他作品中的自然主义的成分，比如说在对人类堕落和病态心理的大胆解剖方面以及与 19 世纪的全部遗产之间的联系。

这里应该注意的是，通过文学的影响我们仅意在指明外国文学作品只是为作家解决他自己的问题和他那个时代的问题提供了某些可能性和途径。如果一个艺术家不面对不同时代或地域的所有艺术流派所需面对的同样的问题和任务，那么，没有任何的"影响"会真正发挥作用，其至多只能成为一种形式上的模仿，对接受文学而言不会有更深的意义。这点捷克诗人维捷斯拉夫·涅兹瓦尔（Vítězslav Nezval）做了很好的表述："这是我个人对文学影响这个术语的理解：它在于某个诗人的诗对我们影响至深，因为它从一个我们之外的位置同时为我们阐明和查证了我们最亲密最深刻的洞察与经验，而且还因为它教我们自己去试图抓住并给予表达。"[31]而且，如果我们希望解释那个时代的中国文学与欧洲浪漫主义之间的联系，我们必须首先明白社会形势的相似性，这个可在困扰了 18 世纪末 19 世纪初的欧洲青年中，并在整个 19 世纪前半叶在文学上取得了显著成绩的情绪之影响中获得。社会形势是中国知识分子而且显然也是日本知识分子的必然组成部分。

正如我在前面所说，在欧洲与亚洲，浪漫的情绪所根植和发展的土壤是为根除封建秩序而进行的斗争。在欧洲，这种斗争是资产阶级的专门任务，它将反对狭隘的贵族阶层的整个民族集体的大众都拉向了自己一边。这是一场经济和政治的斗争，尤其强烈地反映在艺术领域。在此斗争中，封建系统化与自由民不受限制的爆发之间的对照显得非常的尖锐。在远东，也发生了相似的斗争，但是其在各个方面都有相当的差异。主要的不同在于中国资产阶级的软弱。在日本，资产阶级从来不能成功赢得旧式贵族的胜利，出现的是与最高阶层的贵族们的垄断资本的共生关系。在中国，与旧式贵族的斗争不是由资产阶级而是由在共产党领导下的工人阶级发动的，并且得到了农民大众的支持。这就意味着，资产阶级的理想，尤其是在强壮的个体当中，没有感觉到被任何原因或义务所束缚的话，是根本就不能发展的，或者不能成熟为各种极端的模式。这些模式出现在欧洲，从早期的浪漫的反抗者和亡命之徒，经由德国的浪

---

31 此为原文注释第 38 条：维捷斯拉夫·涅兹瓦尔（Vítězslav Nezval），《我的生活》（Z mého života），布拉格，1959 年版。

漫主义哲学的唯我论，到由 19 世纪末的颓废情绪所引发的全部的超人类型。在远东，个体-知识分子仍然强烈地感觉到他被生存其中的环境所压迫所威胁，从中他从来找不到对他的反抗的任何支持，他仍然待在自己的小资产阶级中，最后变成小士绅。他发现对他的第一个支持来自革命的工人阶级，之后是来自革命化的农民阶级，但那意味着要接受相当不同的、非浪漫的思想，并为了个人反抗的理想而替换阶级斗争和无产阶级革命的阶级意识的理论。个体之个人主义的、浪漫主义的反抗风波因而只能是某种具有短暂特征的东西，仅仅只能是迅速扩散但却同样迅速熄灭的燎原之火的火焰。而且在中国，创造社的浪漫主义的作家们如郭沫若那样很快就转移到了马克思主义的阵地，而且相似的发展趋势的迹象也如我们所见在郁达夫作品中是显而易见的。

另一方面，必须强调的是，个人生活、个人幸福和个人道德的问题在那个时代的远东要比在浪漫主义时期的欧洲急迫得多。因为在远东，封建压迫和封建系统化是与父权压迫不可分的，其中个体的全部生活都一步步被父母、丈夫和兄长、年长者以及上级的意愿决定。而且，所有这些都要求个体甘居从属的地位，盲目服从到完全自我牺牲的程度。这些父权的束缚，即"五伦"，是封建秩序的主要支柱，因为它们将人民变成了顺从的动物，是束缚个人生活的最沉重的枷锁。更甚的是，一千多年来它们被旧式的儒家伦理所圣化。这里，极为重要的是认识到这种道德是建立在完全谬误的关于人类的观念基础之上的。它主张，孩子们甚至乐于为邪恶或无良的父母和长辈们牺牲自己，主张妻子应该怀着爱忍受她丈夫强加于她的暴行和恶行，而她则应没有任何需求地寻求机会为其长辈牺牲自己[32]。不摧毁父权制家庭，尤其是不彻底根除所有关于人性的错误观念，要完成反封建的革命是不可能的，因为父权制道德正是以这些错误观念为基础的。我们必须记住，在中国，反封建革命的一个重要部分是摧毁父权制家庭和彻底解放妇女。我相信，在反对旧道德和关于人的错误观念的革命中展现了中国和日本文学中这种具有自传性质的、主观之流的主要意义。也是在其中，郁达夫的作品，以及巴金、丁玲和其他人的具有相似性的核心作品的重要性得以展现。有必要指出，个体有他自己的生活，有他个人的需求，他的行为常常是由比他的意愿强烈得多的力量来决定的。作家的任务就是表明他真实的情况，点亮他的内在生活并探索其隐藏最深的那些角落。这不

---

32 此为原文注释第 39 条：这种封建道德宣传的证据可在作家们为人民创作的故事的大部分中找到，其目的之一为记载传播这种道德。

仅对文学来说是必需的，因为如此它就能描绘人类的复杂心理。而且，对社会有能力检查人性并对其观念进行重估，进而创造一种新的基于对人类心理的现实认知的道德概念也是必要的。

显然，即便这种趋势是由外力来激励的，在某种社会形势下其真正的源泉也是含蓄的。

而且，即便在文学领域，尽管这种趋势的主要来源是国外，但是对于本土文学，不仅在中国，在日本也是一样，它与非常丰富的文学传统是相关联的。然而，在许多方面，尽管是在更新更高的层面上，它是文言这种先前的旧式文学作品的延续和高潮。在我的文章《中国现代文学中的主观主义和个人主义》（Subjectivism and Individualism in Modern Chinese Literature）中，我试图定义这种文学的主要特征。而在现在这篇文章中，我将只列举它的特征。我将略去对故事、注释和逸闻趣事的讲述，这些只是作家们的边缘作品，并不包括在他们的集子中。我想到的是他们的诗学作品，他们那些收在文集中的文言文作品，即便这个术语只适合运用在这种文类的单一趋势中。这种文学作品的主要特征是其主观性。作者个人的经验、观点、思想和情感是其灵感的唯一源泉。旧式作家相当部分的作品是为个体间的交流而写的笔记、日记和信件等，这些作品反映的都是作家最私人的本性。郁达夫作品中的外在世界的人物仅仅只是他个体观点的对象。另一个特征是这种文学的抒情性。文中常常只表达一个观点、一种感受、一幅画面或者一种经验。其中没有情节、故事和叙事的位置[33]。毋容置疑，与此相关联的是其规模被受到限制。作为一种规则，这些作品篇幅都较短，大部分出现在各种集子中，但却不能相关到可以组成一部更大维度的作品。这种作品的特点是完全静态的而非动态的，常常是单一画面或情感的复杂体，并不及时展开。这种文学中的每一件事都被强烈地程式化和规范化。不管是诗还是散文，对词汇的选择无一例外地都源自旧式的书面语、文本的有节奏的布局和整部作品的固定结构。对主题的选择也一样。至少在理论上，没有任何丑的或粗俗的东西能被这种文学接纳。这种规范化的、人造的特征与某种程度的即兴创作和业余爱好紧密相关。而作者，多年来无比勤奋地去

---

[33] 此为原文注释第 40 条：弗里德里希·夏德（Friedrich Hirth），《叙事、戏剧与诗歌创作的形式法则》（ Das Forgesetz der epischen, dramatischen und lyrischen Dichtung），1923 年，第 194 页："……诗歌的情形是一种展示，一种图像，但是具体情况无法进行别样的改写，因为生动的情景只能观看，并在图像中对其予以描述。"

学他的技艺，然后在留下深刻记忆的经验的印象中，将其变为对单一事件的记叙。这种记叙有时是按其发生发展的实际顺序来进行的。这种即兴创作的品质无疑也解释了这些作品被限制的规模，正如我们前面已经指出的，常常是一首短诗、一篇非常简洁的散文或素描。这些作品并非为某些无名的读者，而是作为一种惯例仅为作者自己或很小的朋友圈设计的。一旦远离这个朋友圈并在将他们召唤进生活的动力消失后，这些作品便将失去其意义和价值。在最大程度上，它是一种亲密的、非英雄的主人公文学。作者常常以某种讽刺的口吻谈论他自己，他所描绘的是有着无尽的烦恼和灾难的软弱的、病态的、贫穷的男人。我们可为这种具有自传风格的作品找到许多社会的、哲学的理由。至于其文学价值，在我看来似乎是，它是引起亲密印象和自发性的趋势的一部分。这是一种进入与读者相关联的最亲密情感并因此补偿程式化和规范化的人物所产生的冷漠的、没有人情味的印象的一种可能尝试。我们得记住，作家并非是以他们自己的、自然的而是以一种他们获得的风格来进行写作的。他们可以将少量个体的东西注入其中。我们也可以补充说，18 世纪，当这些文类成为主要的表达手段时这种强烈的主观性也开始给中国的小说着上了色彩。对此，我们也在前面提及的研究中给予了关注。

说到文学结构，我们可注意到，在这种文类中，我们通常可发现一种抒情式的生动画面与对个人经验之记录、最后是评论的结合。实际上，我们反复在郁达夫的作品中发现的是一种典型的平面图[34]。在这种文类中也存在一种结构非常具有艺术性的中篇小说，其人物塑造非常抒情，通过各种情感间的对照获得张力，同时通过一种基本思想的手段保持其一致，这种手段通过一种统一的基调或气氛从各种不同的角度对其加以连续的证明。欧阳修最好的作品如《秋声赋》[35]或苏轼最好的作品如《赤壁赋》[36]可对此提供例证。

旧文学即文言中这些趋势的高潮是以沈复的《浮生六记》[37]为代表的抒情自传体作品的出现。而且尽管这部自传体作品与其他的自传体作品不同，有好

---

34 此为原文注释第 41 条：典型的例子是袁宏道（1568-1610）的《虎丘》中对虎丘举行的一个节日的描写。参见《袁中郎全集》，上海：开明书店，1935 年版。《袁中郎游记》第 1 页。文中，对节日的描写一下子全都与个人问题和注意事项关联起来。

35 此为原文注释第 42 条：可参见马古礼（G. Margouliès），《中国古文》（*Le Kou-wen Chinois*），巴黎：1926 年版，第 259 页。

36 此为原文注释第 43 条：前面所引书，第 292 页。

37 此为原文注释第 44 条。

几个部分都是坦率的叙事和史诗的品格，但是其整体并不是按一个统一的、顺着一系列事件的发生而发生的史诗作品来组织的，而是根据其主要的抒情画面和变化多样的记录的实际情况来记载的，即，根据内容材料被分成了六"记"。（想要了解更详细的分析，我再次建议读者参考前面所引的研究。）然而，这部作品不像旧式的"集"或者"笔记"那样是由许多不相关的内容捆在一起的东西，而是由一个中心主题，即作者女人的死聚集在一起的。这个悲剧是贯穿所有部分的循环的旋律，带给它们一种新的意义，并将其融合为一个统一的整体。中国文学的特征是，如此更大单元的创作不是通过史诗的过程，而首先是通过抒情的过程，经由向部分中注入一种统一的情绪来获得的。我们在郁达夫的作品中也发现了同样的方法。

更为重要的是这个事实，在《浮生六记》中我们还发现了由最伟大的悲剧感和绝望到不受约束的快乐的爆发之间的强烈过渡，发现了大自然洁净的美与人类生活的悲伤之间的对照，发现了为反对日常生活的痛苦和无聊而逃进山野过隐士生活的梦想。所有这一切都使我们有权谈起这部自传体作品强烈的浪漫主义色彩。这里，我们可以进一步注意到浪漫主义的情绪激发了由诗人屈原开始的大部分中国诗歌的创作。

到目前为止所有我们所说的都证明了这样一种观点，那就是，如果郁达夫的作品以及与他同时代的相似的作品都受到了欧洲浪漫主义的影响的话，那他们同时也有他们自己的坚定地根植于旧式的文学作品的根。我认为那个时期中国文学形势的典型特征是，一个精通欧洲文学、思想充满了欧洲观点和画面的作家应该在其作品中显示出与传统的本土文化之间的密切联系。在郁达夫的作品中，我们发现了作家们所培养的文学形式的多样化——日记、笔记、信件。他作品中的人物有着强烈的主观色彩和浪漫色彩，洋溢着抒情性和随时可见的自然之壮美与个人生活之琐碎的痛苦之间的对照，正如在前面提到过的旧式文学作品中的那样。然而，封建道德枷锁的衰减使得现代作家们在其作品中表达出对旧式文人们来说是禁忌的所有的感情和经验已成事实。受自然主义作品的影响，他调查那些自己潜意识中模糊的、先前严格被禁止进入的角落，他的作品也因此要求强烈的戏剧性和动力以及越来越多的史诗人物。

然而，必须特别强调郁达夫作品与旧传统在遭遇时的一个特征，那就是，郁达夫，与比他年老的作家一样，小心谨慎地将其艺术创作限定到自己的生活圈，羞涩地抗拒着纯粹的幻想，甚至认为作品应该以经验和观察为基础。对他而言，"想象的"东西就是"空的、虚的"东西，如旧式的作家们所定义的那样。因此，如果他希望深入现实，展现在他面前的一条道路就是通过他自己的经验，他所写的必须通过一手资料来了解，而不能仅仅通过智力去获取或是通过想象去设想。也是在其中，是某件事的坦诚与真实性成为旧式文学中那些名著的特征。对此，我们尤其可在鲁迅的作品中找到。其中，我们也发现了一个经常对当代作家提出的要求，即，如果一个作家想要抓住新的现实，那他必须生活其中，必须改变他的生活方式。对其艺术而言，决定性的因素是他的生活经验，而不仅仅只是认知或幻想。

最后，必须明确的是，这些传统因素在新的环境中也获得了新的意义，它们的目的不是唤起一些作家或他的朋友们经历过的瞬间。这些作品首先是为大众创作的，其最私密的经验在其中起一种反抗当代生活的痛苦和贫穷的宣传作用。一个反映在文学的某种秩序中功能之变化的有启发性的例子是郁达夫的《给一位文学青年的公开状》[38]。郁达夫对当代社会中教育的无用，一个受过教育的男人最多只能做车夫或小偷，进行了辛辣的讽刺。郁达夫不像旧式文人那样通过书信这一媒介来表达自己私密的想法，他甚至将书信变成了一种对社会罪恶的公开控告。同时，这封信也暴露了他那个时代的社会赋予他的深刻痛苦。正是这种痛苦将他带入了左翼作家的行列。

---

38 此为原文注释第 45 条：《达夫代表作》，第 301 页。

三、郭沫若[1]

    在此研究中，我将努力在这幅中国新文学中具有主观主义色彩和浪漫主义倾向的图画中添上创造社领军人物、作家郭沫若的素描。我们的目的不是要在此探讨郭沫若所有的文学作品，其中他的那些诗歌和戏剧作品占了相当重要的部分，而仅对其创作于抗日战争之前的小说的几个方面进行管窥。

    米列娜·多勒热洛娃-维林格洛娃（Milena Doleželová-Velingerová）在其研究《郭沫若的自传体作品》（*Kuo Mo-jo's Autobiographical Works*）中表明，郭沫若的散文作品中值得思考的部分是他那些带有自传体性质的作品，即回忆和日记占主导地位[2]。她还断言，这些作品常常与旧体笔记非常接近，并指出郭沫若尝试通过以短篇小说的形式将其经历写成文学作品并不少见。她强调郭沫若创作作品的这个领域更倾向于提供信息，尤其试图为未来的史学家提供史料。

    毋容置疑，这种倾向也使郭沫若的创作离那些旧式文人的创作更近。换句话说，在郭沫若身上我们可发现如在郁达夫这样的文人作品中同样的关联。毕竟，文人的创作，到目前为止其本质不在抒情，主要倾向于为史学家提供史料。或许我们可添上（我们一会儿再回到另一个联系中的主张），郭沫若给予这种史料的新特征是其抒情性。它不再是彼此间各不相干的简单的、格式化的注释或记录的编年系列，而是一种连续的史诗片段，将范围拓宽至事件画面和极大的可塑

---

1 该书的第 99 页至第 140 页为《郭沫若》一文的正文。此为该书的第三篇文章，但作者标注的是"四"而非"三"。译者注。

2 此为原文注释第 46 条：米列娜·多勒热洛娃-维林格洛娃（Milena Doleželová-Velingerová），《郭沫若的自传体作品》（*Kuo Mo-jo's Autobiographical Works*），载普实克编，《中国现代文学研究》，前面所引书，第 45 页。

性的背景。这在这个集子的第一部作品《幼年时代》[3]中体现得尤为真实。我们可以确信这种不同不是源自现代散文的普遍的异质性，而有可能主要是由于新文学的不同功能。新文学是为那些不熟悉史事而为了让他们能理解这些史事就必须以足够的长度将其呈现出来的读者设计的。作家写这些记录或日记大多是为他们自己或小范围的朋友圈，因此文中的注释和喻指常常都比较简单。

然而，即便是粗略一瞥也会显示出郁达夫和郭沫若这两个作家之间的根本不同，尽管二者的作品与文人的创造性作品都是相关的。在其作品中，郁达夫常将关于时间、环境等个人信息限制到最小的范围。最为典型的就是郁达夫常常在故事中仅用英文字母来表示故事发生的地点，如《茫茫夜》中将主人公要去的小镇命名为 A 镇；《一个人在途上》中作者要去执教的地名也是用字母表示的[4]；而在另一个故事《过去》中主人公讲了他是如何因病被迫去南方的。他先去了 C 省的省府，然后又去了 M 港。郁达夫的兴趣在于集中精力表达出强烈的自我，尤其是自己的情感和经验，而其他无关紧要的东西他则闭口不言。这与历史的方法和试图在故事中抓住并传达出某个时间或环境的特征是完全相反的。在郁达夫那里，他的精神悲剧是在几乎完全的黑暗中展开的，这种情形在前面已经提到过的小说《立秋之夜》那个具象征意义的情景中得到了很好的表现。相反，正如捷克汉学家米列娜在其《郭沫若的自传体作品》一文中所指出的，郭沫若的创作目的则在于以一个历史学家和编年史家对历史的特别兴趣，描绘出特定时代和背景中人物的性格特征，这超越了一个诗人仅仅只描写他自己的内在经验的态度。

尽管如此，我们在郭沫若的文学作品中可找到那些对其最切身经历之记录的作品，这些作品与郁达夫这个方面的作品并没有本质的不同。这主要包含在初版于 1926 年的小说《橄榄》中[5]。该小说的大部分是一个很长的、显然具有自传性质的片段，记录的是郭沫若的妻子回日本后他在上海的经历，时间可能是 1924 年[6]，然后是他们在日本因缺钱而不得不不停地从一个地方搬到另一个地方的漂泊生活[7]。故事被分割成几个部分，每部分都有自己的标题，尽管

3　此为原文注释第 47 条：上海光华书局，1933 年版。
4　但原文中其实并没有用明确的字母表示，只是提及南方某地，根据上下文，译者推测该地应为广州。译者注。
5　此为原文注释第 48 条：上海现代书局，1933 年版。
6　此为原文注释第 49 条：这些经历在如下的小说中有描写：《歧路》，载《橄榄》第 1 页及其后；《炼狱》，载《橄榄》第 21 页以及《十字架》，载《橄榄》第 38 页。
7　此为原文注释第 50 条：《行路难》，载《橄榄》第 61 页及其后。所有这些包含在《橄榄》中的故事后被收入 1951 年上海出版的《地下的笑声》中。

各部分没能构成一个相互关联的整体，但每部分都与下一个部分相连，从而覆盖了作者生活中多少有些连续性的整个时期。只有一个部分缺少了，即描写作者回到日本与其家人相聚的旅途那一部分。

如果我们把这些相似的自传体"片段"称作郁达夫的精神戏剧的话，那么这种说法更适合郭沫若的自传体作品。《橄榄》这部作品也不时被情感的爆发、绝望和抑郁的阵发所打断，这与我们所见到的郁达夫的情形是相似的。孤独和渴望驱使他酗酒、过度抽烟，他宣称这是一种自杀的必然形式，与郁达夫的抑郁一样，郭沫若的抑郁使得他反复地培养这种自杀情绪。实际上，我们可以说，郭沫若的情感生活的戏剧性品质比郁达夫的更合理。郁达夫允许自己像情感波浪上的一艘无舵的小船一样被动地漂荡，这带给他纯粹的经验和几乎神圣的美，或再一次使其沉入最深的绝望之中，受其病态的、颓废的倾向所左右。正如我们前面所说，我们得到的印象是，就好比有某些悲剧的影子落在了郁达夫的生活之上，将其中的每一种东西都变成了灰色或使其变得平淡乏味。他完全没有喜悦感，没有精神支撑，不能勇敢地面对任何事，他是被动的、无助的。而郭沫若却相反，他固执地与自己的抑郁和绝望情绪抗争着，他的内心生活就是自己的绝望情绪、自责、渴望自毁与自己对生活尤其是对家庭的责任感之间连续不断的戏剧性冲突。

郭沫若的这种绝望情绪弥漫在前面提及的他的第一篇自传体短篇小说《歧路》中。因为靠文学创作不能养活他的妻子和孩子，郭沫若的妻子和孩子只得回日本去。在日本，他的妻子将去作产科护士，而他，则在中国静静地工作，写一些更大规模的作品以挣到足够的钱使他们能再住在一起。整个故事其实都是主人公的内心独白，是关于他从离开他的家人的港口乘有轨电车回家和他回到空空的家后攫住他的那种孤独感的。这种试图以写作为生，但迫于家庭的离散却又不得不放弃的行为所引起的绝望感是很自然的。在这种关联中，注意到郭沫若的这种源于某种特殊状况的抑郁感不仅仅只是郁达夫常有的那种"情绪"是很有趣的。

与郁达夫那些相似的作品一样，《歧路》的主人公是爱牟，整个故事是以第三人称来叙述的。《歧路》是郭沫若对自己过去十年生活的（可能是 1914-1924 年间。郭沫若于 1914 年到日本去留学）一个盘点，一个总结性的写照。他会展示这十年里的什么呢？对于医学，他是完全抛到太平洋以外了。而对于文学，他又能留下什么样的文学作品呢？在时代的影响之下他写了不少诗歌和文章，但它们有价值吗？主人公嚎哭道："啊，惭愧！惭愧！真是惭愧！"清醒地意识到自己的无能，他几乎连笔也不能动了。绝望之下，他跑过一条条街道，回忆起报章上那些攻击他的文章和评论家对他的苛刻的批评并恨不能把自己扔到汽车底下。但就在这绝望之际，一种健康的反应出现了：他想到自己可能会因此毁了他的妻子。十年前，是她赋予了他新生命。那时他抱着旧式的包办婚姻跑到日本来，像一具活着的死尸。想到他会使朋友们失望，因为每周的杂志还等着他写文章。他恢复了理智并宣称道："这是我死的时候吗？啊，太 sentimental 了！……我这几年来并不是白无意义地过活了的。我这个生命的炸弹，不是这时候便可以无意义地爆发的。"[8]

那是源自作者内心世界一直燃烧着的戏剧斗争的一个场景。另一个例子选自《炼狱》，故事中朋友对其妻子的偶然问询让主人公非常悲伤以致于他酗酒并失去了自控。但他的良知马上开始刺激他："看你这个无聊人究竟要闹到怎样？你坐这儿享乐吗？你的妻子还在海外受苦呢！……酒的烈焰煎熬着他，分裂了的自我又在内心中作战，……"[9]作者自己描绘了作为其性格的不同方面之间的一种冲突究竟使其有什么样的感受。

然而，抑郁和绝望只是那种斗争那种不停地煽动他情感生活的最丰富多样的情感之骚动的一个方面。我们前面引了郭沫若将其生活比作随时都会爆炸的炸弹，这个比喻非常恰当地表达出了那些挤到其意识表面想要找到发泄之处和表述之地的紧张、压迫感、激情、向往等情绪。或许将他的生活比作频繁地吐出岩浆、石头和火焰的火山更恰当些。

这些情绪的爆发以郭沫若作品中不断出现的热烈的内心独白、祈祷、反问、突然的喊叫、感叹词和呼语等方式以其风格被表现出来。妨碍他镇定自若地描绘任何情形、场景或环境的似乎应该是一种强烈的感情，一种需要立即将其表达出来的需要。因为尽管他细腻的勾勒本质上是内心独白，但独白之流却每时每刻都被这些咆哮打断，或者是用直接引语或者是用半间接引语（semi-indirect speech）（即内心独白）[10]，以致于独白显得被构成独白之内的独白的

8　此为原文注释第 51 条：《橄榄》第 17 页。

9　此为原文注释第 52 条：《橄榄》第 25 页。

10　在该书第 16 页和第 107 页，普实克用的是"半直接引语"（Semi-direct speech）这个概念。而在此处（即第 105 页）和第 141 页注释第 5 条中他却用了"半间接引语"（Semi-indirect speech）这个概念。从其文内夹注和文后注释来看，应为同一个概念。译者认为用"半直接引语"来表述更恰当些。

感叹词将其力量提得更高。下面让我们来看几个例子：

在小说《炼狱》中，作者描绘了无锡之旅，和朋友们一起去爬山顶上有着白塔的惠山。故事的主人公爱牟在朋友们的陪伴下走近惠山："童童的惠山，浅浅的惠山，好像睡着了几条獐子一样的惠山，一直把他们招引到了脚底。他们走过了运河了。千四百年前隋炀帝的二百里锦帆空遗下一江昏水。'啊，荣华到了帝王的绝顶，又有甚么？只可惜这昏昏的江水中还吞没了许多艺术家的心血呢！……你锡山上的白塔，你永远不能完成的白塔，你就那样也尽有残缺的美，你也莫用怨人的弃置了。……丛杂的祠堂和生人在山下争隙，这儿只合是死人的住所，但是在这茫茫天地之间，古今来又真有几个生人存在呢？……永流不涸的惠泉哟，你是哀怜人世的清泪，你是哀怜宇宙的清泪，我的影子落在你的眼中，我愿常在这样的泪泉里浸洗。……'"[11]

该段只是郭沫若的自传体小说所富有的许多相似例子中的一个，很好地阐明了我们前面所刻画的他的风格中的那些特别之处。而且，我们的翻译极大地模糊了该段的戏剧性和修辞效果，尤其是"童童的""浅浅的""昏昏的""茫茫的"等形容词，是以对基本成分的重复而被建构成的词语形式来表示的。被重复的语言成分的数量因而被极大地增大，因为不仅全部的从句被重复了，单个的词语也被重复了，所有这些都使得修辞效果和情感得到了加强。而且，通过重复，词语和从句被带入高度的凸显状态。由此，翻译在某种程度上模糊了从句和整个句子的并列安排，它以这样的方式与该语境中其他的部分分离开来并同时产生了独立和强调的效果，使得那些独立的、彼此间并无联系的感叹句相关联。

该段的大部分内容实际上是对主人公思绪和情感的复制，是以半直接引语（semi-direct speech）或伪直接引语（pseudo-direct speech）的形式来呈现的[12]，彼此间没有标点符号，对客观现实的描述在情感宣泄的聚集之下也几

11 此为原文注释第 53 条：《橄榄》第 29-30 页。

12 "The greater part of the passage is really a reproduction of the thoughts and feelings of the hero, presented either in semi-direct speech or pseudo-direct speech..." Jaroslav Prusek. *Three Sketches of Chinese Literature*. Op. cit., p.107. 普实克在《茅盾》一文的注释第 5 条对"半直接引语"有解释：在半间接引语（semi-indirect speech）的表述中我们明白了在法语中被称作"自由间接引语"（styl indirect libre），而在德语中被称为"隐含的语言"（Verschleierte Rede）或"经验语言"（erlebte Rede）的东西。它是介于人物的叙述和口头话语之间的一种话语形式。从语法上看，它与叙述性的段落是一致的，其与直接引语间的联系由文体成分和语义成分显示出来。可参见 Jaroslav Prusek. *Three Sketches of Chinese Literature*. Op. cit., pp.16 and 141. 译者注。

乎失去了，该段由此显而易见地获得了一种抒情性。但这种抒情性是戏剧性的、修辞的，是在强烈的情感压力之下的，它是主人公发自内心的喊叫而非对更微妙的精神过程的一种分析。与此特征相呼应的是文本结构的并列，因为尤其是在中国的抒情作品中，并列的文本结构占据着主导地位。我们也可以指出这类作品中郭沫若小说使用这种平行结构的强烈倾向，这种倾向在总体上也是中国旧式的抒情作品和文言文作品的典型特征。我在此处随意引了《歧路》中的一段[13]：

"一夜不曾睡觉的脑筋，为种种彷徨不定的思索迷乱了的脑筋，就好象一座荒寺里的石灯一样，再也闪不出些儿微光。但是他的感官却意外地兴奋，他听着邻舍人的脚步声就好象他自己的女人上楼，他听着别处的小儿啼哭声，就好象他自己的孩子啼哭的光景。"在这段简短的引文中出现了两对在语法和句法上都并列的结构。作为郭沫若小说风格的基本品质，这种并列结构也加深了修辞情感的印象。

郭沫若小说的风格是其抒情性和强烈的修辞效果。毋容置疑，通过这些文体的品质郭沫若与用文言文来写作的旧式文人作品之间产生了联系，正如我们前面所指出的，在本质上其作品完全是抒情的。同样的作品中另一个值得思考的方面是其高度的修辞性，因为对现实政治进行讨论的对话按其原初的样子被再现出来，或至少是被模仿出来，而且不断使小说文本节奏化的这种趋势导致了在小说中占主导地位的平行结构。在这样的平行结构中，没有语法上的从属，独立的句子、从句等与常规数量的音节一起被并列放置。

尤其是正在分析的这些小说的部分，郭沫若在其中描写了在秀丽的日本乡村的家庭生活，证明了这种文类与旧式文人作品之间的密切关系。不仅在《行路难》中李白作为其座右铭唱出的那首歌中，而且也在一个其抒情关系转变成了一篇真正的抒情日记的地方。它实际上是用文言文[14]来写的，富含节奏的小说起到了一种尤其是作为描绘自然之美的媒介的作用。现代作家甚至最好地在用来作为其千多年来的表现手法中表达出了这种抒情的情绪。我认为郭沫若的自传体-抒情作品是对这种文类的双重起源的最令人信服的证明。我们前面已经注意到，这种文类出现在中国新文学中。这些，一方面是欧洲的浪漫主义，在与读者产生共鸣的情感中首先与下面我们将会提及的其他特征一

---

13 此为原文注释第 54 条：《橄榄》第 19 页。

14 此为原文注释第 55 条：《橄榄》第 122 页及其后。

起证明了自身。另一方面，旧式文人的主观主义的作品，则以一种富有高度表现力的抒情性弥漫。

但是郭沫若的风格以全新的感觉对传统的因素加以了利用。我认为我们可以谈谈其积极的革命主义的特征。在旧式文人作品中所有这些文体的过程都强调了系统化，正如我们前面所指出的，阻止对感情的全部的、自由的表达，并让个人的痛苦呈沉默状态。而郭沫若则相反，这些成了他表达其粗暴个性和不能忍受任何束缚的情感爆发的手段。

郭沫若作品的典型特征是，这些情感的爆发和内心的独白不仅仅是用来表达他个人的经历和感情，更在于表达出他的世界观、他的不满与仇恨。他的痛苦不仅仅是一个不幸之人的痛苦或一个绝望的诗人的痛苦，如旧文学中常见的情形，而首先是一种激情的反叛与革命。它是呼吁行动的号角，是进攻的召唤，其中蕴含着对这种表达形式值得思考的社会意义。这种手法郭沫若主要用在其诗歌中，继而用在其戏剧作品中，并在中国青年中引起了广泛的回应。郭沫若展示出了文学作品是如何成为革命武器的，通过文学作品，他找到了一条表达其革命思想和革命行动的捷径。

需要特别注意的是回荡在郭沫若的几部小说中的那种反叛的成分，尽管我们必须记住只有在后期，当他变得完全熟悉马克思主义之后，郭沫若才克服了他的浪漫的个人主义并将其文学才能毫无保留地服务于革命。当然，这种文类并不太适合用来表达政治观点。然而，或许正是因为这个缘故，这些段落恰恰体现出了作者的性情和世界观的特征。只需举一个例子就够了。在《歧路》中，郭沫若呈现了故事的主人公与希望他开业行医的妻子之间的一次对话。主人公在冗长的痛苦的独白中拒绝了妻子的建议："医学有甚么？能够杀得死寄生虫，能够杀得死微生物，但是能够把培养这些东西的社会制度灭得掉吗？有钱人多吃了两碗饭替他调点健胃散；没钱人被汽车轧破了大腿率性替他斫断；有枪有械的魔鬼们杀伤了整千整万的同胞，走去替他们调点膏药，加点裹缠。……这就是医生们的天大本领！博爱？人道？不乱想钱就够了，这种幌子我不愿意打！……。"

当然，这样的段落在郭沫若的早期小说中并不常见，但它们却是指向郭沫若后来的革命文学目标的萌芽标志。

引起作家精神骚动的强烈感情迫使他直接而不假思索地把它们表达出来，而不允许作家将这些复杂的诗学意象或结构关系加以重塑或将其崇高化。

正如我们前面所表明的,这种艺术的主要特征是其自然流露,它是这种文类的全部标记,就如旧式文人们所实践的那样。例如,作者计划将其在日本乡下的停留转变为记述并创作一些短篇故事或小说。但优美的环境却使得他无法集中精力。用他自己的话说即是:"他为生活所迫,每日不得不作若干字的散文,但是他自入山里来,他的环境通是诗,他所计划着的小说和散文终竟不能写出。"[15]他只写了些诗,因为诗人除了促使他创作的情感便再无其他东西可写。显然,文学创作的观念,作为慎重考虑的产物,是与此类艺术作品不同的。

说到这类文学作品的题材,它首先要么是由个人的经验要么是由从文学中借用的某些主题构成的。典型的是郭沫若在其小说《万引》中的言辞。文中郭沫若描写了年轻的日本作家松野的事业之初,并告诉读者松野在其第一本短篇小说集的一篇故事中是如何讲述自己因为对社会主义的同情而失去了工作现在正准备写一部关于伟大的中国诗人杜甫的剧本的[16]。显然,这里我们可看出对郭沫若自己的创作问题的反映,因为这些是郭沫若的艺术波动的两条轴线,正如我们下面将会看到的那样。

这篇小说也向我们表明了郭沫若的诗文是如何激情澎湃的,它被他那个时代的中国青年们急切地囫囵吞下,这种激情直接源自其情感,充满了感叹词和他内心满溢得要爆炸的内在自我。在系列小说《十字架》中,郭沫若记录了爱牟收到他的夫人从日本寄来的第一封信时的情景。这封信极大地影响了他以致于引发了他长久的内心独白。他不想做甚么艺术家,如果需要,如果他能再和夫人在一起,如果他能和她住在一起,他可以去当讨口子。他心烦意乱地在屋子里踱来踱去,大声喊出他的痛苦和渴望,逐渐地这些喊叫开始变成了诗的形式。源自生活的诗充满了诗人不久之前的喊叫。这里,我们得到了一幅形象地再现了郭沫若的自传体作品和诗歌自然诞生的生动画面,这也是郭沫若自传体作品和诗歌的典型特征。很可能正是这种自然流露和直接性为他赢得了那些渴望诚挚和坦率地表露自己心声的年轻人的共鸣。

前面所举的例子也证明了郭沫若作品中浓郁的浪漫主义色彩。浪漫主义的特征是感情的大量泛滥、自然现象的不断省略及其拟人化,事物的背景变成了动态的以致于取代了静态的画面,自然的过程被转化成了一种哑剧表演,其中一切事物都是鲜活的,现实与幻想交织在一起,一切事物都在运动。

---

15 此为原文注释第 56 条:《橄榄》第 128 页。可参见《行路难》下篇。译者注。
16 此为原文注释第 57 条:《地下的笑声》第 116 页及其后。

自然现象的拟人化，这在旧文学中是很少见的，能使诗人与自然的创造物平等地比肩而立，上升其伟大性，并将其经验和情感投射进宇宙空间并将其内在生活转化成一种如大自然所赋予的壮观。一种简单鲜活的经验对诗人来说似乎其自身还不足，还太轻微，为了赋予其伟大与意义，有必要对其加以补充，将其提升到更高的层面并给予其广泛的、永恒的视角。在郭沫若的风格中我们直接感受到了这种对每一次经验加以提升和补充容量与高度的必要性。在前面所引的例子中，我们看到了某种自然景观是如何通过对高山和泉水的强烈呼喊，通过对中国历史中的浪漫传说的回忆，通过对人生无常的遗憾叹息的描写而被赋予生气的。同样，那些前面已论及的郭沫若小说中也蕴含着强烈的浪漫色彩。把自然现象加以拟人化的手法使得诗人与自然的创造物比肩而立，达到它们的高度，并把诗人自己的经历和感情投射到宇宙太空。下面让我们来引前面提及的《炼狱》中的一个相当简单的段落："太湖的风光使爱牟回忆起博多湾上的海景，渡过鼋鼍岬后，他步到岬前的岩石下掬了一握水来尝尝它的滋味，但是，是淡的。——'多得些情人来流些眼泪罢，把这太湖的水变成，把这太湖的水变成泪海！啊，范蠡哟，西施哟，你们是太幸福了！你们是度过炼狱生活来的，你们是受过痛苦来的，但在这太湖上只有你们的笑纹，太湖中却没有你们的泪滴呢。洞庭山上有强盗——果真有时，我想在此地来做个喽罗'。"[17]

这里我们有了一个浪漫场景所需的全部的必要因素：变成情人的泪海的湖、是古代浪漫情人的笑纹的水波、作者想要成为附近山上的强盗的生活梦想。在《炼狱》的结尾处，作者在一个无眠的夜晚看见他自己正要离开去广东从军，痛痛快快地打仗直到被流弹打死。然后他又想到，假设朝鲜人能够革命，他又想跑去效法拜伦。

对那些渴望一种伟大而多变的生活的年青人来说，对那些悲剧之死本身就似乎更值得的人来说，对一个英雄来说，这种狭隘的慢节奏的日常生活是太受限制了。他们不能想象一种没有这种痛苦结局的伟大生活。这里，我们再一次感觉到了生活的悲剧感。然而，这一次，不是什么令人恐惧的或害怕的东西，而是主人公生活的最高目标。这里我们看到，浪漫主义的情绪是如何为中国青年未来斗争之英雄主义做准备并使他们准备好在为伟大理想而斗争中牺牲其生命的。这也解释了为什么"创造社"的主要成员们最先加入

---

17 此为原文注释第58条：《橄榄》第35页。

到了革命的行列中。

郭沫若的大部分小说都是围绕自己的生活经历，并将其以浪漫悲剧的形式进行重新加工塑造的。

这种方法或许可在其篇幅最长的、用书信的形式创作的中篇小说《落叶》[18]中得到最为清晰的展示。

前面已经指出过，毫无疑问，郭沫若选择的这种形式也显示出这种趋势与欧洲浪漫主义和中国旧文学传统之间的联系。我们在前面已经回忆过《少年维特之烦恼》（*Die Leiden des jungen Werthers*）的主要部分是由主人公的信件组成的，另一方面，书信也是一种公认的具有很高价值的旧式文人常使用的文学形式。

似乎郭沫若希望在其小说中创造出一个中国的维特。与浪漫主义之间存在联系的迹象之一即是作品中也有对神秘因素的运用：作者的朋友在其完成自己的爱情故事之前就去世了，再就是作者说有部分信件丢失了。这些都是欧洲浪漫主义文学中常见的主题。

这个小说由一个日本女护士写给她在日本学医的中国医学生情人的41封信构成。显然，小说有着强烈的自传成分，毫无疑问是以郭沫若和他的日本妻子的爱情故事为基础的，也不完全排除其核心可能是由以某种形式加以了重新编辑的真实信件组成的。故事的主要情景回应的是我们所了解的郭沫若的日本婚姻、他的日本妻子和他在日本的生活。信的主人公是来自日本东北部仙台的一个日本牧师的女儿。当她的父亲坚持让她回家时，她拒绝了，并与其家庭决裂。她希望参加助产士的培训以后帮助她的情人为其祖国工作。他很好，送钱给她使她能够完成自己的学习，希望能租一间房等着她来到他的身边住在一起。然而，他已经结了婚，在国内有了一个父母包办结婚的妻子，但这个日本女孩对此并不介意。直到这写于1916年圣诞节前夜的最后一封信，全部的信件向我们展示了可假定为是郭沫若与其日本未婚妻之间的情感发展的过程。但是突然地，考虑到直到那个时候的心理情况，事情突然发生了意想不到的转变。那个日本女孩，由于没有收到她的情人的信和圣诞节礼物，以为他的情人不再在乎她了，就把自七月以来她收到的100封信给烧了，断绝了与他的联系，并告诉他她已经离开到南洋的一家医院作护士去了。由于基督徒的谦卑，她自暴自弃，从此希望将自己的生命奉献给痛苦。这个结局给读者留下了

---

18 此为原文注释第 59 条：《地下的笑声》第 299 页及其后。

非同寻常的印象，尽管读者不是没有通过她的情人冷静地写给她的信的暗示即他只是把她当成一个孩子来对待做好完全的准备。故事的结局似乎是戏剧性的，属于一种完全不同的类型。但其浪漫的框架使其产生了更艺术的效果，框架中所有的故事被安排并意在解释这个奇怪的结论：

作者突然被叫到一个与他同时学医的朋友那里，这个朋友现在正躺在医院里因为肺结核的缘故病在垂危了。朋友把一卷信交给他并请求他将其发表出来以使其爱人的生命永远流传下去。这位朋友，名叫洪师武，是旧式婚姻制度的牺牲者。他的父母给他安排了婚姻，由于对这种包办婚姻的自暴自弃，他跑到日本来过一种放荡的生活。他被一种软性下疳所感染，他原以为是梅毒。医生利用他的恐惧，趁机诈骗他是梅毒而不告诉他真相。他决定贡献自己的生命为社会服务。他去照顾一位患了肺结核的朋友并被感染了肺结核。那时一个日本护士爱上了他，但是尽管他回应了她的爱，他却因为嫌疑认为自己被感染了梅毒而拒绝了她。女子因为不理解他的苦心，于是绝望之余去了南洋作护士。这些发生在他开始学医之前。后来他发现自己的害怕是不必要的，他不再受梅毒的折磨，他浪费了五年的生命，最糟糕的是，牺牲了他挚爱的爱人。于是他跑到南洋去追寻她的踪迹。此处一阵咳嗽打断了他的故事，故事的结局注定不能知晓，因为当作者第二天再去医院看他的朋友时，他发现洪师武已经去世了。作者试着将这些信件改编成一部小说，但没能成功，于是他现在不加修饰地将其发表出来，因为他认为这些信本身就是绝好的诗。

《落叶》显然有两个完全不同的层面，即情感的层面和基本的事实层面。其主要部分是一部精心加工的关于一位高贵姑娘的爱情小说，她只知道自我牺牲和服务他人。她在一封信中引陀思妥耶夫斯基关于生活的唯一目的是最大限度的自我牺牲的话绝非偶然。这里，郭沫若非凡地、成功地抓住了一个恋爱中的少女情感温度的所有细微变化，尽管是集中于追溯少女精神过程的蜿蜒转折，但小说是坚定地以现实主义及其经验为基础的。另一方面，小说的框架显然是虚构的。它是一个爱情故事，其悲剧性被设计以致于达到了戏剧性的高度。

无疑，这部小说是一个关于某个时期的情绪是如何将某种情感色彩和气氛强加于一部作品的非常有趣的例子。相反地，它也是我们可称为这个时期具有强烈浪漫的-戏剧性的思潮的一个证明。

在这些信件中，郭沫若也运用了充满悲伤的夸张风格，其中主人公个人的言语被不断地重复，其间更充满了大量的感叹句和疑问句。然而，这种风格显然更适合作为一个少女表达其焦躁不安的思绪的工具。自然，这些信是以主导其内在生活、描绘外部现实的独白形式呈现的，其中自然的景物或女孩所住地方的环境，都被加以了必要的限制。但即便是这样，它们与我们前面所描绘的郭沫若的自传体小说并无实质性的差别。

同样的悲剧框架中的相似情绪和布景似乎一样被用在了郭沫若的另外两个故事，即同时被收在《塔》[19]中的《叶罗提之墓》和《喀尔美萝姑娘》中。《塔》的前言是 1925 年写的。第一个故事是由几个简短的情节，实际上是由几个对话的片段组成的，从中我们可以了解叶罗提对他嫂嫂的爱。他爱她美丽的手，白如象牙，在她纤细的无名指上带着一个金色的顶针。叶罗提恳求她把顶针给他。渐渐地，他的嫂嫂表露出了自己对他的感情。这种感情不过是一种渴望，是两人间交换的几句话和爱抚，他们只拥抱过一次。然后是悲剧性的结局：叶罗提接到家里来的一封信，告诉他嫂嫂死了。叶罗提买了一瓶白兰地回来喝。第二天早上他被送进了诊治肺炎的医院里。因为没有进行尸体解剖，没人发现他是吞下了他嫂嫂的顶针而致死的。这里我们又一次有了一个简单自然的故事，可能也是一部在某些细节上具有自传性的作品。故事充满了精致的魅力，在结尾处达到了一个更高的悲剧层面。故事中有趣的是，郭沫若能用简明扼要的话来制造出某种情绪并营造出某种氛围的艺术。

第二个故事《喀尔美萝姑娘》有着与《叶罗提之墓》相似结构的情节，但其处理方式与《叶罗提之墓》有着本质的不同。这部相当长的小说是以书信的形式来展开的。值得注意的是，这种形式与日记，是最具主观性的手段，反复出现在郭沫若的文学作品中。写给朋友的信件，是主人公的心迹坦露，他之前是一名日本工科大学的中国学生。他与自己极度崇拜和敬重的妻子以及两个孩子生活在日本。他的妻子似乎是个中国人，至少其名字是个中国名字。故事的情节非常简单：妻子瑞华告诉主人公旁边一条小巷里有个可爱的卖喀尔美萝的姑娘。丈夫去拜访了那家店并疯狂地爱上了那位姑娘。他叫她"喀尔美萝姑娘"。故事再一次呈现的仅是心之向往，因为整个故事被限制在主人公买糖饼然后是几次偶然在公园里的会面上。姑娘利用自己的美貌来吸引男人到糖食店里玩滚木球赢糖做的洋娃娃，再然后是在她去治疗痨病的大学病院里。为了能见到她，他假装自己患了神经衰弱症。时间一长，他的病却弄假成真，使

---

19 此为原文注释第 60 条：《地下的笑声》第 131 页和 139 页。

他几乎无法做事。他最后一次见到喀尔美萝姑娘时她正在读一封信，显然是一封情书，并独自露出了十分惬意的微笑。男人希望结束他的迷恋，于是有一阵子没有走近她的家。等他再一次去寻她时却发现她已经搬了家。他被绝望攫住，明白自己是如何浪费了生命，如何辜负了所有的希望。在落日的幻觉中，他看见了喀尔美萝姑娘，看见了她美丽的睫毛，看见了她的头发，然后把自己投进了海里。他被救了。躺在医院的时候他向妻子坦白了事情的真相。他完成学业后返回上海。当他收到 S 夫人寄给他的信时他几乎已经忘记了自己对喀尔美萝姑娘的感情。S 夫人告诉他她在车站见到了喀尔美萝姑娘，正在一列去东京的火车上，身边有一个男人陪着，看起来她是成了某个有钱男人的外妾。主人公带着一瓶息安酸和一管手枪前往东京。他要去杀喀尔美萝姑娘或杀死他自己。就在这个地方，信戛然而止。

又一次一个关于色情狂的相当简单的故事被郭沫若赋予了悲剧的维度。据我们对那个时期中国文学特性的观察，故事中的这些特征是有趣的，它显示出与郁达夫小说尤其是他的《沉沦》之间的相似性。这里，自然主义学派作家的影响也是显而易见的，尤其是在对 S 夫人如何诱惑故事主人公以及整个故事的过度色情氛围的描写中。然而，郭沫若显然没有如此轻易地屈服于这些影响。对他而言，性的色情方面更多承担的是一种梦幻、向往和情感风暴的形式，而非粗鲁的心理事实。让人想起郁达夫作品的相似过程的是故事强烈的戏剧性，在主人公试图将自己淹死在海里时以及在最后主人公所作的悲剧性决定中达到高潮。显而易见，"创造社"成员们的作品是被相似的情感所充满并被相同的倾向所决定的。这些倾向的主要成分是生活的悲剧感。对他们而言，生活是激流，是扎进去之后便无法再回头的无底深渊。

几乎不值得我们去极其详细地关注郭沫若这些主题不太重要的故事，但其风格却值得我们关注。与郭沫若的其他相对简洁的爱情故事相比，在《喀尔美萝姑娘》中郭沫若打开了他激情雄辩之闸门，打开了他语言资源的财富之闸门，打开了他表达情感爆发的艺术之闸门，如此以致于这个故事成了一条让读者无法控制自己的真正的洪流。故事中，那些反映在或长或短的言语细节和倒装中，反映在强烈的情感的明喻等中的不断重复的华丽辞藻和痛苦，正如我们前面所描绘的那样，通过讲故事而被作者加以了时髦的巧妙探索，尽管其情节结构显然比较弱，但读者至少被其艺术的真实性所说服。这是郭沫若文体艺术的典范之作，尽管其完全不同于抒情叙事那宽泛平衡的风格。多亏了其活力，使郭沫若能创作出强有力的抒情作品，这种手法，如我们前面所示，也被其转而用在了他的自传体作品中。

在《喀尔美萝姑娘》这部小说中，我们也发现了其与中国旧文学之间的几处关联。另一方面，我们也发现了其与构成郁达夫的诗学作品的主题之间的某些相似性。我们发现，梦是郁达夫经常使用的手段。与此相似的是，在《喀尔美萝姑娘》中主人公与姑娘之间色情张力的高潮也没能在任何实际的色情经验中完成，而是在梦中，这与常常在旧文学尤其是旧式剧本中的情形是一样的。在旧文学中，梦有其存在的绝对理由，因为常常被封建家庭的阻碍和封建秩序分开的情人们只有在梦中才能满足他们的身体相结合的愿望。

除这些显而易见的浪漫主义小说外，郭沫若还创作了一系列短篇故事，这些故事绝大部分在不同程度上都是以其不同的经历为素材的，这些作品也显示出郭沫若的艺术创作与欧洲的自然主义、浪漫主义等之间的不同关联。如在《菩提树下》[20]中，我们可发现精致的画面，这些画面受对小动物的喜爱所启发，让人想到鲁迅先生的某些作品。故事讲述了主人公的妻子如何开始在日本养鸡，并如释重负他们的鸡将不会再得白米病了，因为全家三个月来已经不吃米饭，而是吃麦饭了。《三诗人之死》[21]也反映了相似的主题。故事是关于在日本养的三只兔子的故事。与郭沫若其他充满感伤和浪漫色彩的作品更相近的是一系列散见在各种文集中的故事。《芭蕉花》讲述的是郭沫若少年时代的经历，他所受的给他留下深深伤痕的委屈[22]。《卖书》回忆了郭沫若在从冈山的第六高等学校毕了业想要进医科大学时是如何将其最喜爱的中国诗人周庚信的《庚子山集》和陶渊明的《陶渊明全集》卖出去的[23]。在前面提及的小说中，《万引》蕴含的是对一位有着很高的道德品质的妻子的描写，通过牺牲其丈夫曾经送她的戒指，促使她的丈夫，一位日本作家因工作需要把他从书店书架上偷的书还回去。《阳春别》描绘了一位上海青年作家的贫穷，与此同时，故事也对中国知识分子的命运进行了讽刺。他们在国外学习的时间越长，就越难找到工作[24]。

在主题和人物方面，与这些以抒情或感伤为主的故事差别甚大的是《曼陀

20 此为原文注释第 61 条：《橄榄》第 154 页及其后。
21 此为原文注释第 62 条：《橄榄》第 161 页及其后。
22 此为原文注释第 63 条：《橄榄》第 174 页及其后。
23 此为原文注释第 64 条：《橄榄》第 204 页及其后。
24 此为原文注释第 65 条：《地下的笑声》第 96 页及其后。

罗华》。《曼陀罗华》被收录在短篇故事集《橄榄》中，是故事集中并不多见的故事，让人想到郁达夫那些具有自然主义色彩的小说[25]。它验证了"创造社"的作家们与相关的日本"私小说"（watakushi shosetsu, Ich-erzählung）作家一样，也强烈地受到了自然主义的影响。然而，"私小说"在日本有着相当特别的特征，正如引自片冈良一（Yoshikazu Kataoka）的"序言"中的段落那样这些特征是显而易见的。故事以第一人称来讲述，是关于作者的一个中国朋友和他的日本妻子的。他的朋友，一个失败的医学生，是个懦弱者，他的妻子可怕地折磨着他。她的无情和漫不经心造成了小儿子的死亡，而现在她却很高兴孩子的病和死将使她有借口可以从丈夫的父母那弄到一大笔钱。日本的自然主义为与孩子的葬礼相关的情景着上了色彩，其中孩子的母亲要求亲临尸体解剖现场，然后对孩子小小的尸体进行了激烈的描写等。

相似的自然主义的成分也出现在郭沫若未完成的故事《骑士》中。小说的"序言"署的是 1936 年，但故事本身据说是早在其六、七年前就写成的[26]。《骑士》显而易见也包含着自传的成分。故事的主人公马杰民，军委会政治部代主任，明显就是作者郭沫若本人，因为在小说中他是以作家的身份出现的，并随后提及了被他留在上海的日本妻子。令人遗憾的是，这个故事没有完成，要不然可以作为蒋介石的反革命叛乱后 1927 年武汉政府最后时期的一份有趣的文件。故事刻画了汉口势力范围内困惑与踌躇的最初迹象，描绘了最终投降反革命的预兆。同时，小说也向读者表明郭沫若对英雄生活的向往并非仅仅是个空洞的梦想，而是他为之生活的理想。当汉口城与外界的联系被切断，人人都担心反革命力量正在向城市逼近的时候，他却自告奋勇过江去打听消息并与著名的革命将领叶挺取得了联系。

郭沫若在《骑士》中所运用的主要表现手法是对话，全部的很长的段落几乎都是由对话组成的，剩下的小部分是描绘。它留给我们这样的印象，即，这个故事是郭沫若集中精力转向戏剧创作的一部过渡性作品。在这个故事中，郭沫若也第一次鲜明地表达了自己的政治立场，对胆小、优柔寡断、一出现危险就逃跑和背叛革命的投机分子等给予了尖锐的批评，并描绘了这些人是如何在士兵中谎报军情的，因为这样的军情使得士兵们起来反对他们的士官，使得人民起来反对他们的政府。从这个故事中我们可以看出郭沫若是如何逐渐克

25 此为原文注释第 66 条：《橄榄》第 210 页及其后。
26 此为原文注释第 67 条：《橄榄》第 401 页及其后。

服其主观性，从仅狭隘地表现自己的个人经历转变为一个革命者并作为一个战士参加南昌起义的。

我们在郁达夫的观点中可看到的那种发展，那种引导他仅从描写自己的个人经历转变为试图反映根本的社会问题的发展，同样在郭沫若身上也清晰可见，只是这种发展在郭沫若那儿表现得更加曲折。郭沫若从一个激进作家转变成了一个革命战士。

到目前为止我们关注了郭沫若这些主要以个人经历为写作基础的小说。我们注意到了郭沫若哀婉动人的词句及其对修辞的使用，我们注意到了其主观色彩，尤其是那种充满感情的、焦虑的、常通过一连串的感叹句加以表现出来的独白，我们也注意到了郭沫若的这部分作品中浓烈的浪漫主义的成分。

与此同时我们还注意到，郭沫若的小说与历史有着极近的渊源关系。正如米列娜在她的《郭沫若的自传体作品》一文中指出的，郭沫若的大部分自传体作品都意在为未来的史学家们提供史料。我们或许可以说，在他这些具主观性的、自传性的作品中，有着强烈的历史化倾向。

另一方面，我们从郭沫若的历史小说中又能看出极强烈的主观倾向。

郭沫若的文学创作是在个人经历与历史这两极之间的摆动，而不是完全依附于两者中的哪一个。在郭沫若的性格中，令人难以觉察地融合了具主观性的诗人气质和史学家气质。

从郭沫若文学创作的开始直到差不多抗日战争爆发，当郭沫若为了戏剧而几乎放弃了小说时，他创作了一系列既具强烈的主观自传色彩同时也含有历史故事的作品。在 1923 年至 1936 年间，郭沫若共创作了十个与历史题材相关的故事，其中有两个是讽刺性的戏仿之作。其余的故事中都各有一些著名的中国哲学或历史人物作其主人公：老子、庄子、孔子、孟子、秦始皇帝、项羽、司马迁和贾谊。这些作品收录在《地下的笑声》中以《入关》为总标题的文集中[27]。

---

27 此为原文注释第 68 条：这些故事被克莱布索娃译成捷文，以《柱下史入关》为题，于 1961 年在布拉格发表。这里，普实克的说法有误。因为在《地下的笑声》总标题下共收录有《金刚坡下》《月光下》《波》和《地下的笑声》4 个故事。而以《豕蹄》为总标题的文集中则共有《漆园吏游梁》《柱下史入关》《马克斯进文庙》《孔夫子吃饭》《孟夫子出妻》《秦始皇将死》《楚霸王自杀》《齐勇士比武》《司马迁发愤》和《贾长沙痛苦》10 个故事。因此，这里应改作"收录在以《豕蹄》为总标题的文集中。现收录在《郭沫若全集·文学编》第 10 卷中"。此外，普实克并没有切实指出他认为哪两个故事是讽刺性的戏仿。根据故事的内容，译者认为这两个故事应为《马克斯进文庙》和《齐勇士比武》。译者注。

　　这些历史故事大部分都有一个相同的结构。在故事中，出现了那些有着尖锐区别的两个层面，它们在感情色彩上不同，在渊源上也迥异，却与我们在郭沫若的具有浪漫主义色彩的小说中所发现的东西相似。在这些历史故事中，自传性的材料主要起着补充的作用，意在提升一个更宽泛的语境，正如在郭沫若的风格中，每个现实细节中都注入了作者的情感。

　　在历史故事中，故事的核心是主人公生活中的某个事件，作为其生活中的至高点或作为一个关键性的转折点被呈现出来。与其相关联的是一系列独白，其中主人公清查了他至那个点的生活，认为它是正确的或对其予以谴责，并对生活和社会给予综合判断。有时后者由其他人以旁观者的身份被表达出来。作者赞同他主人公的哲学思想或历史作用，他将自己的观点等同于主人公的观点并以一种积极的精神去对其进行阐释或解读。在与此相反的情形下，他扮演的是他笔下人物的良知，在独白中，意识到他观点和行为的错误本质，或者这样的批评是被其他人物或其他的旁观者-判断者传达出来的。而且，即便郭沫若是借某个人物之口将这样的评价表达出来，但也异常清楚地表明这些观点实际上就是他自己的，这里作者公开地站出来表达他自己的观点。故事实际上只是一种恰当的宣称他自己对人事之判断的媒介。

　　这里，郭沫若性格中的强烈的主观性再一次显得非常突出。他感觉自己是被迫坦率地用第一人称直接说出来，而且并不试图通过复杂的艺术过程以一种遮遮掩掩的形式来呈现他自己的观点或者引导读者以对事实的分析为基础来形成他自己的判断。正如我们前面所见，郭沫若的感觉和自信都太过强烈，它们不断地被冲到表面来，要求不加保留或不加思索地直接表达出来。

　　毫无疑问，这种直接的、自然的表达形式是郭沫若性格中革命因素的证明，他必须走上前去公开地表达他的观点，对整个世界进行挑战，他不能也不会将任何东西隐藏起来。郭沫若的历史故事不仅是文学艺术的有趣之作，而且首先是对中国的过去的批判性评价，是一种呼吁对中国的过去中那些积极的价值与消极的价值尤其是中国历史将如何从现在之需要的角度被估价进行深思熟虑的判断的评价[28]。郭沫若对道家法则中的"无为"和对"隐逸"的生活

28　此为原文注释第 69 条：贝尔塔·克莱布索娃（Berta Krebsová）非常恰当地在其研究《鲁迅的生平及著作》（1960 年）第 229 页概括了这种方法的特征："在郭沫若短小的历史故事中，他通过借历史人物之口来传达现代思想和态度，有效地达到了他的目的……。"

方式（the hermit's life）的宣传给予了强烈的谴责，对儒家所鼓吹的教条式的、形式化的虚伪和非人道主义进行了揭露，对旧式专制的罪恶本质和统治阶级的无限自私进行了展示，并同时饱含着爱与理解对中国文化中的伟大人物进行了描绘，如成了暴君之牺牲品的司马迁，或作了统治集团之牺牲品的贾谊。

　　这些故事创作于对过去之力量反对得最猛烈的时期，在故事中，郭沫若通过对保守派们所批判的中国过去的各种权威中的真实人物的展示创作出了伟大的革命作品。他自信地表明所有这些传统的价值观都是错误的，站在正义与真理一边的是那些对旧秩序予以反对的人。正如在其诗中郭沫若表达出了他那个时代的青年的情感与情绪，在这些故事中他表达出了新一代对所有传统价值观的批判。

　　尽管郭沫若的故事有着明显的现代的目标而且是从现在的视角去写的，而且尽管他毫不犹豫地借历史人物之口来表达自己的观点，但没有哪个故事仅是概要式的。所有故事都是对过去的描写，弥漫着特别的氛围。郭沫若在这些故事中是将自己以一个能多彩地、准确地刻画历史场面并对过去人物的特别心理进行重新建构的艺术家来呈现的。作为一种准则，他用巧妙的笔触对场景做了勾勒然后通过进入他舞台的人物之间的生动对话或主要人物的独白发展了他的思想。故事的背景通常建立在郭沫若非常熟悉的史事的基础上，如此他就能小心地保留历史的色彩。各种人物的话语中交织着源于历史作品的引文和片段。而且如我们所说，尽管如此，郭沫若仍然让历史人物倒出他自己的思想和观点，这样他就能制造出这些人物正在表达的他们自己的思想的效果，让我们感觉到好像是他笔下的主人公突然醒了并开始以与其之前不同的方式来思考，尽管还是以他们自己的精神还是在他们自己的心理限制范围之内。郭沫若没有对其人物强加逼迫，而仅是让他们通过更正确的观点和态度来以他们自己的方式行事。郭沫若在回答为什么要写历史剧这个问题时恰当地对这个过程加以了定义："我主要的并不是想写在某些时代有些什么人，而是想写这样的人在这样的时代应该有怎样合理的发展。"29

　　让我们至少从一个例子的一个方面来证明郭沫若的这个创作过程。《豕蹄》这本文集的第一个故事《柱下史入关》呈现了哲学家老子在西行返回函谷

---

29 可参见《献给现实的蟠桃——为〈虎符〉演出而写》，载彭放编，《郭沫若谈创作》，哈尔滨：黑龙江人民出版社，1982年版，第146页。原文作者普实克没有标明出处。译者注。

关时因精疲力尽在一棵白杨树下睡着的情景[30]。然后，在与关令尹交谈的时候，老子讲述了他的悲惨经历，意识到自己的《道德经》完全是一部伪善的经典。为了表明自己的高洁，他往沙漠西行，结果他的青牛因饥渴和疲累倒下了，老子也只能靠割青牛的一条腿的大脉管并吸食青牛的血而救自己的命。在做完这件可怕的事情后，老子意识到青牛是多么的无私以致于献出了自己的生命，而自己又是多么的自私自利。现在他回归人间秩序来为自己的过错谦卑地赎罪。

故事的背景只有寥寥数句，但老子的言语却非常激动，他对自己过错和自私自利的痛苦自责让人即刻想到前面分析的郭沫若那些自传体作品中的独白。他的话语中充满了感叹词、感叹句和重复的短语，以致于这种风格也向读者证明郭沫若是将他自己等同于他笔下的人物，并以自己的方式来表达的。在文体上，这些故事也表现出强烈的主观色彩。

这些故事的主干是轻巧尖锐的对话或富含情感的独白这个事实使得这些故事明显地连贯而统一，在主人公对社会的控诉或自责的高潮中充满了一种简单的情感。那些没有意义的细节被减少到最小，所有的关注点都集中在表现最后的判决。这样做使得郭沫若能创作出一部完美统一充满戏剧张力而其立论并无错误影响的小说。

如果把这些故事与郭沫若的其他充满强烈的主观主义色彩的作品相联系的话，那么另一个共有的特征就是其浪漫主义的色彩。突然的醒悟、思想发展过程中意想不到的变化，这些属于其大部分故事的主要内容，都是其笔下人物浪漫而非现实的品质。但我们在这些故事中可找到许多其他的浪漫主义的成分。一个本质上浪漫的人物是郭沫若笔下的庄子。迷失在其幻想中的庄子，既感觉不到饿也感觉不到冷，而且还像一个浪漫的梦游者，一次又一次地证明其与人性的邪恶面接触时的天真无邪。像一个浪漫主义者一样，他向往人世的温暖，向往逃离人世的邪恶。故事也是以一个纯粹浪漫的动作结尾的：庄子，在确信他之前的朋友惠施的卑鄙后，飘然走出大门并将手中拿着的那个髑髅向青天掷去，大声喊道："哎，人的滋味就是这么样！人的滋味就是这么样。"[31]更令人惊讶的是关于楚霸王项羽之结局的故事《楚霸王自杀》中的浪漫成分。

30 此为原文注释第 70 条：《地下的笑声》，第 3 页及其后。
31 此为原文注释第 71 条：《地下的笑声》第 20 页。该故事实为《漆园吏游梁》，收录在《豕蹄》中。译者注。

继《史记》之后，郭沫若在故事中描写了项羽这位著名英雄，这位汉朝建立者之对手的结局[32]。在司马迁的叙述中，其模式已具相当的浪漫色彩，但郭沫若的故事将其表现得更加浪漫。故事的叙述者和判官是一位撑着一艘小船而来的读书人，他在船上看到了楚霸王项羽的最后一战。借他的口，郭沫若对将人民从秦始皇的暴政之下解放出来之后却违背自己的使命也变成了一位暴君的主人公项羽给予了谴责。但故事的最后，这位读书人却因项羽试图救他受伤的手下和忠诚的马尤其是他最后刎了喉并将自己的首级交给从前的老朋友吕马童的哀婉动人的姿态而被其英雄行为和大度感动了。

另一个浪漫的人物是诗人贾谊，他死于被世人所遗弃和遗忘并眼见自己毕生的努力以失败而告终。故事的高潮是一个梦，梦中另一位也是受到人性之邪恶迫害的诗人屈原来到贾谊身边，说服他不能因虚弱和那些如同蚊虻的人而陷于绝望之中。贾谊死时认识到屈原维系着中国人的正义感，他击败了死亡，是永远也不会死的[33]。

这些故事中的浪漫成分也出现在描写中。比如，郭沫若描写了项羽最后一战的背景，覆盖着白雪的长江两岸[34]。鼓着血样的江水的滔滔荡荡的长江在他听来似乎是一种祈祷，似乎是在对长江两岸的白雪说："你们的胜利只是片时的，你们不久便要被阳光征服，通同溶化到我这里来。你们尽管挟着污秽一道流来罢！我是能容纳你们的。你们趁早取消了你们那矜骄的意气，只图巩固着自己的位置的意气，快来同我一道唱着生命的颂歌。"[35]

这里我们一样发现了对大自然的拟人化的运用以及对自然现象充满感情的浪漫的顿呼，正如我们在前面他的那些自传体作品中所注意到的相似的段落一样。但在后者中那些仅仅是抒情的、或多或少只是起装饰作用的成分在这里却起着重要的结构性的作用。江水的祈祷蕴含着贯穿整个故事的全部思想：那些无视人民的人将会像这白雪一样溶化在太阳下。人民是一条河，其伟大的力量源自汇入其中的所有支流。

郭沫若的浪漫主义和历史倾向可能在其《Löbenicht 的塔》中表现得最为

---

32 此为原文注释第 72 条：《地下的笑声》第 51 页。

33 此为原文注释第 73 条：《贾长沙痛苦》，载《地下的笑声》第 78 页。

34 此为原文注释第 74 条：在《史记》中，作者参照了位于安徽北部的吴河。吴河是淮河的一条小支流。可参见沙瓦那译《史记》第 2 卷第 319 页注释 1。郭沫若也是先谈到了吴河，但此时的吴河已经是长江的支流。

35 此为原文注释第 75 条：《地下的笑声》第 51 页。

强烈，这个故事收录在《塔》[36]中。小说讲述了哲学家康德的浪漫故事以及他的邻居由于崇拜康德的学问和豪侠行为如何将遮蔽康德窗前视线的白杨树砍掉使康德能看到 Löbenicht 的塔并成功完成他的《第二批判书》的故事。

显然，引发了郭沫若的大部分历史故事的浪漫主义情绪也在中国引起了相似的倾向。只有在中国，这种历史故事不仅是对过去的回忆和赞颂，而且也像那个时代的所有文学作品一样，是服务现在的。因而，它有着从现在的视角去对过去进行评判的特点，并最终参照过去的例子而非对过去的实际的回忆来对现在的视角进行了证明和巩固。因而，一个纯粹的历史故事被转变为一种讽刺，一幅具象征意义的图画，并最终转变为一种个人评判的表达。

我们在郭沫若那里还发现了一个纯粹的、讽刺性的、批判性的故事《马克斯进文庙》[37]。从结构上看，它与郭沫若的其他故事相似，但在这种情况下，它自然不是以史事为基础的。马克斯，在四个优雅的中国青年的陪同下逛上海的文庙。故事的核心在于发生在孔子和马克斯这两位思想家之间的讨论，讨论中他们比较了彼此的统系，试图寻求两者间相同和相异的方面。他们发现马克斯的共产主义社会理想与孔子的"大同"理想是相回应的，正如在《礼记》一书的《礼运》一章所描绘的一样。然后他们确定两位哲学家思想的前提条件也是一样的。马克斯非常高兴地发现在两千年前遥远的东方竟然就已经有了一位和他的观点和人类社会理想相同的同志。他非常惊讶一些人竟然宣称他的思想与孔子的教义是相反的，是不符合中国的精神的，由此不能把它们在中国付诸实践。孔子只得长叹道："他们哪里能够实现你的思想！连我在这儿都已经吃了二千多年的冷猪头肉了！"在一番批判性的、玩笑式的说笑后，马克斯离开了文庙。

这个创作于 1925 年的故事也非常清楚地表明了郭沫若是如何越来越多地受到马克思思想的影响，因为在故事中他已经恰当地区分了共产主义未来的、乌托邦式的梦想与科学社会主义的学说之间的不同。实际上，思想家康有为是在《礼运》一章以及儒家经典的几个思想的基础上建构他未来的共产主义社会的图画的。只不过康有为是一个纯粹的理想主义者，而且其政治主张表明他是保守的君主立宪制的支持者，其观点与孙中山所持的革命民主的观点是相反

---

36 此为原文注释第 76 条：《地下的笑声》第 102 页及其后。

37 此为原文注释第 77 条：《地下的笑声》第 21 页。此处我们不讨论第二个故事《齐勇士比武》（第 89 页及其后）。因为这个故事只是一个短小的关于两个英雄勇敢决斗直至互相毁灭的逸闻趣事。

的。显然，这种对待理想的不一致的态度在郭沫若让马克斯对未来的乌托邦式的幻想予以谴责时是记在他头脑中的。另一方面，这个故事也是一个关于郭沫若是如何试图将马克思-列宁主义的思想与中国人民的先进传统相结合的有指导性的典范之作。这里，他使用的是他在其戏剧作品中有效运用的方法，其中他对旧中国的各种杰出人物进行了新的阐释，对其先进思想予以了强调。同时，这个故事表明了郭沫若的小说创作与其研究之间的联系。这里，年轻的作家显然表明了孔子的教义中那些现实主义的、进步的、唯物主义的观点。我们知道他在《孔墨的批评》这个故事中转向了这个观点。这个故事于 1945 年首次收录在《十批判书》中被发表出来[38]。

由此，我们完成了对郭沫若创作于 1937 年抗日战争爆发前的小说的审视。将郭沫若的小说与郁达夫的作品进行比较可显示出几个共同的特征，这可能是"创造社"成员们早期情绪的特征。最突出的特征是强烈的主观色彩。在郁达夫和郭沫若的小说中我们都可以发现对作家情感经历的相似的高度主观化的摹写。这些摹写在本质上极富感性和戏剧性，如表现在对恰当语言成分的大量使用上。郭沫若的风格偶尔仍然比郁达夫的更强烈更富激情。这令人说服地体现在两位作者对情感表达的主要手段即感叹句和反问句的大量使用上。在差不多同样长度的故事中，郁达夫的《十一月初三》[39]共用了 27 个感叹句和 21 个反问句，而在郭沫若的《歧路》中则可见感叹句 46 个，反问句 31 个，差不多是郁达夫的故事《十一月初三》的两倍。

另一方面，我们指出了郭沫若的情感爆发首先是对自身生活现实的反映，而非仅仅是对情绪或个人经历中那些不重要的、琐碎的虚假之事的渲染。而这对郁达夫来说也是常见的。

我们发现两个作家显而易见都受到了浪漫主义思想的影响，这在郭沫若作品中表现得更为突出——他感伤的风格、他故事中浪漫主义的成分、他浪漫悲剧中自传性主题的转变以及许多浪漫的陈词滥调如神秘的成分、没有完整保留的文本这样的借口等等。

两位作家的作品都弥漫着强烈的悲剧感，这是那个时代文学所具有的普

---

38 此为原文注释第 78 条：《十批判书》"后记"，北京，1954 年，第 359 页。

39 普实克在文中第 138 页将郁达夫的《十一月初三》译成了 December the Third（《十二月初三》），但在该书第 148 页对书中所涉及的作品与人名的中文汇集中，普实克又正确地将其译为《十一月初三》。译者注。

遍情绪。只是这种悲剧感在郁达夫的故事中更多地表现为郁闷的个人悲剧，而在郭沫若的作品中则表现为主人公对伟大生活的勇敢追求，即便是面临牺牲个人生命时也绝不畏缩。更重要的是，郭沫若的作品表现出主人公对平淡、平庸存在的藐视，而正是这种感情促使郭沫若成为了一个积极参与革命斗争的战士。浪漫主义的影响在郭沫若的作品中被反映在其对历史主题的选择以及他个人对历史的浓厚兴趣上。郭沫若在历史故事尤其是在历史剧中找到了一种可以将其所有目标和目的融合在一起的恰当方式，即，通过唤起进步思想和过去之力量，同时通过拒绝封建主义的被动性和奴性的传统，为中国人民在其斗争中找到恰当方向做出贡献。然后是直接通过借其笔下人物之口并最终利用其对中国历史的渊博知识来表达其判断和结论的需要。另一方面，郁达夫则奋力将其经验转变成一个个充满细微心理洞察的故事，这有时能以精湛的方式表达出他那个时代的不幸状态并至少在某些情形下创作出具有强烈主观色彩的现实作品，然而，它们是照亮时代所有复杂社会问题的唯一的光。在这些故事中，郭沫若使现代小说的方法达到了最为成熟的状态，其创作过程让人想到鲁迅的创作过程。他的作品具有普遍的有效性，成为了表达感情和社会现象这个宽泛范畴的象征。

两个作家的作品都表明了与旧式文人作品间的紧密联系，尤其是他们对某些文学类型的特别喜爱，有时也表现为他们对主题的选择上，有时则表现为风格的某些相似上。

两个作家，尤其是在他们的自传体作品中，还表现出受自然主义影响的痕迹，这很可能与当时占主导地位的日本私小说所具有的那种强烈的自然主义色彩有关。

此外，我们注意到郭沫若战前的这些短篇小说的许多特征也体现在他的诗歌、自传体作品、学术研究成果以及戏剧作品中。

原书所附中文索引

（21）淡淡的血痕中

（22）鲁迅全集

（23）动摇

（24）曾朴，孽海花

（25）金天翮

（26）阿英

（27）屠维嶽（岳）

（28）十一月初三

（29）达夫全集

（30）寒灰集

（31）一个人在途上

（32）过去

（33）达夫代表作

（34）春风沉醉的晚上

（35）丑

（36）沉沦

（37）鸡肋集

（38）零余者

（39）达夫散文集

（40）还乡记

（41）后记

（42）茫茫夜

（43）红茅沟

（44）龙儿

（45）立秋之夜

（46）薄奠

（47）一件小事

（48）于质夫

（49）采石矶

（50）黄仲则

（51）老残游记二集

（52）他说

（53）脸上就立时起了一种……表情

（54）有时候

（55）烟影

（56）丁玲，莎菲女士日记

（57）集

（58）虎丘

（59）袁宏道

（60）袁中郎全集

（61）欧阳修，秋声赋

（62）苏轼

（63）赤壁赋

（64）浮生六记

（65）沈复

（66）记

（67）笔记

（68）给一位文学青年的公开状

（69）幼年时代

（70）橄榄

（71）歧路

（72）炼狱

（73）十字架

（74）行路难

（75）地下的笑声

（76）爱牟

（77）惠山

（78）万引

（79）松野

（80）范蠡

（81）西施

（82）洪师武

（83）叶罗提之墓

（84）喀尔美萝姑娘

（85）塔

（86）菩提树下

（87）三诗人之死

（88）芭蕉花

（89）卖书

（90）阳春别

（91）曼陀罗华

（92）骑士

（93）马杰民

（94）军委会政治部代主人（任）

（95）叶挺

（96）柱下史入关

（97）惠施

（98）楚霸王自杀

（99）贾长沙痛哭

（100）吴

（101）马克斯进文庙

（102）大同

（103）礼运

（104）孔墨的批判

（105）十批判书

（106）齐勇士比武

原文注释 (Notes)

1. The Kung-an school at the turn of the 16th and 17th centuries, named after the town of Kung-an hsien (1), proclaimed that a work of art should only "give oulet to the author's disposition, his spirit, and not keep to any rules or ornaments" (2). Compare Chou Tso-jen, <u>Chung-kuo hsin wen-hsüeh-ti yüan-liu</u> (3). Pei-p'ing, 1934, p.44 et seq.

2. <u>Wen I-to ch'üan-chi</u> (12). Shanghai, 1949, Vol.III. <u>Shih yü p'i-p'ing</u> (13), p.185, <u>Nü-shen chih shih-tai ching-shen</u> (14).

3. O. Král. <u>Mao Tun's Quest for New Scientific Realism</u>. Acta Universe. Carolinae, 1960—Philogica Suppl., p.98.

4. L. Doležel. <u>O stylu moderní čínské prózy</u> (*On the Style of Modern Chinese Prose*). Praha, 1960, p.151.

5. Under semi-indirect speech we understand what in French is called 'styl indirect libre'. In German, 'Verschleierte Rede' or 'erlebte Rede'. It is a form of speech which is on the borderline between narration and the spoken utterances of the characters. Grammatically it is conform with narrative passages, its connexion with direct speech is indicated by stylistic and semantic elements.

6. See J. Galik. <u>Mao Tunove poviedky</u> (*Mao Tun's Tales*). Type-script thesis, p.14.

7. <u>Mao Tun tuan-pien hsiao-shuo chi</u> (20). Shanghai, K'ai-ming shu-tien, 1949, Vol.1, p.159; Vol.2, p.3, p.36.

8. Lu Hsün ch'üan-chi (22). Jen-min wen-hsüeh ch'u-pan-she, Peking, 1956, p.208.

9. This Preface was published in the revised edition of the novel, Nieh-hai-hua, of 1927. In it, Tseng P'u explained that he obtained the subject of the novel and a sketch of the first 4-5 chapters from his friend, Chin T'ien-ke (25), but stressed the difference between his conception and the original plan of his friend: "Only Mr. Chin's original manuscript devoted too much attention to the principal hero and described only (the life of) a celebrated courtesan and only lightly sketched in several events connected with this... My aim was quite different, I wanted to make (the life story) of the principal hero the thread (connecting up the plot) of the whole book and introduce into it, in an exhaustive way, the whole history of the past thirty years (and in such a way) that I would avoid (the description) of external events and concentrate on the small details and less well known happenings, in order thus to illuminate the background of great events and give greater breadth to the whole conception of the work..." See Ah Ying (26). Preface to Nieh-hai-hua. Peking, Pao-wen-t'ang shu-tien, 1955, p.2.

10. Ta-fu ch'üan chi (26), Vol.1, Han-hui-chi (30). Shanghai, Ch'uang-tsao ch'u-pan-pu, 1927.

11. Ta-fu ch'üan chi, the end.

12. Henri van Boven. Histoire de la Littérature Chinoise Moderne. Peiping, 1946, p.75.

13. Ta-fu tai-piao-tso (33). Hsien-tai shu-chü, 1933, p.235 et seq.

14. A. Vlčková. Pokus o zhodnotenie Yü Ta-fuóvej tvorby a náčrt jeho vyvoja so zvláštnym zretelom k autorovu dielu do roku, 1930 (Attempt at an Evaluation of Yü Ta-fu's Work and a Sketch of His Development, with Special Reference to the Author's Work up to 1930). Typescript thesis.

15. Ta-fu ch'üan chi, Vol.2, Chi le chi (37). Ch'uang-tsao ch'u-pan-pu, 1927, beginning.

16. Ta-fu san-wen chi (39). Shanghai, Pei-hsin shu-chü, undated, p.125.

17. Ta-fu tai-piao-tso (33), p.65.

18. Hou-chi (41), id. p.109.

19. Ta-fu ch'üan chi, Han-hui-chi (30), first tale.

20. Ta-fu san-wen chi (39), p.49.

21. Ta-fu tai-piao-tso (33), p.175 et seq.

22. Lu Hsün ch'üan-chi (22), p.43 et seq.

23. Ta-fu tai-piao-tso (33), p.29 et seq.

24. Ta-fu tai-piao-tso (33), p.147 et seq.

25. Op. cit., p.7.

26. Lao Ts'an yu-chi erh chi (51). Shanghai, Liang-yu kung szu, 1946. Translated into English, not completely, by Lin Yutang, under the title A Nun of Taishan, in the book, Widow, Nun and Courtesan. New York, 1951, p.111, et seq. Complete Czech translation in Putování Starého Chromce. Praha, 1960. *(The Travels of Lao Ts'an.)*

27. Op. cit., p.157.

28. Ta-fu tai-piao-tso (33), p.215.

29. Op. cit., pp.218-219.

30. The Autobiography of Mark Rutherford was the work of the writer, William Hale White (1831-1913), and was published in 1881. Its continuation was Mark Rutherford Delivered, 1885.

31. O. Král. Pa Chin's Novel, "The Family". Studien zur modernen, chinesischen Literatur. Berlin, 1964, p.97 et seq.

32. M. Boušková. The Stories of Ping Hsin Studien, p.113 et seq.

33. Ting Ling. So-fei nü-shih jih-chi (56). Hsien-tai Chung-kuo hsiao-shuo hsüan. Shanghai, Ya-hsi-ya shu-chü, 1929, Vol.1, p.1.

34. Subjectivism and Individualism in Modern Chinese Literature. ArOr 25 (1957), p.261 et seq., especially p.266.

35. Edited by the Kokusai Bunka Shinkokai. Tokyo, 1939, p.XIII et seq.

36. Op. cit., p.XI.

37. I pointed out in my article, Subjectivism, p.263, how highly Chinese youth valued this book and saw in it a direct reflection of their own feelings.

38. Vítězslav Nezval. Z mého života *(From My Life)*. Praha, 1959.

39. Evidence of the propaganda of this feudal morality is to be found in the greater part of the tales written by the literati for the people, with the one aim of spreading this morality.

40. See Hirth. *Das Formgesetz der epischen, dramatischen und Lyrischen Dichtung*, 1923, p.194: "...die lyrische Situation ist eine Schau, ein Bild, aber die Sachlage ist nicht anders zu umschreiben, denn lebendige Verhältnisse können nur geschaut und in Bildern dargestellt werden."

41. A typical example was the description of a festival on Tiger Hill, Hu-ch'iu (58), by Yuan Hung-tao (59) (1568-1610), see Yüan Chung-lang ch'üan-chi (60). Shanghai, K'ai-ming shu-tien, 1935, Yüan Chung-lang yu-chi, p.1. There the description of the festival was all at once linked up with a relation about personal problems and considerations.

42. See G. Margouliès. Le Kou-wen Chinois. Paris, 1926, p.259 et seq.

43. Op. cit., p.292 et seq.

44. Shanghai, Hsin-wen-hua shu-she, undated. For a full survey, see Šest historií prchavého života (*Six Tales of a Fleeting Life*), translated into Czech by J. Průšek. Praha, 1956.

45. Ta-fu tai-piao-tso (33), p.301 et seq.

46. M. Doleželová-Velingerová. Kuo Mo-jo's Autobiographical Works, Studien, p.45 et seq.

47. Shanghai, Kuang-hua shu-chü, 1933.

48. Shanghai, Hsien-tai shu-chü, 1933.

49. These comprise the sketches: Chih-lu (71), "Beginning of the Journey", Kan-lan, p.1 et seq., Lien-yü (72), "Purgatory", Kan-lan, p.21, and Shih-tzǔ-chia (73), "The Cross", Kan-lan, p.38.

50. The sketch, Hsing lu nan (74), "Hardships on the Journey", Kan-lan, p.61, et seq. All these sketches contained in Kan-lan were reprinted in the book, Ti hsia-ti hsiao sheng (75), "Laughter Underground". Shanghai, 1951.

51. Kan-lan, p.17.

52. Kan-lan, p.25.

53. Kan-lan, pp.29-30.

54. <u>Kan-lan</u>, p.19.

55. <u>Kan-lan</u>, p.122 et seq.

56. <u>Kan-lan</u>, p.128.

57. <u>Ti-hsia-ti hsiao-sheng</u>, p.116 et seq.

58. <u>Kan-lan</u>, p.35.

59. <u>Ti-hsia-ti hsiao-sheng</u>, p.299 et seq.

60. <u>Ti-hsia-ti hsiao-sheng</u>, pp.131 and 139.

61. <u>Kan-lan</u>, p.154 et seq.

62. <u>Kan-lan</u>, p.161 et seq.

63. <u>Kan-lan</u>, p.174 et seq.

64. <u>Kan-lan</u>, p.204 et seq.

65. <u>Ti-hsia-ti hsiao-sheng</u>, p.96 et seq.

66. <u>Kan-lan</u>, p.210 et seq.

67. <u>Ti-hsia-ti hsiao-sheng</u>, p.401 et seq.

68. These tales were translated by B. Krebsová into Czech and published under the title, "<u>Návrat Starého mistral</u>" (*The Return of the Old Master*). Praha, 1961.

69. This was the method which B. Krebsová very aptly characterized in her study, <u>Lu Hsün and His Collection-Old Tales Re-told</u>. <u>ArOr</u>, 1960 (28), p.229: "In the historical short story (or novel), the author can effect his purpose...by making an [should be 'a'] historical figure the mouthpiece of modern thoughts and attitudes (a psychological anachronism)..."

70. <u>Ti-hsia-ti hsiao-sheng</u>, p.3 et seq.

71. <u>Ti-hsia-ti hsiao-sheng</u>, p.20.

72. <u>Ti-hsia-ti hsiao-sheng</u>, p.51.

73. <u>Chia Ch'ang-sha t'ung k'u</u> (99). <u>Ti-hsia-ti hsiao-sheng</u>, p.78.

74. In <u>Shih-chi</u>, there was a reference to the River Wu (100), a small tributary of the Huai, in northern An-huei. See Chavannes. <u>Les mémoires historiques</u>, II, p.319. Note 1. Kuo Mo-jo also spoke first of the River Wu, but then of the Yang-tzŭ, Ch'ang Chiang.

75. <u>Ti-hsia-ti hsiao-sheng</u>, p.51.

76. <u>Ti-hsia-ti hsiao-sheng</u>, p.102 et seq.

77. <u>Ti-hsia-ti hsiao-sheng</u>, p.21. We do not discuss here the second tale, <u>Ch'i yung-shih pi wu</u> (106). <u>Ti-hsia-ti hsiao-sheng</u>, p.89 et seq., for it was only a short anecdote about how two heroes vied in bravery till they annihilated themselves.

78. See <u>Shih p'i-p'an shu</u>. Peking, 1954, Epilogue, p.359.

附录一　讣文——雅罗斯拉夫·普实克（1906-1980）[1]

［法］谢和耐（Jacques Gernet）

雅罗斯拉夫·普实克，欧洲伟大的汉学家之一，于 1980 年 3 月 14 日逝世。他于 1906 年 9 月 14 日出生在捷克，在布拉格查理大学求学。22 岁毕业后，他在瑞典哥德堡的高本汉（Bernard Karlgren）、德国哈廷根的古斯塔夫·哈隆（Gustav Haloun）、德国莱比锡的海尼士（Erich Hänisch）等汉学家的汉学理论基础上形成了自己的经典汉学理论。普实克在中国和日本用五年的时间完成了他的汉学研究，这是他一生科学研究的决定性成果。中国古代史是当时在欧洲最受欢迎的研究领域之一。他被中国古代史吸引，试图了解中国和日本这两个远东国家当时的实际情况。雅罗斯拉夫·普实克一直致力于中国古代的文学研究，并且把文学和当时的社会背景与政治背景相联系。他和北京文学界的联系被一些传播新思想的用白话文创作的文学作品所影响。在了解到一些真实的历史故事、中国政治局面和日本对华入侵事件之后，他相信所有的文学作品都是有生命的，并且和它们所处的时代紧密相关。

普实克是研究中国话本小说的先锋，话本小说研究也是他最大的成就之所在。话本小说第一次在书面文学与口头文学、古典文学与现代文学之间搭建起了桥梁。二十世纪的中国，受西方国家新思想的冲击，话本小说成了中国传统文学的一种延续。

在伯克利大学教书一年后，普实克回到了布拉格。在那里，他亲眼目睹了

1　原文载《通报》第 66 卷（1980），（Jacques Gernet. Jaroslav Průšek (1906-1980). *T'oung Pao*, Vol. LXVI, 1980, pp.4-5. 陆芳译，杨玉英校改。

他的祖国被纳粹侵略的过程。当时所有的学术机构都关门了。普实克组织了多堂汉学课程。在他翻译完鲁迅的《呐喊》之后，译本得以在国家沦陷前问世。鲁迅本人也很喜欢他的译本。1937 年，《呐喊》的捷译本在布拉格出版。这些白话文文学作品被收录在《东方档案》（*Archiv Orientální*）中。他的译著《论语》于 1940 年出版——那是关于孔子及其思想的作品。同年，一本关于中国历史的书出版了。该书涉及一直到南宋末期的历史，也是一部关于中国的纪念册[2]。1944 年，出版了他翻译的沈复的《浮生六记》捷译本。

那个时代的所有译著都是捷文本。普实克希望他的祖国了解中国，并成功地把中国文学介绍到了他的祖国。在他看来，向全世界证明中国文学的地位是一件非常重要的事情。他认为中国文学值得全世界人民的关注和喜爱，尤其值得学术圈外的大众关注。传播中国文学对他而言是一项重要的任务，尽管对于一个学者来说，纡尊降贵去传播文化不免有些为难。传播这件事可以让更合适的人去做。

战争结束，解放时期到来了。对普实克来说，这是最幸福、最活跃也是最美好的时代。在这个时期，他为捷克斯洛伐克创立并发展了东方研究所。东方研究所成了欧洲最著名的东方文化研究中心之一。当时的条件十分有利，1949年捷克和中国建交，两国的交流愈发频繁。由于中、捷建交，五十年代东方研究所的中国图书馆也得以创建。然而，既没有必胜的决心也很难利用当时的条件。普实克把他大部分的时间和精力都投入到中国研究中。1945 年，他被任命为查理大学的教授。1952 年，捷克斯洛伐克科学院成立，东方研究所并入科学院。普实克离开查理大学远东系，被任命为捷克斯洛伐克科学院东方研究所所长——他在这个位置上坐了将近 20 年。之后他成了捷克斯洛伐克的学术权威之一。

然而，他在外国大学里的行政和教学事宜并没有阻止他的脚步。他仍然在布拉格制定规范，发展学术科研团队，继续钻研科研著作。他出版了大量的译著，包括《老残游记》《聊斋志异》和茅盾的《子夜》以及一系列学术价值很高的文献和专著作品。文集于 1953 年在捷克出版，两年后被翻译为德文《解放区的中国文学及其民间传统》（*Die Literatur des befreiten China und ihre Volkstraditionen*）。这本书是 1942-1950 年间所有中国文学作品的评论集，其中

---

2 应为普实克先生翻译的《中国古代史》（Il medioeve cinese: società e costume）一书。译者注。

第 736 页的研究主题也是普实克的科研成果《文类的定义及其起源》（Celui de la définition des genres littéraires et de leurs origines）。普实克最后的作品是对德国汉学家傅海波（Herbert Franke）［应为傅吾康，Wolfgang Franke，译者注］的《中国手册》（China Handbuch）一书中关于中国文学的文章的研究，以及对《东方学大辞典》（Dictionary of Oriental Literature）的第一卷编撰，该书于 1978 年在东京出版。

普实克的大部分作品都是与中国文学相关的，但我们同样不能忘记他对中国古代史做出的贡献。在《公元前 11-公元前 4 世纪的狄族与华夏民族》（The Ti Clans and the Chinese States in the 11th-4th Centuries B. C.）一书中，他研究了中国商朝到古代史结束时期非华夏民族向中国北方的迁移。普实克还学习了考古的新思潮，对远东草原地区骑术的出现提出了实质性的问题。这部包罗万象的著作名为《公元前 1400-300 年间中国的小部族及北方的蛮荒民族》（Chinese Statelets and the Northern Barbarians in Period 1400-300 B.C. [1971]）。他对孙子兵法同样感兴趣，他关于孙子兵法的两篇文章和翻译可以证明这一点。普实克的部分作品于 1970 年被收录在布拉格出版的《中国历史与文学》（Chinese History and Literature）一书中。

普实克代表着自然的力量，他不但是一位学者，还是一位教学天赋很高的教授，一位文化的推动者，一位学术团队的管理者。他的能量似乎永远不会枯竭。他做了如此多的事情，花费了毕生的心血，他献给祖国一个汉学研究中心，一个欧洲最好的研究中心，一个全世界最著名的中国文学研究中心。在他弥留之际，普实克看到他用四分之一世纪建成的心血毁之一旦，应该感到无比痛心。"布拉格之春"（le printemps de Prague）结束后，随之迎来黑暗的年代。在那些年代，普实克组织的学术团队解散了，汉学研究也被迫停滞了。对普实克而言，那些年代令他心碎不已，是他悲愤的源头。汉学研究的停滞无疑缩短了他的寿命。

然而，布拉格学派的创始人普实克先生播下的种子不会消亡，而会在某个时节破土而出，捷克斯洛伐克的汉学研究会重新绽放光芒。

谨以此文向普实克先生致以崇高的敬意！

谢和耐

附录二　写在"马立安·高利克的文艺批评家和理论家茅盾研究"的页边[1]

[捷克斯洛伐克] 雅罗斯拉夫·普实克

　　在为这位年轻的学者，这位中国文学最活跃的倡导者的作品写上几句话之前，我应该强调的事实是，马立安·高利克（Marián Gálik）是一位斯洛伐克人。有趣的是，在布拉格东方研究所组成的这个系统研究中国现代文学小组里，包括波兰、德国以及其他国家的学者，有两位斯洛伐克的汉学家，马立安·高利克和安娜·弗尔高娃-德丽扎洛娃（Anna Vlčková-Doležalová）。他们两位都在布拉迪斯拉发最近成立的捷克斯洛伐克科学院东方研究所工作，而且从一开始他俩就占据了重要的位置。我并不认为这仅仅只是机会的缘故。斯洛伐克文学，像斯洛伐克文化的其他所有形式一样，在捷克斯洛伐克的新生活中至少与它的盟友捷克一样处于平等的位置。有时，它似乎渴望了解和创造一些新的东西，一些在斯洛伐克比在捷克斯洛伐克更西部的地区要更加强烈的东西。因此，当斯洛伐克的学生开始研究中国的时候，一点也不奇怪，他们选择了最热门的话题——其他领域也一样，只不过在文学方面更加突出而已，这是他们的同胞们的习惯性特征。马立安·高利克选择了中国现代文学中最伟大的人物茅盾，而他的同事安娜·弗尔高娃-德丽扎洛娃则选择了毫无疑问称得上最有趣的人物之一——郁达夫。

1　"In the Margin of Marián Gálik's Study of Mao Tun as a Literary Critic and Theoretical Writer" In Marián Gálik. *Mao Tun and Modern Chinese Literary Criticism*. Wiesbaden: Franz Steiner Verlag, 1969, pp.XI-V.

当时还是布拉格"东方研究讲座"的学生的马立安·高利克开始对茅盾作品的诠释发生兴趣，写了一篇论茅盾短篇小说的研讨会论文。在他长期呆在中国期间[2]他收集了大量阐明茅盾生活和作品的各个方面的资料，为他即将发表的那些文章提供了更加完整的参考文献，并对茅盾曾经使用过的众多笔名进行了考证。由于有关茅盾的文学作品正被另一个德国同事，莱比锡的弗里茨·格鲁纳（Fritz Gruner）用来做详细的研究，他已经为他的博士论文准备了两卷了，因而马立安·高利克便专注于茅盾的文学和理论作品，其深入透彻的研究结果便是现在的这本专著。

我认为，今天我们只能对高利克先生当初的选择进行祝贺。尽管茅盾的文学作品并没有被进行完整的阐释（这里，我们可以希望，当格鲁纳博士的书出版后，我们可以从中看到一个更加具体和平衡的展现），但高利克为我们展现了一个我们甚至都不敢猜想的未知世界。在阅读这本书时，我们必须得时时问自己，是否茅盾终究作为一个批评家不比其作为一个富有创见的作家更伟大，是否他对文学理论的贡献并不是最重要的。同时，所有论述中国新文学的发生和发展的一系列问题以及关于阐释和欣赏的难题，出现在我们的脑海里。

这些问题中最引人注目的是，是否我们对于中国新文学的产生的观点太过简单和粗糙。我认为我们对于现代之初的中国文学的印象就好像是与世界文学的海洋分离开来的一个蓄水池，它被那个海洋中的涓涓细流慢慢地哺育着，同时也通过一堵无法渗透的墙被它干扰着。根据茅盾二十四岁前所熟知的欧洲文学来判断，尤其是根据他带入自己的阅读之中的那些成熟的批评观点来判断，显然，这个年轻的、有才华的中国知识分子对世界思想和文学作品比与他同时代的那些欧洲人有着更为广泛的认知。甚至在"五四"运动之前，茅盾就已经能够对萧伯纳、尼采、彼得·克鲁泡特金（Peter Kropotkin）、伯特兰·罗素（Bertrand Russell）、列夫·托尔斯泰以及其他作家的作品提供成熟的批判性的评价了。让我们记住，中国的知识分子会将他从欧洲源泉中获得的知识和思想与他自己文化中的那些雄伟壮观的遗产相比较，这些遗产包括佛教哲学中那些微妙复杂的活的传统。是在他们可以从中获得的这些思想的不同种类和不同广度中我发现了中国现代作家和文化工人的第一代中这种卓越力量的源泉和思想的独创性，一种在随后的几代中普遍消失了的品质。

---

2 马立安·高利克于1958-1960年间在北京大学学习，师从吴组缃先生研究茅盾。译者注。

还有一个特征是，在讨论中国需要的新文学时，当许多作家对语言方面进行强调时，在胡适对创造一种新的文学语言的必要性和其他的次要点进行强调时，茅盾却首先在其中看到了对现代思想的介绍（可参见书稿第 64 页）。这是唯一正确的观点：只有使用新的方法对世界进行新的阐释，作家们才能创作出现代文学作品来。

茅盾在评价欧洲文学的根本趋势时的断言尤其可在他 1920 年 9 月对古典主义、浪漫主义、现实主义等的研究中显而易见地看出来。他以其非凡的洞察力观察到，浪漫主义不能是革命的，因为它并不关注伟大的人格。在我看来，茅盾对于对现实主义和现实主义作家的描写是特别深刻的。我觉得这位二十四岁的中国批评家比最近几十年来我们的几代批评家走得更远。茅盾没有接受现在人为强调的自然主义和现实主义之间的分歧。对他而言，主要的现实主义作家是左拉和莫泊桑，福楼拜是现实主义作家们的前辈，而巴尔扎克仍然是一个浪漫主义作家。在这个理论中确实有许多方面值得加以讨论，例如最后一个。但有一点是相当肯定的，那就是在巴尔扎克的作品中有深刻的浪漫主义的特征。而且，对于茅盾对现实主义的发展的刻画有许多可说——当然，比将自然主义与现实主义人为地分割开来要说的东西更多。

同时，茅盾也正确地看到了现实主义的新特征是科学和民主。在其作品的一开始，作为批评家的茅盾就为文学理论建立了一个合理的研究方法，没有被一些时髦的口号的奉承所扭曲。创造性文学中自我意识的重要性问题，这个前一时期讨论的主要论题之一，毫无疑问被茅盾精确地找了出来，并在其对浪漫主义作家的态度上加以了强调。尽管他本人是现实主义的信奉者，但他并没有在其中看到一个神奇的治疗方法和解决创造性文学的问题的唯一之道。他以其非凡的洞察力相信，与世界文学的发展水平相一致的新浪漫主义将是那个时期的趋势。这里必须加以特别说明的是，当茅盾越深信马克思主义，他似乎就变得愈加保守。后来，他谴责后现实主义的先锋派文学是"传统社会将衰落时所发生的一种病象。"[3]（可参见书稿第 93 页）

---

3 可参见沈雁冰原文《论无产阶级艺术》："譬如未来派意象派表现派等等，都是旧社会——传统社会内所生的最新派；他们有极新的形式，也有鲜明的破坏旧制度的思想，当然是容易被认作无产阶级作家所应留的遗产了。但是我们要认明这些新派根本上只是传统社会将衰落时所发生的一种病象，不配视作健全的结晶，因而亦不能作为无产阶级艺术上的遗产。如果无产阶级作家误以此等新派为可宝贵的遗产，那便是误入歧途了。"译者注。

茅盾这些早期的观点或许有助于解释那个时代文学的一些特征，诸如鲁迅作品的某些不能以现实主义去加以常规阐释的方面。欧洲学者认为，中国总是在太晚的时候才开始去了解欧洲文学，打个形象的比方即是，他们的火车，总是在欧洲的火车离开了车站一个年代之后才姗姗到达。比如"五四"运动时期，甚至在其最后阶段，中国作家都没有搞清楚那个时期欧洲先锋派作家的问题，但是却对十九世纪的现实主义及其他思潮的问题搞得很清楚。高利克认为，这种假设必须加以重新思考，而且我们认为可能影响了中国文学的那些欧洲思潮和流派的假设也必须加以拓宽。中国作家没有总是对他们能够接触到的欧洲文学加以充分的利用这一事实，并不在于他们的疏忽而是由于中国文学发展于其中的特殊的社会和政治条件所致。是这个原因迫使作家将他们的注意力仅仅局限在生活的某些方面，而这，自然就影响了他们对文学方法的选择。

另一方面，当茅盾对学习现实主义的文学方法的必要性加以强调时（这里，他没有对现实主义和自然主义加以区分），他必然是正确阐释了那个时期中国文学的需要的，也即是，科学的观察和准确的描写。准确地观察和描写其所见所闻是对每一位从事文学工作的人的基本训练。作家们的不足之处正在于他们缺乏这种训练，这在新、旧文学中都一样，其结果便是作品缺乏那些基本的东西，淡而无趣。茅盾没有只警告作家们要当心缺乏对其主题的了解和描绘的不准确所带来的危险，他也一样看到了对所看到和意识到的东西并将它们转化成综合的文学作品太感兴趣但却无能为力所存在的危险。这是中国作家的第二个主要不足之处，一种仅仅只作照相式处理的倾向。茅盾非常恰当地指出："如果惟实际材料是竞，而并不能从那里得一点新发见，那么，这些实际材料不过成为报章上未披露的新闻而已。"[4]（书稿第 103 页）

我并不认为其他的中国批评家指出过，不仅是中国作家而且是所有的艺术所具有的这个根本的不足之处，这个与生俱来的浅薄（dilettante）的本质。中国的纯文学和艺术，比如中国的绘画，是浅薄文人的专利。大部分的通俗文学作品也是他们的杰作，这些作品主要是面向大众的。宋朝和元朝出现专业的

---

4 可参见方璧《欢迎<太阳>》原文："所以我以为一个文艺者的题材之有无，倒不定在实际材料的有无，而在他有否从那些实际材料内得到了新发见，新启示。如果惟实际材料是竞，而并不能从那里得一点新发见，那么，这些实际材料不过成为报章上未披露的新闻而已，不能转化为文艺作品。"文章最初于 1928 年 1 月 8 日发表在《文学周报》第 5 卷第 23 期。署名方璧。译者注。

艺术家这种趋势受到了明朝文学道统的新发展的挤压，也使小说特别是戏剧受到了影响。我认为这种浅薄文艺是两次世界大战期间文学作品的主要特征，到今天甚至被提高到了一种文化政策的基本原则的状态。大众将会创造他们自己的艺术，而不需要专业的艺术家。茅盾在这方面正确地看到，没有专业的技巧，就没有真正的艺术。这种专业的技巧在大众艺术中是特别需要的。

茅盾不仅仅是一个伟大的文学批评家，他还是一个老师，教我们如何组织一部文学作品，如何创作一部文学作品。

马立安·高利克的书不仅表明了茅盾的作品在阐明中国文学与欧洲文学之间的关系上有多重要，他还证明了茅盾的作品为鉴赏欧洲文学中的各种潮流提供了有价值的建议，因为欧洲人对这位杰出的中国批评家对待他们的文学的态度是很感兴趣的。然而，在阐明中国旧文学方面茅盾的作品也具有非凡的价值。我们可以从茅盾有洞察力的观察中看出他对这种文学中出现的问题思考得究竟有多深刻（书稿第27页），尽管这些作品总是只表现了一个人的感觉。旧时的作家是"主观型的，仅只属于他自己，属于一个阶级。"[5] 同样中肯的是"对旧时的作家来说，研究文学问题就已经足够了，他可以即刻就开始写作"[6] 这个观点。我也一样觉得，在中国旧小说中很难找到一个比茅盾用"记述（registration）"来代替"描写"更好的限制词了，特别是当他拒绝他所嘲笑的"记账式的叙述"（an accountant's budgeting）的时候。中国旧时的作家，不是进行综合的描写，而是常常简单地罗列那些包含在其所观察到的现象中的细节，使这种"记述"充当了主题的艺术拼图。这种认为中国旧文学最大的不足在于其描写的艺术不够发达的观点一次又一次地出现在茅盾的作品中。他也责备这种文学，把这种文学看成仅仅是供娱乐而已。

在我看来，除马立安·高利克对文学史所做的有价值的贡献外，他的这本专著还具有非同寻常的局部的重要性。在今天的中国，这种认为文学以及所有

5　可参见高利克原文："The old writer was a subjective type of the author, he belonged only to himself, to one sole class." In Marián Gálik. *Mao Tun and Modern Chinese Literary Criticism*. Op. cit., p.27 和本书译者杨玉英译，《茅盾与中国现代文学批评》，新北：台湾花木兰文化出版社，2014年版，第36页。译者注。

6　可参见高利克原文："For the old writer it was sufficient to study literary questions and he could start to write straight away. The new man of letters, in Mao Tun's view, has to study ethics, psychology (social psychology) and sociology." In Marián Gálik. *Mao Tun and Modern Chinese Literary Criticism*. Op. cit., p.27 和本书译者杨玉英译，《茅盾与中国现代文学批评》，新北：台湾花木兰文化出版社，2014年版，第36页。译者注。

的艺术仅仅是宣传的唯一工具的观点四处流行，纯粹美学的所有因素被排除在所有的艺术类别中。基本的类型成了仅为某种政治格言进行宣传和证明的例外之作。创作者的内在视觉或他所见的周围世界的真实生活的描写被废除，甚至现实主义的原则也遭到否认。来自文学的任何对话都消失了，我们只能听到一面之词，听到宣扬极端激进的观点的声音，所有的反对之声都沉默下来。茅盾的同时也是马立安·高利克的观点将这些问题挖掘出来，并在该书中将其呈现在公众面前，在某种程度上有助于取代那些在中国现时的论战中沉默的伙伴。两次大战期间，例如在 1923 年，文学要么是革命的工具，要么毫无价值的观点被提了出来。再如，戏剧被创作出来，恰让人想到今天展现在舞台上的大规模场景，成了政治口号的独唱会。与此相反，茅盾指出，"仅仅用群众大会时煽动的热情的口吻来做小说是不行的。"[7]（书稿第 103 页）我认为那些在马克思主义的理论中去坚决地挖掘的、阅读广泛的中国批评家仍然应该清楚地拒绝这些原始的倾向，即便在今天也是有意义的。

我认为马立安·高利克的这本专著在运用作者在中国期间所获得的最广泛的资料方面具有特别的重要性。同时，他也有机会与研究对象茅盾本人讨论许多问题。事实上，这是将这些有价值的资料融在一起的最后一次机会。这在今天成了不可能的事情了，我们甚至不清楚它是否有没有完全地消失。因而，马立安·高利克是在挽救这些属于现代历史的最重要的当代研究资料，因为这些资料使属于世界文化遗产的中国新文化的诞生显得更加清楚。茅盾的作品表明了这个文化有多大的价值，而这本身又促使我们去对其进行更加密切的关注和研究。目前，这个文化还仅只能在欧洲进行研究。也正是这样，我看到了马立安·高利克这本著作的重要意义。

雅罗斯拉夫·普实克

7　可参见沈雁冰原文《读〈倪焕之〉》："作家们应该觉悟到一点点耳食来的社会科学常识是不够的，也应该觉悟到仅仅用群众大会时煽动的热情的口吻来做小说是不行的。准备献身于新文艺的人须先准备好一个有组织力，判断力，能够观察分析的头脑，而不是仅仅准备好一个被动的传声的喇叭，……。"译者注。

附录三　雅罗斯拉夫·普实克：
学生眼中的神话与现实[1]

[斯洛伐克] 马立安·高利克

　　我不记得捷克著名汉学家雅罗斯拉夫·普实克 1980 年 4 月 7 日去世那天的天气了。那天晚上我的同事捷克著名藏学家高马士博士（Josef Kolmaš）打电话告诉我："老先生去世了。"他不用告诉我这个"老先生"是谁，我们都清楚，由于他的病，这一天不可避免是会到来的。

　　但我能确切地记住 1980 年 4 月 14 日普实克先生葬礼那一天。仪式于下午两点钟开始。那天天气非常好，是真正的春天的天气，街上都是享受阳光和悦人气氛的年轻人。我把书本放在一边，把我正在写的关于鲁迅 1903-1908 年间的文章以及他的短篇小说集《呐喊》的一篇文章放在一边。该文后于 1985 年发表在《亚非研究》第 21 期上，并收录在 1986 年出版的《中西文学关系的里程碑，1898-1979》（*Milestones in Sino-Western Literary Confrontation, 1898-1979*）中。普实克的去世对我是个沉重的打击，与我母亲的去世带给我的打击不相上下。他和我母亲都是因为脑溢血而死，而且由于我在母亲去世前不得不照顾她，恩师的离去对我来说产生的影响是相同的。在他葬礼举行之前几小时，我拿起《庄子》读了几页华兹生（Burton Watson）英译的《大宗师》（*The*

1　该文是高利克先生于 1991 年 9 月 14 日为恩师普实克先生诞辰 85 周年纪念日而作。后收录在由毕格、冯曼德和马君兰编辑的《直通赛里斯国和通古斯国——稽穆 1995 年 5 月 25 日 65 岁寿辰祝寿文集》中，于 2000 年由奥托·哈拉索维茨出版社出版。可参见：*Ad Seres et Tungusos: Festschrift für Martin Gimm zu seinem 65. Geburtstag, am 25. Mai 1995. Herausgegeben von Luts Bieg, Erling von Mende und Martina Siebert. Wiesbaden: Harrassowitz Verlag, 2000, pp.147-156.* 译者注。

Great and Venerable Teacher）：

"且夫得者，时也；失者，顺也。安时而处顺，哀乐不能人也。此古之所
谓县解也。而不能自解者，物有结之。且夫物不胜天久矣。"

普实克非常好生。从哲学和伦理的角度看，作为一个汉学家，他更喜欢儒
家哲学。普实克的人生观很难定义，并且在其一生中其人生观总在变化。当他
年轻的时候，他喜欢"道家浪漫的、最初的梦想"[2]。第二次世界大战期间，
在见证了纳粹德国同波西米亚和摩拉维亚残忍的、极权主义的统治后普实克
的人生观发生了改变。他确信，基于暴力的政治，会如公元前207年中国秦朝
那样崩溃瓦解。作为一个杰出的学者、翻译家和老师，普实克也是一个充满直
觉和希望的人。他是他那个时代之子，在1945年5月的日子里，（我被告知）
他是接管东方研究所的钥匙并向他的国家和世界打开这个机构的人。那时的
他相信胜利的日子即将到来，相信东方研究的新时代在捷克斯洛伐克、在整个
东欧和从纳粹的危险和束缚中解放出来的苏联已经开始。他确信，苏联是有着
进一步发展的可能性之自由欧洲和亚洲国家的一个共同体。对他而言，1938年
的慕尼黑协定和第二次世界大战造成的欧洲与东方之间的沟壑，已经于 1945
年 5 月 9 日随着布拉格起义和第二次世界大战在欧洲的结束而结束。在布拉
格也是一样，战争已经因苏联及其无敌的红军所率领的斯拉夫国家"胜利的、
坚不可摧的战线"[3]而结束了。普实克当然是犯了一个致命的错误。捷克绝大
部分知识分子所持的都是这样的观点。在战后的最初几年里普实克对自己的
用词和态度做了深刻的谴责。在东欧国家中，"解放"（liberation）一词后来的
意思源自普实克"大觉"（great awakening）时期的内心痛苦[4]。

可能有必要对普实克的个人简历说几句。他于 1906 年 9 月 14 日出生在
布拉格。他先是在查理大学学习欧洲历史，后来转而跟着哥德堡大学的高本汉
（Bernard Karlgren），然后是莱比锡大学的古斯塔夫·哈隆（Gustav Haloun）
和海尼士（Erich Hänisch）研习汉学。在莱比锡大学的汉学研习结束后，普实
克试图到中国并成功地获得了托马斯·贝塔（Thomas Bata）先生提供的奖学
金。因对马克斯·韦伯（Max Weber）和维尔纳·桑巴特（Werner Sombart）的

2　雅罗斯拉夫·普实克，《论中国文学与文化》（*On Chinese Literature and Culture*），
布拉格：1947 年版，第 5 页。

3　雅罗斯拉夫·普实克，《论中国文学与文化》，前面所引书，第 14 页。

4　"Great awakening" (*da jue*) (*Zhuangzi*, 47)，可参见《庄子·齐物论》："且有大觉而
后知此其大梦也。"译者注。

教义着迷，这位著名的捷克实业家需要在中国的大市场上卖他的鞋，而普实克则想到北京去研究中国社会学史。1931-1936 年间，因在中国和日本都有遇见一些著名的中国和日本学者和文人如郑振铎、马廉、郭沫若、冰心、沈从文、长泽规矩也（Nagasawa Kikuya）、盐谷温（Shionoya On）等的缘故，于是普实克把他原本计划研究的社会学史放在一边开始研究起中世纪的通俗文学和中国现代文学来。在其 1937 年 1 月返回捷克斯洛伐克之前，普实克花了一个学期的时间到伯克利加州大学攻读中世纪的中国通俗文学课程。对西方汉学来说，这是一个全新的研究领域。在被纳粹占领前再一次回到他的祖国后，普实克为他的赞助者写了一本普通话教材（书中有很多是关于买卖的），并被迫到大学图书馆去挣钱。他同时也和汉学爱好者一起阅读一些关于中国文学和哲学的教材。

在普实克回到捷克斯洛伐克之后不久，他的鲁迅《呐喊》选译本很快就于 1937 年在布拉格出版。鲁迅为该译本写了简短的"序言"，用优美的字词称文艺是人类间沟通的最平正的道路[5]。之后他继续翻译了《论语》（1940 年，布拉格）和茅盾的《子夜》（1950 年，1958 年，布拉格），并于 1940 年出版了他的旅行见闻《中国　我的姐妹》（*My Sister China*）。遗憾的是，这本可作为一种很棒的文献和时代之见证的书从未被翻译成任何一种世界语言[6]。作为一个学者，他大部分的关注主要是放在了中世纪的通俗文学上，由此他现在被认为是这个研究领域在西方的奠基者。普实克的这些研究成果先是发表在《东方档案》上，后来被收录进文集《中国历史与文学》（*Chinese History and Literature*）中，于 1970 年重新出版。是这些研究成果使得他成了一个著名的世界汉学家。

20 世纪 40 年代后半叶和 50 年代，普实克在国内外都很出名。他崇敬的绝大部分知识，都不是巧妙的天才的知识。尽管他自己很有才华，尤其是在文学、历史和哲学方面，但他常常用捷克语说："Učenost souvist se slovem učiti se a uměti."（Erudition is related to the words: to learn and to know. 即："学识"是与"学"和"识"这两个字相关的。）普实克教授送给我一本 1959 年出版

5　原文文内注：见《鲁迅全集》第 6 卷，第 527 页。也可参见《鲁迅序跋集》（上册），第 9 页："自然，人类最好是彼此不隔膜，相关心。然而最平正的道路，却只有用文艺来沟通，可惜走这条路的人又少得很。"译者注。

6　继此 24 年后，该书的中译本于 2005 年出版。具体出版信息为：［捷克］雅罗斯拉夫·普实克著，丛林等译，《中国 我的姐妹》，北京：外语教学与研究出版社，2005年版。译者注。

的他研究"中国新文学"的单行本，该书上他写着我刚引用的这句话。50 年
代后半叶普实克开始更加深入地研究中国现代文学。如果我们对这个很可能
使他比其研究中国中世纪和晚清的通俗文学成果更出名的贡献加以考虑的
话，那么这个说法也会是正确的，那就是，他呈现在其读者眼前的或在不同
的文献中所传递的以及在不同的课程中所讲授的东西，比如说在美国，至少
有部分是他在布拉格和东欧的学生们大都在其硕士论文中就已经准备好了
的。但是，正确的是，普实克通过其发表在欧洲和美国的刊物上的那些文章，
并通过其为最终于 1964 年在柏林出版而实际上在 1959-1960 年间已经为出
版社准备好的《<中国现代文学研究>引言》（Introduction to *Studies in Modern
Chinese Literature*），改变了中国现代文学研究这个领域的总体汉学研究气
候。为了对其学生公平起见，我不得不指出，在其谈到鲁迅时，有的观点源
自他的第二任妻子克莱布索娃（Berta Krebsová），还有莫斯科的斯曼洛夫（V.
Semanov）和列宁格勒的彼得洛夫（V. Petrov）。当他谈到茅盾时，他借鉴过
柏林的格鲁纳（F. Gruner）的著作。而且，当普实克于 1967 年到美国后他让
我把我所有已出版和未出版的著作全部寄给了他，其中包括我快要完成后于
1969 年出版的那本《茅盾与中国现代文学批评》（*Mao Dun and Modern Chinese
Literary Criticism*）。在普实克阐述郁达夫的时候，他肯定使用了安娜·弗尔
高娃-德丽扎洛娃（Anna Doležalová-Vlčková）准备的二手材料。同样，还有
米列娜·多勒热洛娃-维林格洛娃（Milena Doleželová-Velingerová）的郭沫若
研究成果，丹娜·卡尔瓦多娃（Danna Kalvodová）的丁玲研究成果，史罗甫
（Zbigniew Słupski）的老舍研究成果，奥德瑞凯·克劳（王和达）（Oldřich
Král）的巴金研究成果，以及马歇拉·波斯科娃（Marcela Boušková）的冰心
研究成果等。他比我们年长，很有创造力，因早期研究并受俄国的形式主义
和捷克的结构主义的某些因素影响，他或多或少会受到粗俗的马克思主义的
影响（文学研究领域最好的专家，比如，他在查理大学的同事穆卡洛夫斯基
[J. Mukařovský] 或菲利克斯·沃吉赤卡 [Felix Vodička]）。我们都是技工，
而他是总管，是领头人。

普实克的《中国现代文学中的主观主义和个人主义》（Subjectivism and
Individualism in Modern Chinese Literature），或许是他被引用得最多的关于中
国现代文学研究的文章，是于 1956 年在巴黎举行的第九届初级汉学家会议上

宣读的。这意味着他在欧洲和美国的成功之旅的开始。迈克尔·格茨（Michael
Gotz）在《中国现代文学研究在西方的发展》（The Development of Modern
Chinese Literature Studies in the West）一文中将雅罗斯拉夫·普实克刻画为"被
广泛地认为是该领域真正的开拓者并将继续成为一个彻底的具有挑战性的学
者。"[7]作为一个"彻底的具有挑战性的学者"，普实克写了一篇长文来评论夏
志清（C. T. Hsia）的专著《中国现代小说史》（A History of Modern Chinese
Fiction），该文和夏志清的回复意味着对中国现代文学最深刻的讨论的开始和
结束[8]。我个人认为如果普实克能克制住自己不制造如此精确的"科学的"批
评或者能够更"节制"更"中庸"地表达他自己的观点的话，他或许会做得更
好些。"中庸"是普实克极力赞美的美德[9]。

　　像这样的事情是如何发生的呢？1960 年左右是普实克第二次也是最后一
次（第一次是 40 年代末 50 年代初）对国内国际的社会问题和政治问题充满极
度的热情。那个时候他认为，殖民主义的结束和新的社会主义社会的建立是人
类的两大希望[10]。有可能接受第一个，但是命运的作弄迫使他后来认识到第二
个希望是一种危险的信仰。在普实克—夏志清的这场决战中并无所谓的胜利
和失败。但有必要指出的是，普实克的中国现代文学研究比他其他的研究做得
要好。所有现代中国的学生都被推荐花更多的时间去关注普实克的其他著作。
但是，这场讨论对中国现代文学史来说是有其意义的。普实克和夏志清不同的
甚至相对的洞察使得学生们对文学问题进行了更深的反思。但这里也是普实
克神话和误读的开始。从好的或者不好的方面来看，普实克的观点都激怒了很
多人。只有那些通过普实克的其他著作对其有很好的了解的人才有可能对他

7　迈克尔·格茨（Michael Gotz），《中国现代文学研究在西方的发展》，载《现代中
　　国》第 2 卷第 3 期，第 397-416 页。

8　雅罗斯拉夫·普实克，《论中国现代文学史的根本问题：评夏志清〈中国现代小说
　　史〉》（Basic Problems on the History of Modern Chinese Literature: A Review of C. T.
　　Hsia. A History of Modern Chinese Fiction），载《通报》（T'oung Pao）第 49 卷，1962
　　年，第 357-404 页。夏志清，《论对中国现代文学的"科学"研究：答普实克教授》
　　（On the "Scientific" Study of Modern Chinese Literature—A Reply to Professor
　　Průšek），载《通报》第 50 期，1963 年，第 428-474 页。

9　雅罗斯拉夫·普实克，《新旧中国之歌》（Songs of Old and New China），布拉格，
　　1957 年版。

10　雅罗斯拉夫·普实克，《论文学领域中东方学的任务》（O některých úkolech
　　orientalistiky v oblasti literatury），载《世界文学》第 3 期，1962 年，第 152-157
　　页。

作出恰当的评价。1987 年，由李燕乔等翻译的李欧梵选编的普实克研究文集
《抒情与诗史：现代中国文学论集》由湖南文艺出版社出版[11]。夏志清对这场
辩论的贡献没有收录进这个中译本中。至少在我看来是因为夏志清的观点与
中国的文艺政策非常不兼容的缘故。然而，参照或者不参照夏志清的回复，只
读普实克的这篇文章，则意味着会对普实克产生误解。为公平起见，有必要说，
普实克和夏志清在学术上一直保持着友好的对话并偶尔会碰碰面。1963 年 8
月 5 日，夏志清教授写信告诉我：

> 普实克教授几个月前在纽约，……尽管他就我的那本书写了一
> 篇不太友好的书评，但他最具个人魅力，他对中国文学的了解给人
> 留下的印象也是最深的。

1990 年 10 月 8 日，我收到了这位美国朋友的另一封信：

> 今天，在我的讲座中我们讨论了普实克和我的那场辩论，并且
> 我的绝大部分学生都对普实克发起了攻击！我不得不站出来为他辩
> 护。

在我看来，如果学生们知道学术著作的辩论双方是完全平等的话，这种辩
护或许是不必要的。

就我所知，普实克在提出问题以及引发深层的思考时可能是他状态最好
的时候。例如，普实克提出的"主观主义的"（subjective）和"个人主义的"
（individual）就促成了许多研究成果甚至专著的出现。在此，我想到的有李欧
梵（Leo Ou-fan）的文章《孤独的旅行者：中国现代文学中的自我意象》（The
Solitary Traveler: Images of Self in Modern Chinese Literature），收录在 1985 年
纽约出版的由黑格尔（R. E. Hegel）和赫斯尼（R. C. Hessney）编辑的《中国
文学中自我的表达》（*Expressions of Self in Chinese Literature*）一书中；李欧梵
的著作《中国现代作家的浪漫一代》（*The Romantic Generation of Modern Chinese
Writers*）中的《情感之旅》（The Journey of Sentiment）一章，该书于 1973 年
由坎布里奇出版社出版；康·普赖斯（Don Price）的文章《作为自传的日记：
现代中国两例》（Diary as Autobiography: Two Modern Chinese Cases），收录在

---

11 高利克先生的回忆有误，把普实克在中国出版的两本译著弄混淆了。普实克著，
李燕乔等译著作书名应为《普实克中国现代文学论集》，于 1987 年由长沙湖南
文艺出版社出版。而《抒情与史诗：现代中国文学论集》则由普实克著，李欧梵
编，郭建玲译，于 2010 年由上海三联书店出版。译者注。

1989 年由拉美博（C. Ramelb）编辑夏威夷出版社出版的《传记：东方与西方》
（*Biography: East and West*）中；顾彬（Wolfgang Kubin）的文章《20 世纪中
国小说中的传统与现代思想》（Tradition and Modernism in the 20ᵗʰ Century
Chinese Novel），收录在其 1984 年波鸿出版的《猎虎：六论中国现代文学》
（*Die Jagd nach dem Tiger. 6 Versuche zur modernen chinesischen Literatur*）一书
中；英戈·谢弗（Ingo Schäfer）的文章《评五四时期文学中的个性与主体性问
题》（Remarks on the Question of Individuality and Subjectivity in the Literature of
the May Fourth Period），收录在 1990 年由我编辑布拉迪斯拉发出版的《中国
1919 年五四运动的文学内部和文学间的各个方面》（*Interliterary and
Intraliterary Aspects of the May Fourth Movement 1919 in China*）一书中；甚至
还有 1979 年普林斯顿出版的珍妮特·沃克（Janet A. Walker）的《明治时期的
日本小说及个人主义的理想》（*The Japanese Novel of the Meiji Period and Ideal
of Individualism*）一书。在珍妮特·沃克这本此类成果中最优秀的著作中，作
者这样写道：

> 由于新的学术研究是以前期学者的成果为基础的，我要特别感
> 激雅罗斯拉夫·普实克。是他对东西方文学关系这个领域的伟大学
> 识和极度热情激励我去研究现代日本小说中个人主义的理想。[12]

再来举一个例子。普实克显而易见的反现代性的态度以及他对中国现代
文学中的现实主义倾向的强调，至少部分激发了他在美国最优秀的学生李欧
梵对中国现代诗歌和小说中的现代主义倾向那卓有成效的研究。而且，他找到
了自己的追随者。没错，普实克的态度在 20 世纪 60 年代前后在这个方面确实
发生了改变，而且他承认了现代主义的倾向对中国现代文学可能产生的影响。
但是，他并没有提供恰当的证据来支撑这个观点。波德莱尔（Charles Pierre
Baudelaire）或洛特雷阿蒙（Comte de Lautréamont）对鲁迅的《野草》产生的
影响听起来并不十分令人信服[13]。

作为一个将中国文学和哲学著作译成捷文的译者，普实克是能够鉴别字
词及其语义和审美价值的。这可能是从他的老师特别是高本汉那学来的。除了

---

12 珍妮特·沃克，《明治时期的日本小说及个人主义的理想》，普林斯顿：普林斯顿
　大学出版社，1979 年版，第 XII 页。
13 雅罗斯拉夫·普实克编，《中国现代文学研究》（*Studies in Modern Chinese
　Literature*），柏林，1964 年版，第 27 页。

前面提及的三种著作外，普实克还为他的捷克读者提供了一本包括 12 篇故事的文集《来自中国集市的传奇故事》（*Extraordinary Stories from the Chinese Markets and Bazaars*）（1947，1954，1964）。他翻译了沈复的《浮生六记》，该译本于 1944 年在布拉格出版，并于 1956 年再版。他还翻译了刘鹗的《老残游记》（1947，1960）、《孙子兵法》（1949），选译了蒲松龄的《聊斋志异》中三分之一的故事（1955）。尤其是这其中的第一本和最后一本，是他多年勤勉研究和深度热爱的结果。

有一次我听到普实克说，对文学和汉学来说，翻译应该先于每一部严肃的著作。他终身都在坚持这个原则。如果不这样，那他著作的价值就会减弱，就像他那本于 1955 年在布拉格出版的《解放区的中国文学及其民间传统》（*Die Literatur des befreiten China und ihre Volkstraditionen*）。

普实克的儒家倾向可以在他对待教学的态度中看出来。作为一名教师，他花了很多时间和精力来阅读那些尤其是他的研究生们交给他的论文或文章。他不喜欢那些年轻的多产的作家，并强调了出版的第一本东西的重要性。他常常告诫他的学生："如果你的第一个研究做得不好，那么以后就没有人会读你写的东西了。"我的第一篇英文文章《茅盾笔名考》（Mao Tun's Names and Pseudonyms）于 1963 年发表在《东方档案》上的时候，刚好 30 岁。文章是普实克帮忙发表的，或许当时他的头脑中想到了孔夫子的那句"三十而立"。普实克的第一篇学术文章《慈禧皇后》（The Empress Dowager Tz'u Hsi）及随后的四篇文章被收录进百科全书《历史的创造者》（*Makers of History*）中，于 1936 年在布拉格出版，那时他也是 30 岁。

从 1953 年开始，作为捷克斯洛伐克科学院东方研究所的所长和后来国际科学院联盟的永久代表，有一段时间他是科学院人文科学和哲学国际理事会行政部门的成员和副主席，以及语言与现代文学世界联盟的副主席等。普实克的这些责任和义务，妨碍了他把很多时间花在他的研究生们身上。但我非常幸运，我在布拉格查理大学上学期间的 10 个学期里，一共听了他 6 个学期的课。他最忠实的朋友，做了多年捷克斯洛伐克科学院东方研究所副所长的奥古斯汀·帕拉特（白利德，Augustin Palát）教授写道：

> 尽管因为公共事务的这些束缚，但他总是找出时间来在大学里或定期的工作会议上为东方研究所的同事们做讲座，为那些因为他而来到布拉格的外国研究生们上课，他也能找到时间来做大量的研

究工作。在这些研究中，他对别人提出越来越多的要求，但首先是
对他自己提出要求。这让那些希望写出普实克的各个特点的每一个
人都左右为难——该怎样在其关系中展示出他性格的两极性而不会
把他的总体形象减少到一个过于简单的概貌呢？一方面，是作为老
师和学者-研究者的他那不屈不挠的热情，而另一方面，则是作为一
个组织者的他那广泛的活动。[14]

　　当然，要在一篇短小的文章框架内展示出普实克的复杂人格是不可能的。
我的目的之一在于通过我自己的眼睛、我的观察和体验展示出他人之为人的
一个侧面。

　　普实克的"大觉"在 1963 年变成了一个事实。那时，萨特和加缪及其存
在主义的哲学开始在捷克斯洛伐克知识界普遍流行。浮士德式的压力，那是普
实克的另一个信仰，开始受到质疑。第 16 届初级汉学家会议期间的一个晚上，
当我和他坐在波尔多剧院前一起喝着波尔多红葡萄酒时，他告诉我人类的所
有压力和行为实际上都是无意义的，因为人类的未来有其开始并且会达到其
终极结局。但它们对于我们，对于知识分子个人来说却是有意义的，因为它们
能表达出我们的喜悦和自我认识。在那个场合，他告诉我和另一位同事，共产
党在某些方面甚至比纳粹更糟糕，因为二者都杀害无辜的人民，唯一的不同在
于，共产党还玷污他们自己的名声。在 1963 年利比里斯会议后一年，（学者）
开始关注卡夫卡（Franz Kafka）的生平著作，这意味着捷克斯洛伐克文化政策
和意识形态气候的解冻。第一次公开地在利比里斯城堡，修建了精致的洛可可
风格的、哥特式的、天然而恐怖的城堡，是卡夫卡在其《城堡》（Castle）中已
经展示的那个作为人类的、政治的、社会和文化之存在榜样的城堡。三年后，
也就是 1967 年，在这同样的城堡里我听到他在东方学会议上说他已经老了。
在这次会议上，脑海中想着他的捷克斯洛伐克经历和 1949 年后的中国历史，
他公开宣称他对"解放"一词已经失去了信心。

　　1963 年前普实克已经试图搭建起一座连接东方与西方的桥梁了，而且在
60 年代后半叶布拉格成为了许多来自亚洲、欧洲、美洲和其他地方的汉学家
的集会地。1960 年在布拉格创办的一种特别的刊物《新东方双月刊》（New

---

14 奥古斯汀·帕拉特（白利德，Augustin Palát），《雅罗斯拉夫·普实克（在其 85 岁
　　寿辰之际）》（Jaroslav Průšek. On the Occasion of the 85th Anniversary of his Birth），载
　　《东方档案》第 59 卷第 2 期，第 105-115 页。

Orient Bimonthly）应该就是本着加深东西方的进一步了解的高尚目的。这一次，普实克领导了一个专家团队编辑著名的《东方学大辞典》。辞典共三卷，于1974年在伦敦出版。其中涉及东亚部分的那一卷其后于1978年分别在美国的佛蒙特和日本的东京出版。在普实克领导下，捷克和斯洛伐克汉学家的合作与汉堡的傅吾康（Wolfgang Franke）教授领导的项目以及关于中国与西方相碰撞之后的相关项目（该项目的成果出现在1974年出版的百科全书《中国手册》（*China-Handbuch*）中，是由傅吾康教授和布伦希尔德·施泰格［Brunhild Staiger］编辑的）得到了极大的加强。

　　这次卓有成效的合作并没有持续很久。第20届中国研究会议（即之前的初级汉学家会议）原本计划于1968年8月22日在布拉格召开，但在21日，由"无敌的"苏联军队带领的东欧五国的士兵对捷克斯洛伐克发动了入侵，其时有500人左右的汉学家准备参加的原本是为纪念"五四"运动50周年的会议被迫取消。而且《新东方双月刊》再也没有出刊过。其后的两年里，普实克和他的合作者们被诋毁。普实克自己和其他许多人被捷克斯洛伐克共产党（即那些追随杜布切克［Alexander Dubček］路线的人）开除出党，其后也被迫离开了东方研究所。普实克的著作，以及他与合作者们的一些著作，被列入了"黑"名单，不许出版或引用。外来者把世界闻名的东方研究所搞得变了味，使其成了一个为政治-经济宣传的"服务中心"。

　　普实克遭受的痛苦远远超过了他的承受能力。为了阻止"正常化"的进程，1972年后甚至不允许他访问东方研究所。1968年及后来的岁月对普实克来说意味着打击，他不能再如他在波尔多告诉我的那样生活了。有几年，他全部的著作就只是在莱比锡帮忙编辑《东方学大辞典》。他偶尔见见他的一些外国研究生以及他最优秀的学生和同事。

　　1969年12月，普实克在斯德哥尔摩大学授予他荣誉博士时发表的演讲是他最后的作品。演讲的题目为《叶绍钧与安东·契诃夫》（Yeh Shao-chün and Anton Chekhov）。这是他不多的比较研究成果之一，是以对叶绍钧的短篇故事《秋》和契诃夫的戏剧《樱桃园》（*Cherry Orchard*）的简短比较分析来结尾的。普实克认为：

　　　　［《秋》］的主题被转换成了一个中国语境，但是基本的情形保持没变。照中国的情况来看，女主人公有些不太正常。尽管她已经三十多岁了，但她没有结婚，并且是作为一个独立的女性自己挣钱

来养活自己的。春节的时候，她从上海回农村上坟。她姐夫立马就
接近她给她介绍了一个老银行家。然而，这位年轻女性很快就发现
其后有着不可告人的动机：她家希望把他们的老房子卖掉并处置她
父亲留下的二十亩地。去墓地的路途以及对她早年美好生活的回忆，
为故事提供了抒情的背景。这位年轻女性对她在其中生活了最初的
十六年的家的破裂充满了困惑和忧伤，返回了上海。[15]

在读叶绍钧的短篇故事和重读或回忆契诃夫的戏剧时普实克可能非常伤
感。照他自己的情况和他的祖国的情况，他都不会相信契诃夫那样的"过去之
结束"，他是被迫去思考"未来之结束"。源自契诃夫的《樱桃园》或叶绍钧的
《秋》的那种伤感，伴随着普实克的余生。

继捷克斯洛伐克 1989 年 11 月 17 日系列事件三个月后，李欧梵在其署为
1990 年 2 月 21 日的信中表达了一种希望："他［普实克］的精神是快乐的。"
在李欧梵的《铁屋中的呐喊》（*Voices from Iron House*）中，他把鲁迅的灵魂放
到了地狱里。在我的记忆中，普实克从未跟我谈起过地狱或天堂。在其来生的
家中，普实克当然更愿意与那些他喜欢的或他研究过的人为伴：孔夫子、屈原、
李白、白居易、《话本》的讲述者和创作者、蒲松龄、沈复、鲁迅、郑振铎、
冰心、沈从文以及其他人。我个人，借波德莱尔的话，愿意与他相逢在"这个
世界之外的任何地方"（anywhere outside of this world）。

至此，我的回忆还没完。或许这里还需要添上几句关于普实克与神话和现
实之间的关系的话。他身上或他周围并没有什么神秘的东西。他与夏志清之间
的冲突，他那充满魅力的人格，他的雄辩能力，以及后来他在我在此文中概括
为"未来之结束"的那段时期的中期所承受的那些痛苦，引发了许多不太恰当
的解释。普实克是一个人，是一个比我们绝大部分都更有才能也更勤奋的人。
尽管事实对于他与对于浮士德是一样的："泰初有为。"（Im Anfang war die Tat.）
他找到了足够的时间来结了三次婚，养了一个女儿并享受着孙子们的陪伴。他
并不排斥自己的圈子里有美丽聪明的女士为伴，并总能找到时间来与自己的
同事、学生和朋友或严肃或幽默地进行讨论。作为一个学者，他从未自傲过。
（有可能是因为头脑中时时想到孔夫子的缘故）他从不试图掩饰自己某些方
面知识的不足。1959 年在北京的时候，在一次与我和同事的讨论中，他坦白

---

15 雅罗斯拉夫·普实克，1970 年版，第 451 页。但所有参考文献中并没有标注普实
克 1970 年出版的作品信息。译者注。

地问："何其芳是谁？你们知道他和他的作品吗？"自大傲慢的老师是不会问他的学生这样的问题的。20 世纪 40 年代晚期至 60 年代初的时候，由于有一段时间他是捷克斯洛伐克科学院东方研究所的最高管理者，因此他作为一个党员遵照党的政策从事东方研究或一般的文学研究。但正因为这样，他才能将充足的精力放在捷克的东方研究上。如果党内的那些人掌了权不允许他这么做的话他是不可能有足够的精力来做研究的。我个人相信普实克是廉正的。我赞同他的德国朋友傅海波（Herbert Franke）在最佳亦是最广的意义上将其刻画为一个"人道主义者"[16]。

　　普实克确实是人道的。或许，是太过人道了。

---

16 傅海波（Herbert Franke），《雅罗斯拉夫·普实克（1906.9.14-1980.7.4)》(Jaroslav Průšek [1906.9.14—1980.7.4])，载《巴伐利亚科学院学术年鉴》(*Jahrbuch der Bayerischen Akademie der Wissenschaften*)，1980 年，第 27-232 页。

附录四　雅罗斯拉夫·普实克研究在中国

一、译著

1. ［捷克斯洛伐克］雅罗斯拉夫·普实克著，李燕乔等译，《普实克中国现代文学论文集》，长沙：湖南文艺出版社，1987 年版。

2. ［捷克］雅罗斯拉夫·普实克著，丛林等译，《中国　我的姐妹》，北京：外语教学与研究出版社，2005 年版。

3. ［捷克］雅罗斯拉夫·普实克著，李欧梵编，郭建玲译，《抒情与史诗：现代中国文学论集》，上海：上海三联书店，2010 年版。

二、译文

1. ［捷克］奥古斯丁·白利德著，李梅译，"普实克的学术活动：1943-1980年"，载《国际汉学》2009 年第 1 期。

2. ［捷克］普实克著，陈国球译，"《中国古代诗歌》（合订本）跋（节选）"，载《现代中文学刊》2018 年第 1 期。

3. ［捷克］普实克著，李梅译，"来自中国集市的传奇故事——《中国话本小说集》捷文版前言（节译）"，载《国际汉学》2010 年第 1 期。

4. ［捷克］奥特日赫·施瓦尔尼著，李梅译，"普实克的潜在力量"，载《国际汉学》2010 年第 2 期。

5. ［捷克斯洛伐克］普实克著，吴承诚译，"从叙述学看茅盾文学创作的艺术特色"，载《世界经济与政治论坛》1987年第7期。

6. ［捷克斯洛伐克］普实克著，吴承诚译，"茅盾的艺术兴趣及对故事情节和结局的处理艺术——从《腐蚀》谈起"，载《世界经济与政治论坛》1987年第12期。

7. ［捷克斯洛伐克］普实克著，吴承诚译，"郁达夫作品中的主观性与人称视角"，载《世界经济与政治论坛》1988年第8期。

8. ［捷克斯洛伐克］普实克著，尹慧珉译，"叶少钧与契诃夫"，载《山东师范大学学报》（哲学社会科学版）1983年第1期。

9. ［捷克斯洛伐克］普实克著，李士钊译，"蒲松龄《聊斋志异》最初定稿时间的探讨"，载《东岳论丛》1980年第3期。

10. ［斯洛伐克］马立安·高利克著，张京媛译，"雅罗斯拉夫·普实克：学生眼中的神话与现实"，载香港《二十一世纪》1993年2月号。

11. ［捷克］普实克著，杨玉英译，"雅罗斯拉夫·普实克的郁达夫研究"，载《汉学研究》第23集（2017年秋冬卷），2017年10月。

12. ［捷克］安德昌著，杨玉英译，"普实克对中国现代文学的理解——序《普实克中国文学的三幅素描》"，载《现代中文学刊》2019年第4期。

三、期刊论文

1. 陈广琛，"普实克：捷克汉学奠基者"，载《中外文化交流》2015年第10期。

2. 陈国球，"如何了解'汉学家'——以普实克为例"，载《读书》2008年第1期。

3. 陈国球，"'文学批评'与'文学科学'——夏志清与普实克的'文学史'辩论"，载《北京大学学报》（哲学社会科学版）2011年第1期。

4. 陈国球，"抒情的中国：普实克的中国诗歌"，载《现代中文学刊》2018年第1期。

5. 陈平原，"革命想象与历史陈述——关于《普实克中国现代文学论文集》及其他"，载《文艺争鸣》2020年第7期。

6. 陈漱渝，"布拉格学派的领军人普实克"，载《湖南人文科技学院学报》2009年第5期。

7. 陈漱渝等，"普实克和他的东方传奇"，载《上海鲁迅研究》2010年第1

期。

8. 陈雪虎等，"史诗的还是抒情的——试谈普实克的文学透视及其问题意识"，载《中国图书评论》2014 年第 2 期。

9. 陈越，"普实克百年诞辰学术座谈会侧记"，载《中国现代文学研究丛刊》2007 年第 2 期。

10. 费冬梅等，"《怀旧》的主题与形式——对普实克论文的再讨论，"载《现代中文学刊》2015 年第 2 期。

11. 戈宝权，"回忆捷克的鲁迅翻译者普实克博士"，载《鲁迅研究月刊》1990 年第 3 期。

12. 葛涛，"鲁迅致普实克书信文稿回归钩沉"，载《读书》2018 年第 10 期。

13. 何雪凝，"国内普实克研究综述"，载《散文百家》2020 年第 10 期。

14. 黄艺红，"被遗忘的文本：五城康雄与普实克的来信——兼论《文学》月刊及其专号的成功"，载《解放军艺术学院学报》2017 年第 2 期。

15. 季进，"抒情·史诗·意识形态——普实克的史诗论述"，载《文艺争鸣》2019 年第 7 期。

16. 季进，"夏氏书信中的普实克"，载《读书》2019 年第 11 期。

17. 李昌云，"论夏志清与普实克之笔战"，载《西华大学学报》（哲学社会科学版）2008 年第 2 期。

18. 刘婷婷，"严谨的魅力——普实克对茅盾的评论评析《史诗与抒情》所用的批评方法"，载《文艺生活》（下旬刊）2014 年第 4 期。

19. 刘燕，"从普实克到高利克：布拉格汉学派的鲁迅研究"，载《鲁迅研究月刊》2017 年第 4 期。

20. 刘云，"捷克汉学家普实克的中国文学自调观"，载《南京师范大学文学院学报》2014 年第 4 期。

21. 刘云，"普实克论中国文学的抒情传统"，载《湖南大学学报》（社会科学版）2015 年第 1 期。

22. 刘云，"普实克的中国文学整体观及其独特性"，载《河南大学学报》（哲学社会科学版）2016 年第 2 期。

23. 刘云，"普实克论中国现代小说的叙事者及其功能"，载《合肥学院学报》（自然科学版）2016 年第 2 期。

24. 刘云，"结构主义视域下普实克中国现代文学审美功能论"，载《新疆大学学报》（哲学、人文社会科学汉文版）2016 年第 4 期。

25. 刘云，"由'普夏之争'论普实克文学研究的科学化路径及其理论价值"，载《中山大学学报》（社会科学版）2017 年第 2 期。

26. 刘云，"文人英雄：布拉格汉学派对中国现代左翼作家的接受"，载《华中师范大学学报（人文社会科学版）》2022 年第 61 卷第 4 期。

27. 路扬，"理论的张力：在史观与方法之间——重读普实克《抒情与史诗：中国现代文学论集》"，载《云梦学刊》2014 年第 6 期。

28. 罗锦鸿，"'有意味的形式'——从普实克与夏志清的论战说起"，载《大观周刊》2011 年第 21 期。

29. 罗雅琳，"'现代'是内生的还是外来的——重返普实克与夏志清、王德威的对话"，载《中国人民大学学报》2022 年第 36 卷第 4 期。

30. 孟园，"还原真实的鲁迅：浅谈普实克、夏志清、李欧梵、汪晖的鲁迅研究及其研究方法"，载《陕西社会科学论丛》2011 年第 2 卷第 3 期。

31. 彭松，"抒情的细腻与史诗的雄浑——论普实克的中国现代文学研究"，载《合肥师范学院学报》2010 年第 1 期。

32. ［捷克斯洛伐克］普实克，"新中国文学在捷克斯洛伐克"，载《世界文学》1959 年第 9 期。

33. 邱晨，"哲学传统的印记：'普夏之争'的思维模式"，载《世界文学评论》2017 年第 2 期。

34. 沈杏培，"普实克和夏志清的鲁迅研究及其方法论反思"，载《南京师范大学学报》（社会科学版）2019 年第 5 期。

35. 孙连五，"'普、夏论争'中的黄颂康"，载《书屋》2020 年第 1 期。

36. 唐利群等，"'我热爱这个国家'——读雅罗斯拉夫·普实克《中国——我的姐妹》"，载《国际汉学》2005 年第 2 期。

37. 万世荣，"纪念捷克著名汉学家普实克院士 90 周年诞辰"，载《国际论坛》1996 年第 4 期。

38. 王静等，"浅论普实克的中国现代文学研究——评《抒情与史诗》"，载《文学界》（理论版）2013 年第 1 期。

39. 夏伟等，"普实克的中国现代文学史观初探——聚焦于 1963 年前后普实克的学术蜕变"，载《中国比较文学》2015 年第 4 期。

40. 徐从辉，廉诗琦，"普实克的茅盾研究"，载《汉语国际教育研究》2020 年第 0 期。

41. 徐伟珠，"汉学家普实克造就的布拉格'鲁迅图书馆'"，载《北京第二外国语学院学报》2016 年第 4 期。

42. 杨玉英，廖进，"普实克的郭沫若早期小说研究——《中国文学的三幅素描：郭沫若》"，载《现代中文学刊》2012 年第 5 期。

43. 杨学新，"我所认识的普实克院士"，载《世界博览》1996 年第 2 期。

44. 尹慧珉，"普实克和他对我国现代文学的论述"（《抒情诗与史诗》读后感），载《文学评论》1983 年第 3 期。

45. 殷俊，"捷克著名汉学家普实克逝世"，载《世界文学》1980 年第 6 期。

46. 袁进，"试论晚清小说的激情与个性——兼与普实克商榷"，载《江淮论坛》1992 年第 4 期。

47. 张慧佳，赵小琪，"普实克与夏志清中国现代诗学形象建构方式"，载《中南民族大学学报》（人文社会科学版）2014 年第 6 期。

48. 张娟，"鲁迅、普实克与捷克的鲁迅图书馆"，载《上海鲁迅研究》2017 年第 1 期。

49. 赵顺宏等，"'普夏之争'的回顾与中国现代文学的学科反思"，载《湖州师范学院学报》2013 年第 1 期。

50. 赵小琪等，"普实克与夏志清中国现代诗学权力关系论"，载《广东社会科学》2014 年第 5 期。

51. 钟赵二，"鲁迅研究中的歧路——重读夏志清与普实克的论争"，载《青年文学家》2016 年第 20 期。

52. 周维娜，"论普实克的《史诗与浪漫》"，载《西江月》2012 年第 2 期。

53. "外研社纪念捷克著名汉学家普实克"，载《全国新书目》2006 年第 22 期。

四、学位论文

1. 李艳红，"普实克的中国现代文学研究之研究"，中国人民大学硕士论文，2013 年。

2. 刘云，"普实克中国现代文学研究的科学主义倾向"，武汉大学博士论文，2014 年。

3. 皮亚杰，"中国现当代文学在捷克的接受史"，西南大学硕士论文，2014

年。

4. 张莹莹，"立场与方法——论 60 年代的'普夏之争'"，广东外语外贸大学硕士论文，2016 年。

5. 朱敏雅，"抒情与史诗的辩证——论普实克的中国文学研究"，苏州大学硕士论文，2012 年。

五、报刊文章

1. 陈广琛，"普实克——捷克汉学奠基者"，载《人民日报》国际副刊，2015 年 5 月 10 日。

2. 陈平原，"传统与现代——评《普实克中国现代文学论文集》"，载《人民日报》，1988 年 2 月 16 日。

3. 高幼丰，"解剖文学史需谨慎——评普实克《抒情与史诗：现代中国文学论集》"，载《澳门华侨报》副刊，2016 年 11 月 29 日。

4. 顾钧，"普实克与鲁迅"，载《中华读书报》，2005 年 10 月 19 日。

5. 黄仲鸣，"琴台客聚：普实克论鲁迅与叶绍钧"，载《香港文汇报》副刊，2013 年 3 月 10 日。

6. 蒋承俊，"播种者：你培育的果实将永存——记中捷文化交流的辛勤园丁普实克"，载《人民日报》，1980 年 12 月 29 日。

7. 李延宁，"访捷克斯洛伐克汉学家普实克院士"，载《人民日报》，1956 年 10 月 4 日。

8. "捷克文化代表团在京活动——普实克博士在文化部讲'远东与中国文化在捷克'"，载《人民日报》，1950 年 12 月 22 日。

9. "捷著名汉学家普实克逝世"，载《人民日报》，1980 年 4 月 15 日。

六、学术研讨会

1. 普实克百年诞辰学术座谈会，2006 年 9 月 19 日，清华大学中文系举办。

2. 纪念捷克著名汉学家普实克诞辰 100 周年学术年会，2006 年 10 月 24 日，外语教学与研究出版社举办。

七、研究课题

1. 刘云，"结构主义视域下普实克中国现代文学研究"，安徽大学博士科研启动经费资助项目。（2014）

2. 刘云，"普实克中国现代文学研究"，安徽省教育厅人文社会科学研究项目。（2013 年）

3. 刘云，"东欧社会主义运动视野下的布拉格汉学派文学研究"，国家社科基金项目。（2017 年）

4. 刘燕，"布拉格汉学派对中国现代文学的研究及其启示"，北京外国语大学"中国文化走出去协调创新中心"项目。（2017 年）

八、文集中与"普实克"相关的章节或选文

1. ［捷克斯洛伐克］雅罗斯拉夫·普实克著，包振南译，"关于中国通俗小说起源的研究"，载包振南等编选，《〈金瓶梅〉及其他》，长春：吉林文史出版社，1991 年版，第 181-227 页。

2. ［捷克］雅罗斯拉夫·普实克，"郑振铎像希腊神话中的英雄"，载陈福康编，《追念郑振铎》，上海：上海交通大学出版社，2016 年版，第 507 页。

3. （1）"'抒情精神'与中国文学传统——普实克论中国文学"；（2）"如何了解汉学家——以普实克为例"，载陈国球编著，《结构中国文学传统》，武汉：华中师范大学出版社，2011 年版，第 59-72 页和第 73-77 页。

4. "'文学科学'与'文学批评'——普实克与夏志清的'文学史'辩论"，载陈国球著，《文学如何成为知识？》，北京：三联书店，2013 年版，第 78-100 页。

5. ［捷克］普实克，"中国现代文学中的主观主义和个人主义"，载陈国球、王德威编，《抒情之现代性》，北京：三联书店，2014 年版，第 322-349 页。

6. "三读普实克"，载陈平原著，《花开叶落中文系》，北京：三联书店，2013 年版，第 199-202 页。

7. ［捷克斯洛伐克］普实克，"论郁达夫"，载陈子善、王自立编著，《郁达夫研究资料》（下），广州：花城出版社，1985 年版，第 650-682 页。

8. ［捷克］普实克，"鲁迅为我们打开了一条通向中国人内心的道路"，载房向东编，《活的鲁迅》，上海：上海书店，2001 年版，第 483-487 页。

9. "当代中国文学的开创者普实克"，载黄长著，《欧洲中国学》，北京：社会科学文献出版社，2005 年版，第 845-846 页。

10. （1）［捷克］雅罗斯拉夫·普实克，"写在赵树理《李有才板话》后面"

（节录）；（2）［捷克］雅罗斯拉夫·普实克，"赵树理和中国民族文学"（节录），载黄修译编，《赵树理研究资料》，北京：知识产权出版社，2010年版，第456-461页和第462-466页。

11. ［捷克斯洛伐克］普实克，"从中国的文学革命看传统的东方文学与欧洲现代文学的冲突"，载贾植芳主编，《中国现代文学的主潮》，上海：复旦大学出版社，1990年版，第145-156页。

12. "普实克的中国"，载洁尘著，《禁忌之恸》，上海：东方出版中心，2006年版，第64-65页。

13. Jaroslav Průšek. "Reality and Art in Chinese Literature"，载孔海立、王尧选编，《海外中国现代文学研究文选》（英文），上海：复旦大学出版社，2014年版，第31-51页。

14. ［捷克］普实克，"中国与西方的史学和史诗"，载李达三、罗钢主编，《中外比较文学的里程碑》，北京：人民文学出版社，1997年版，第227-261页。

15. ［捷克］普实克，"论郁达夫"，载李杭春、陈建新、陈力君主编，《中外郁达夫研究文选》（上），杭州：浙江大学出版社，2006年版，第584-612页。

16. "普实克"，载李欧梵著，《我的哈佛岁月》，北京：人民文学出版社，2010年版，第159页。

17. （1）"致雅罗斯拉夫·普实克"；（2）"致雅罗斯拉夫·普实克"，载李新宗、周海婴主编，《鲁迅大全集》（第10卷创作编，1936年，附录），武汉：长江文艺出版社，2011年版，第163-164页和第234页。

18. （1）雅罗斯拉夫·普实克著，蒋承俊译，"捷文版《子夜》序（1950年）"；（2）雅罗斯拉夫·普实克著，蒋承俊译，"捷文版《腐蚀》后记（1959年）"，载李岫著，《茅盾研究在国外》，长沙：湖南人民出版社，1984年版，第126-146页和第246-279页。

19. "致雅罗斯拉夫·普实克"（1936年7月23日），载林非主编，《鲁迅著作全编》（第5卷），北京：中国社会科学出版社，1999年版，第212页。

20. "捷克汉学的奠基人：普实克博士"，载刘天白著，《我在金色的布拉格》，北京：中国青年出版社，2008年版，第68-73页。

21. "附三：普实克和他对中国现代文学的论述"，载刘献彪主编，《中国现代文学手册》（下），北京：中国文联出版公司，1987 年版，第 917-931 页。

22. ［捷克斯洛伐克］雅罗斯拉夫·普实克著，尹慧珉译，"叶绍钧与契诃夫"，载刘增人、冯光廉编，《叶圣陶研究资料》，北京：北京十月文艺出版社，1988 年版，第 791-805 页。

23. （1）"致雅罗斯拉夫·普实克"；（2）"致雅罗斯拉夫·普实克"，载鲁迅著，《鲁迅全集》（第 13 卷），北京：人民文学出版社，1981 年版，第 662 页和第 671 页。

24. （1）"致雅罗斯拉夫·普实克"；（2）"致雅罗斯拉夫·普实克"，载鲁迅著，《鲁迅全集》（第 14 卷·书信，1936 年，致外国友人），北京：人民文学出版社，2005 年版，第 388 页和第 398 页。

25. （1）"致雅罗斯拉夫·普实克"（7 月 23 日）；（2）"致雅罗斯拉夫·普实克"（9 月 28 日），载鲁迅著，《鲁迅手稿丛编》（第 9 卷·书信），北京：人民文学出版社，2014 年版，第 352 页和第 362 页。

26. （1）"致雅罗斯拉夫·普实克"；（2）"致雅罗斯拉夫·普实克"，载鲁迅编著，《鲁迅书信》（4），北京：人民文学出版社，2006 年版，第 388 页和第 398 页。

27. 鲁迅著，普实克译，《呐喊》捷克译本序言（7 月 21 日），载鲁迅著，陈淑渝、肖振鸣整理，《编年体鲁迅著作全集》插图本，1935-1936，福州：福建教育出版社，2006 年版，第 312 页。

28. "致雅罗斯拉夫·普实克"，载鲁迅著，徐文斗、徐苗青选注，《鲁迅选集》（书信卷），济南：山东文艺出版社，1991 年版，第 486 页。

29. ［斯洛伐克］马立安·高利克著，《捷克和斯洛伐克汉学研究》第 2 章："捷克和斯洛伐克对中国古代和现代文学的接受"之二"马瑟修斯与普实克在中国和波西米亚文学中的面对面——来自捷克巴别塔"，北京：学苑出版社，2009 年版，第 57-79 页。

30. "致普实克"（1959 年 7 月 25 日），载茅盾著，《茅盾全集》（第 37 卷·书信二集），北京：人民文学出版社，1997 年版，第 17 页。

31. "致普实克"（1959 年 10 月 25 日），载茅盾著，贾亭、纪恩选编，《茅盾散文》（2），北京：中国广播电视出版社，1995 年版，第 545 页。

32. "致普实克"（1959 年 10 月 25 日），载茅盾著，孙中田、周明编，《茅盾书简》（初编），杭州：浙江文艺出版社，1984 年版，第 240 页。

33. "东欧与苏联的中国现代文学研究"第 1 节:"普实克:抒情的细腻与史诗的强浑",载彭松著,《多向之维:欧美中国现代文学研究论》,北京:光明日报出版社,2008 年版,第 5-22 页。

34. "普实克的中国现代文学研究",载任天石主编,宋吉述等编著,《中国现代文学史学发展史》,南京:江苏文艺出版社,2002 年版,第 403-418 页。

35. "*The Origins and Authors of the Hua-pen*",载宋莉华著,《当代欧美汉学要著研读》,上海:上海教育出版社,2010 年版,第 121-139 页。

36. [捷克]普实克,"回首当年忆鲁迅",载[美]艾格尼丝·史沫特莱等著,《海外回响:国际友人忆鲁迅》,石家庄:河北教育出版社,2000 年版,第 255-258 页。

37. (1)"致雅罗斯拉夫·普实克"(1936 年 7 月 23 日)(节录);(2)"致雅罗斯拉夫·普实克"(1936 年 9 月 28 日)(节录),载孙崇恩、周来祥编,《鲁迅文艺思想资料编年》(第 5 辑),济南:济南市科学研究所,1980年(内刊),第 330 页和第 355 页。

38. [捷克斯洛伐克]雅罗斯拉夫·普实克,"《丁玲选集》捷克文版后记",孙瑞珍、王中忱编,《丁玲研究在国外》,长沙:湖南人民出版社,1985年版,第 89-92 页。

39. "普实克致鲁迅"(1936 年 6 月 23 日),载孙郁、李亚娜主编,《鲁迅藏同时代人书信》,郑州:大象出版社,2011 年版,第 307-308 页。

40. [捷克斯洛伐克]雅罗斯拉夫·普实克,"茅盾",载唐金海、孔海珠,《中国当代文学研究资料》茅盾专集(第 2 卷下),福州:福建人民出版社,1985 年版,第 1522-1545 页。

41. [捷克斯洛伐克]雅罗斯拉夫·普实克著,庄毅译,"关于田间《赶车传》——记于捷克斯洛伐克译本之后",载唐文斌编,《田间研究专集》,杭州:浙江文艺出版社,1984 年版,第 33-38 页。

42. 王德威著,《抒情传统与中国现代性:在北大的八堂课》第 8 讲:"海外汉学的视野——以普实克、夏志清为中心",北京:三联书店,2010 年版,第 310-356 页。

43. [捷克]普实克,"郑振铎像希腊神话中的英雄",载王莲芬、王锡荣主编,《郑振铎纪念集》,上海:上海社会科学院出版社,2008 年版,第 542-549 页。

44. （1）"致雅罗斯拉夫·普实克"；（2）"致雅罗斯拉夫·普实克"，载王世家、止庵编，《鲁迅著译编年全集》（20），北京：人民出版社，2009 年版，第 197 页和第 274 页。

45. ［捷克］普实克，"回首当年忆鲁迅"，载武德运著，《外国友人忆鲁迅》，北京：北京图书馆出版社，1998 年版，第 81-84 页。

46. "鲁迅与文化交流"之"回忆和有关报道"："内山完造、王宝良、增田涉、史沫特莱、茅盾、唐弢、林守仁、山本实彦、鹿地亘、许广平、雨田、新居格、松本重治、普实克、《文艺新闻》报道一则"，载薛绥之主编，《鲁迅生平史料汇编》（第 5 辑），天津：天津人民出版社，1986 年版，第 975-1007 页。

47. "普实克、埃德加·斯诺、海伦·斯诺"，载姚辛编著，《左联画史》，北京：光明日报出版社，1992 年版，第 114 页。

48. "鲁迅与捷克汉学家普实克的往来书信"，载叶淑穗、杨燕丽著，《从鲁迅遗物认识鲁迅》，北京：中国人民大学出版社，1999 年版，第 171-176 页。

49. ［捷克］亚罗斯拉夫·普实克著，李乔燕译，"中国现代文学中的主观主义和个人主义"，载张春田编，《"晚清文学"研究读本》，桂林：广西师范大学出版社，2016 年版，第 89-108 页。

50. （1）普实克著，裴海燕译，"谈中国长短篇白话小说之结构"；（2）普实克著，罗仕龙译，"刘鹗与其小说《老残游记》"；（3）普实克著，裴海燕译，"中国自传小说之父"；（4）普实克著，裴海燕译，"论中国文学传统的重要性"，载郑文惠主编，《东亚观念史集刊》（第 4 期）集刊编审委员会，2013 年版，第 457-482 页，第 483-518 页，第 519-536 页和第 537-552 页。

52. ［捷克斯洛伐克］普实克著，江原译，"薄伽丘及其同时代的中国话本作者"，载周发祥编，《中外比较文学译文集》，北京：中国文联出版公司，1988 年版，第 219-238 页。

53. （1）"致雅罗斯拉夫·普实克"（1936 年 7 月 23 日）；（2）"致雅罗斯拉夫·普实克"（1936 年 9 月 28 日），载周楠林编注，《鲁迅文学书简》，天津：天津人民出版社，2006 年版，第 254 页和第 372 页。

54. 周发祥、李岫主编，《中外文学交流史》第 14 章："中国文学与国外学术：概况、学者与成果"第 7 节："孔舫之、柴赫、戴密微、普实克、高罗佩"，长沙：湖南教育出版社，1999 年版，第 474-480 页。

55. 李梅，"捷克汉学家普实克的弟子与《红楼梦》的捷文翻译"，载北京外国语大学欧洲语言文化学院编，《欧洲语言文化研究》（第 3 辑），北京：时事出版社，2007 年版，第 203-210 页。

56. （1）"纪念捷克著名汉学家普实克百年诞辰"；（2）郝平，"在纪念捷克著名汉学家普实克诞辰 100 周年学术报告会上的致辞"；（3）陈昊苏，"纪念中国文化的知音普实克"；（4）维杰斯拉夫·格霍普尔，"在纪念捷克著名汉学家普实克诞辰 100 周年学术报告会上的讲话"；（5）杨建伟，"让我们记住普实克"；（6）舒乙，"普实克——了不起的中国现代文学研究家"；（7）陈平原，"三读普实克——在纪念捷克著名汉学家普实克诞辰 100 周年学术报告会上的发言"；（8）杨建新，"普实克先生百年华诞"，载北京外国语大学欧洲语言文化学院编，《欧洲语言文化研究》（第 4 辑），北京：时事出版社，2008 年版，第 23 页，第 23 页，第 25-26 页，第 27-28 页，第 29-30 页，第 31-35 页，第 36-38 页和第 39 页。

57. 岱，"简讯：普实克逝世"，载北京鲁迅博物馆鲁迅研究室编，《鲁迅研究资料》（6），天津：天津人民出版社，1980 年版，第 13 页。

58. 刘增人，"关于鲁迅致普实克信的一点资料"，载北京鲁迅博物馆鲁迅研究室编，《鲁迅研究资料》（7），天津：天津人民出版社，1980 年版，第 224-230 页。

59. （1）"致雅罗斯拉夫·普实克"（1936 年 7 月 23 日）；（2）"致雅罗斯拉夫·普实克"（1936 年 9 月 28 日），载鲁迅大辞典编纂组编，《鲁迅佚文集》，成都：四川人民出版社，1979 年版，第 376-378 页和第 383-384 页。

60. （1）"致雅罗斯拉夫·普实克"（1936 年 7 月 23 日）；（2）"致雅罗斯拉夫·普实克"（1936 年 9 月 28 日），载《鲁迅手稿全集》编委会编，《鲁迅手稿全集》（书信，第 19 册），北京：文物出版社，1981 年版，第 146-147 页和第 156-157 页。

61. "致雅罗斯拉夫·普实克"，载《鲁迅文集全编》编委会编，《鲁迅文集全编》，北京：国际文化出版公司，1995 年版，第 2479 页。

62. ［捷克斯洛伐克］雅罗斯拉夫·普实克著，顾忠清译，王心校，"论茅盾"，载《茅盾研究》编辑部编，《茅盾研究》（2），北京：文化艺术出版社，1984 年版，第 289-309 页。

63. ［捷克斯洛伐克］普实克，"回首当年忆鲁迅"，载山东师院聊城分院编，《鲁迅在上海》（3），聊城：山东师院聊城分院中文系图书馆，1979年版，第187-192页。

64. （1）戈宝权，"鲁迅和普实克"；（2）普实克著，汪滢译，"鲁迅（《东方文学辞典》——辞目）"，载西北大学鲁迅研究室编辑，《鲁迅研究年刊》，西安：陕西人民出版社，1980年版，第428-439页和第571-573页。

65. （1）［捷克斯洛伐克］雅·普实克著，尹慧珉译，"中国文学中的现实和艺术"；（2）［捷克斯洛伐克］雅·普实克著，尹慧珉译，"论茅盾和郁达夫"，载中国社会科学院文学研究所国外中国文学研究组编。《国外中国文学研究论丛，中国现代文学专辑》，北京：中国文联出版公司，1985年版，第47-62页和第289-345页。

译后记

　　《中国新文学的三幅素描》（*Three Sketches of Chinese Literature*）是捷克斯洛伐克汉学家雅罗斯拉夫·普实克于 1969 年出版的一本论文集。该书英文版本于 1969 年由捷克斯洛伐克科学院东方研究所以系列论文集第 20 集的形式在布拉格出版（Dissertationes Orientales, Vol.20, Published by the Oriental Institute in Academia, Prague, 1969）。

　　《中国新文学的三幅素描》是普实克用英文撰写的关于茅盾、郁达夫和郭沫若的研究著述。普实克在为该书撰写的"导论"中对新文学的主要特征以及选取茅盾、郁达夫和郭沫若这三位著名作家来向欧洲读者介绍中国新文学的原因和目的作了交代，并在文中对三位作家所代表的中国新文学的价值给予了高度评价。

　　译者在 2008 年开始撰写博士论文《英语世界的郭沫若研究》时历经周折从美国汉学家同时也是郭沫若的传记作者芮效卫（David Tod Roy）手里获得此书，后陆续将书中三篇文章分别翻译并将关于"郁达夫"的一篇发表在国内权威刊物《汉学研究》上。为让国内外学界了解这本珍稀文本，一直有将译文成书出版的念头。2018 年 1 月 23 日清晨收到普实克的弟子斯洛伐克汉学家马立安·高利克的邮件，喜闻先生亦有此意。译者遂于 2018 年 1 月 25 日到北京拜访北京大学的乐黛云教授和北京外国语大学的张西平教授，两位前辈均十分赞同此举并高度肯定了该书对比较文学、海外汉学和中国现当代文学界的价值。在北京语言大学阎纯德教授的支持下，该书作为国际汉学的重要研究成果收入其主编的"汉学研究大系"拟资助出版。

在我的老师马立安·高利克先生的帮助下，译者顺利与普实克的孙子，现在捷克查理大学研究中国史前史和早期历史的马三礼（Jakub Maršálek）教授取得联系。在先生及其家人的大力支持下仅用两个月整的时间便顺利获得了该书的翻译出版授权。

本书涉及内容广博、引用文献繁多且出处年代久远，这些都给书稿的翻译和校阅带来了相当大的困难。适逢彼此科研教学忙碌时节，马三礼教授曾多次亲自校订、审阅译稿，与译者商讨译稿框架和翻译细节。其严谨的治学风范，令译者感慨和敬仰。

由于原书内容相对偏少，同时也为了增加该译本的可读性和学术价值，马三礼教授慷慨将普实克先生未曾在中国面世的 7 张珍稀照片和其在捷克斯洛伐克出版的 18 种中国文学研究著作的书影发给我选用。根据该书的内容和收入该译本中的谢和耐和高利克两位先生的文本内容，译者选用了普实克先生的 4 帧黑白照和 14 张书影，另加该书的封面和封底。

为了读者见到书名就能第一时间知晓该书的原作者，经与马三礼教授和阎纯德教授商量，特意在原书中译名《中国新文学的三幅素描》基础上添加了原作者"普实克"的名字，由此，译本书名为《普实克中国新文学的三幅素描》。

译稿整体上对原书篇章结构给予了保留。只是根据译者的建议，并征询阎纯德教授和马三礼教授的意见，译文后增加了四个相关附录，以方便读者更好地了解普实克中国现代文学研究的卓越成就。附录一为法国著名汉学家谢和耐（Jacques Gernet）为普实克先生所写讣文；附录二是普实克为译者 2014 年翻译出版的马立安·高利克的专著《茅盾与中国现代文学批评》所写"序"；附录三为马立安·高利克为恩师 85 岁诞辰所写回忆文章《雅罗斯拉夫·普实克：学生眼中的神话与现实》；附录四为译者整理的"普实克研究在中国"。此外，译著还将原书的"注释"部分转换成每章的当页注，并同时以独立的部分保留了原文"Notes"并对其中的语法错误给予了修正，以方便读者查阅。经马三礼教授的推荐，查理大学研究中国文学的安德昌（Dušan Andrš）教授倾力为该译本作序，即序二"普实克对中国现代文学的理解"。特此致谢。

本书稿在翻译的过程中得到"汉学研究大系"主编阎纯德教授的大力支持和精神鼓励，特此致谢。

由于曹师顺庆先生主编的"比较文学与世界文学研究丛书"第二编征稿，也为了该书能早日面世惠及更多学者，译者与阎纯德教授商量后特意将该译著抽出。感谢曹师顺庆先生对该书的选用。

　　译文中错误或不妥之处，敬请批评指正。

杨玉英

2022 年 9 月 18 日